KB243004

S·I·R

Simplicity ♡단순   Ignorance ♡무식   Radical ♡과격

S·I·R 3

최영채 판타지 장편 소설

초판 1쇄 찍은 날 § 2002년 9월 10일
초판 1쇄 펴낸 날 § 2002년 9월 20일

지은이 § 최영채
펴낸이 § 서경석

편집장 § 문혜영
편집 § 장상수 · 박영주 · 김희정 · 권민정 · 이종민
마케팅 § 정필 · 강양원 · 김규진 · 안진원

펴낸곳 § 도서출판 청어람
등록번호 § 제1081-1-89호
등록일자 § 1999. 5. 31
어람번호 § 제1-0291호

주소 § 경기도 부천시 원미구 심곡1동 350-1 남성B/D 3F (우) 420-011
전화 § 032-656-4452   팩스 § 032-656-4453
http://www.chungeoram.com
E-mail § eoram99@chollian.net

ⓒ 최영채, 2002

값 7,500원

ISBN 89-5505-431-9 (SET)
ISBN 89-5505-434-3 04810

※ 파본은 본사나 구입하신 서점에서 교환하여 드립니다.
※ 저자와 협의하여 인지를 붙이지 않습니다.

최영채 판타지 장편소설

S·I·R

Simplicity 단순   **I**gnorance 무식   **R**adical 과격

3
황태자 암살 그후

도서출판

청어
람

목 차

③
황
태
자
암
살
그
후

제 1 장

하이얀 브로넨스의 눈

하이얀 브로넨스의 눈

렉스의 비통한 음성이 끝나기 전 한줄기 바람이 불어와 흙먼지를 일순간에 허공으로 날려 버렸다. 그리고 그곳에 도네가 서 있었다.

"도네, 제발 이 사람을……."

"리커버리!"

재빨리 하이렌의 가슴과 복부에 박힌 대거를 뽑아 든 도네는 상처를 손으로 막으며 치유 마법의 스펠을 캐스팅했다. 그녀의 손에서 붉은 연기처럼 보이는 마나가 상처로 스며들었다.

도네의 막대한 마나가 스며든 하이렌의 상처는 순식간에 아물었지만 그의 안색은 여전히 시체처럼 창백했고 숨소리도 금방이라도 끊어질 듯 미약하기 그지없었다.

그때까지 하이렌을 안고 있던 렉스의 몸은 온통 피투성이였고 얼굴에도 불안하고 초조한 표정이 역력했다.

"도네, 살 수 있지? 틀림없이 살 수 있는 거지?"

바닥에 흥건하게 고여 있는 선혈을 바라보고 있던 도네는 렉스의 재촉에 어쩔 수 없이 고개를 끄덕였다.

"내가 마법으로 치료할 수 있는 상처는 모두 치료했어. 하지만 두 곳의 상처가 너무 깊고 또 흘린 피가 지나치게 많아. 꼭 살아난다고 장담할 수는……."

"아니야!"

도네의 비관적인 말에 렉스는 버럭 소리를 지르며 그녀의 말을 부정했다.

"아냐, 살아날 거야! 꼭 살아날 거야. 반드시 살아……."

하지만 렉스의 음성은 서서히 잦아들었고, 그 말을 들은 도네는 왠지 가슴이 답답해져 왔다. 이러한 감정도 도네로서는 난생처음 느껴보는 것이었다. 그러면서도 렉스가 왜 이렇게 황태자의 생사에 집착을 보이는 것인지 전혀 이해가 되지 않았다. 따지고 보면 그는 렉스의 원수가 아닌가?

"전하! 황태자 전하!"

쩌렁쩌렁한 음성으로 하이렌을 부른 사람은 다름 아닌 하이렌의 경호대장인 토라노였다. 그의 가슴과 옆구리에는 아직도 대거가 박혀 있었지만 마치 가시에라도 찔린 것쯤으로 착각하는 것인지 자신의 상처에는 아랑곳하지 않고 렉스의 품에 안겨 있는 하이렌의 안색부터 살폈다.

그런 토라노의 등 뒤로 갖가지 부상을 입은 근위 기사들과 로열 기사단의 기사들이 모여들었다. 그들의 모습에서는 근위 기사나 로열 기사로서의 위엄이나 거만한 모습은 찾아볼 수 없었다. 오히려 패잔병에 가까운 모습이었다.

"황태자 전하는 지금부터 우리가 모시겠네. 어서 그분을 우리에게 넘겨주면 고맙겠네."

평소와는 달리 조심스럽게 말하는 토라노의 태도에 근처에 있던 근위 기사들은 의아해하는 표정을 지우지 못했다. 평소 그가 자신보다 못한 상대를 얼마나 무시하는지 누구보다 잘 알고 있는 사람들이 바로 그들이었기 때문이다.

황태자를 안고 있는 자가 누구인지는 몰라도 그들이 보기엔 토라노가 왜 저렇게 저자세를 보이는 것인지 전혀 이해할 수 없었다. 하지만 마치 토라노의 말은 듣지도 못했다는 듯 렉스는 여전히 하이렌을 부둥켜안고 있었다.

"렉스님, 제가 잠시 황태자 전하를 살펴봐도 되겠습니까?"

고개를 돌리니 로니가 근심스러운 표정을 짓고 있는 모습이 보였다. 잠시 갈등을 하던 렉스는 비교적 깨끗한 곳에 조심스럽게 하이렌을 내려놓았고, 그런 후에도 그의 곁에서 떠나지 않고 불안과 걱정이 섞인 눈으로 그의 얼굴만 바라보고 있었다.

조심스런 손길로 하이렌의 상태를 살피던 로니의 얼굴이 어두워졌다. 그 모습에 렉스는 심장이 내려앉는 듯한 충격을 받았다.

"왜 그러시오? 상태가 대체 어떻기에……?"

"도네님께서 신속하게 치료 마법을 펼쳐서 상처는 이미 아물었지만 그 사이 선혈을 너무 많이 흘려 뭐라고 장담하기 힘든 상태입니다."

"안 돼! 무조건 살려야만 돼! 무슨 짓을 해서라도 반드시 살려야만 된단 말이야! 로니, 당신은 하이얀 브로넨스의 프리스트잖아. 당신이 믿는 하이얀 브로넨스께 어서 살려달라고 부탁을 해봐! 어서……!"

눈물마저 보이는 렉스의 태도에 로니는 어쩔 수 없이 고개를 끄덕였다. 그동안 함께 지내오면서 렉스의 이런 모습을 보는 것은 나머지 일행들도 처음이었다.

경건하게 하이렌의 곁에 무릎을 꿇은 로니는 품에서 디바인 마크를 꺼내 들었다. 그리고는 하이얀 브로넨스에게 기도를 올리기 시작했다.

잠시 후 디바인 마크인 하이얀 브로넨스의 눈에서 황금색이 뿜어진다고 느끼는 순간 펜던트 중앙의 눈이 번쩍 떠지며 하이렌의 몸으로 황금색 광선이 뿜어졌고 천천히 그의 몸을 황금색으로 뒤덮기 시작했다.

이런 식의 치료법은 한 번도 본 적이 없기에 주위에 모인 사람들은 모두 숨을 죽인 채 치료 과정을 지켜보았다.

"대체 무슨 일이 벌어진 거야?"

남쪽에 마련된 로열석이 갑자기 요란한 소리와 함께 짙은 흙먼지로 뒤덮이자 경기장에서 고개를 든 메디안이 눈을 동그랗게 떴다.

이미 주위는 비명을 지르며 통로로 달려가는 사람들로 북새통을 이루고 있었다. 사람들에게 떠밀려 가는 사람들도 있었고 넘어져 사람들에게 밟혀 비명을 지르는 여자들의 모습도 심심치 않게 보였다.

"무슨 일이 벌어진 걸까요?"

"그것보다 저곳은 아까 황태자와 교황들이 앉았던 자리 아니야?"

콜로세움의 북측 관람석에 앉아 있던 로자린 일행은 갑자기 벌어진 사태에 놀라움을 금하지 못하고 있었다.

콜로세움 곳곳에 마련돼 있던 통로에서는 중무장을 한 병사들이 놀란 군중들을 통제하려고 했지만 그들의 힘만으로는 역부족이었다.

애당초 5만 명이 넘는 군중을 천 명도 안 되는 병력으로 막으려고 생각한 것부터가 무리였다. 병사들은 통로를 향해 달려오는 군중들의 발에 밟히지 않으려고 몸을 피하는 것이 고작이었다.

통로를 향해 몰려가는 군중들의 모습을 보며 로자린은 혹시나 하는 마음으로 콜로세움을 찾았던 자신의 안일한 판단에 할 말을 잃었다. 이런 상황에서는 설사 안드레이를 발견한다고 하더라도 그에게 다가갈 수 있는 방법이 전혀 없기 때문이었다.

석상이 무너진 곳을 향해 달려가는 성기사들을 발견한 로자린은 가볍게 한숨을 내쉬며 자리에서 일어났다.

"무슨 일인지는 모르지만 이곳에 더 있다가는 골치 아픈 일에 휘말릴 가능성도 있어요. 우선은 이 자리를 떠나는 것이 급선무예요."

로자린의 말에 일행들은 별다른 이견을 제시하지 않았다. 그녀의 말대로 이곳에 멍청하게 있다가 괜히 이번 사고의 용의자로 지목된다면 그보다 더 멍청한 일은 아마 없을 것이란 생각이 들었기 때문이다.

일행들은 통로를 향해 천천히 걸음을 옮겼다.

하이렌에게 쏟아지던 황금색 광채는 시간이 지날수록 조금씩 희미해졌고 어느 순간 완전히 사라졌다.

"헉… 헉… 헉……."

급하게 숨을 몰아쉬던 로니가 갑자기 옆으로 쓰러졌다. 곁에 있던 크레이가 황급히 그를 부축했지만 이미 로니는 기절한 상태였다. 게다가 그가 걸쳤던 라이트 레더는 마치 물속에 집어넣었다 꺼낸 것처럼 흠뻑 젖어 있었다.

렉스는 그런 로니는 아랑곳하지 않고 바닥에 누워 있는 하이렌의 얼굴만 바라보고 있었다. 하지만 여전히 창백한 하이렌의 안색에 렉스는 초조함을 감추지 못했다.

"우리가 할 일은 모두 다 했어. 이제부터 저자의 생명력이 얼마나 강한가에 달렸어. 그러니 여기 계속 있어봐야 아무런 도움도 안 돼. 그만 여길 떠나자."

도네의 말에도 렉스는 꼼짝을 하지 않았다.

그 모습을 조금은 불안한 눈으로 바라보는 이가 있었으니 그는 바로 토라노였다.

물론 렉스와 안드레이가 자신을 찾아와 황태자의 암살이 진행되고 있을 것이란 정보를 주었을 때만 하더라도 그들의 말을 거의 믿지 않았다. 하지만 시간이 지날수록 완전히 무시하기엔 왠지 마음에 걸리는 것이 있어 평소보다 더욱 철저한 경계를 펼쳤음에도 불구하고 마침내 우려했던 사고가 일어나고 만 것이다.

그렇다고 정체도 확실하지 않은 렉스를 이대로 믿기엔 사태가 너무 심각했다. 그럼에도 불구하고 토라노가 이렇게 렉스의 행동을 지켜보고만 있는 것은 어제 렉스가 보여준 엄청난 위압감 때문이었다.

뒤에서 묵묵히 보고 있던 안드레이가 도네의 귀에 뭐라고 소곤거렸고, 도네는 못마땅한 표정을 지으면서 조용히 시동어를 외었다.

"슬립."

도네의 손에서 붉은 섬광이 이는 순간 렉스의 몸이 맥없이 쓰러졌고, 곁에 있던 안드레이가 재빨리 그의 몸을 받아 들었다. 로니를 안고 있는 크레이와 샤이베리아를 잠시 바라본 도네는 재차 시동어를 외쳤다.

"워프!"

순간 그들의 몸은 중인들의 시야에서 감쪽같이 사라졌다.

렉스들이 완전히 사라지고서야 토라노는 재빨리 하이렌에게 다가가 그의 안색부터 살폈다.

자신이 보기엔 가슴과 복부에 난 상처는 이미 아물어 붉은색을 띤 긴 자국뿐이었고, 하이렌이 내뱉는 호흡도 깊고 긴 것이 제법 안정을 찾은 것 같았다. 하지만 그런 하이렌의 모습에도 걱정스러움과 초조함을 감추지 못하던 렉스의 모습이 생각나 쉽게 마음을 놓을 수가 없었다.

"황태자 전하의 상태는 어떠시오?"

고개를 돌려 상대를 확인하니 이미 피신한 줄로만 알았던 교황들 가운데 일부가 되돌아와 있었다.

"예, 곧바로 치료를 했지만 정신을 잃고 계셔서 정확한 상태는 아직 알 수 없습니다."

"내가 잠시 봐도 되겠소, 자이루스 백작?"

상대는 국왕조차 경의를 표하는 교황들이었다. 감히 자신이 막을 수 있는 상대들이 아니었다.

토라노가 뒤로 물러서자 깡마른 체구의 70대 노인이 조심스럽게 하이렌의 상태를 점검하기 시작했다.

그는 디안 케트 교단의 현 교황으로 그가 손을 대어 낫지 않은 환자가 없다고 알려진 레마노 코넬리언이었다. 조심스럽게 하이렌의 상태를 점검하던 레마노는 시간이 지나면 지날수록 계속 고개를 갸웃거렸다.

그의 고갯짓을 전혀 짐작하지 못한 사람들은 모두 불안함을 느꼈지만 레마노의 입은 좀처럼 열릴 줄 몰랐다. 이윽고 점검을 모두 마친 레마노가 굳게 다물고 있던 입을 열었다.

"도저히 이해할 수 없는 일이지만 황태자 전하의 상처는 두 가지 힘에 의해 완벽하게 치료가 되었소이다. 하나는 마력이었고 또 하나는 신성력이었소. 자이루스 백작의 말처럼 처음의 상처는 하이 레벨의 마법사가 펼친 치유 마법에 의해 완벽하게 치료되었고, 곧 이어 엄청난 신성력을 가진 인물에 의해 황태자 전하의 모든 신체 장기가 자극받아 손상되었던 부분을 원래대로 돌리려 맹렬하게 활동하고 있소이다."

"휴우~ 그럼 다행이 아니오?"

레마노의 말에 곁에 있던 노인의 입에서 안도의 한숨이 터져 나왔다. 다른 사람들도 그의 말에 찬성을 하는지 의아해하는 표정이 역력했다. 또 마치 곁에서 상황을 지켜본 것처럼 정확하게 말하는 레마노의 능력에 토라노와 기사들은 경탄을 금하지 못했다.

"내가 이상하게 생각하는 것은 다름이 아니라 황태자 전하의 몸에 치유 마법을 펼친 하이 레벨의 마법사와 신성력을 베푼 프리스트가 대체 누구냐 하는 것이오. 먼저 치유 마법만 하더라도 내 짐작이 틀리지 않다면 7클래스 이상의 마나를 움직여 리커버리로 상처를 치료한 것이 틀림없소."

"그, 그럴 리가 없소. 레트로니아 왕국 내에서 7클래스의 마법사는 10여 년 전에 죽은 파스에 카르파가 유일했소."

"맞소이다. 현 궁정 마법사도 겨우 6클래스의 유저에 불과할 뿐이잖소. 그런데 7클래스의 마법사가 나타났다니……. 난 도저히 믿을 수 없소."

"본인의 생각 역시 마찬가지요."

중구난방으로 떠드는 교황들과는 달리 기사들은 조금 전 황태자를 치료하던 붉은 머리 마법사를 떠올리고 있었다. 그저 아름답다고만 생각했던 그녀가 7클래스의 마법을 자유자재로 사용할 정도로 뛰어난 마법사였다니……. 기사들은 자신도 모르게 부르르 몸을 떨었다.

"그리고 또 하나 이해할 수 없는 것은 그 후 황태자 전하께 베풀어진 신성력이오. 신성력을 이용한 것을 보면 프리스트가 분명한데 본인이 이해할 수 없는 건 그가 사용한 신성력의 파워가 하이 프리스트 급을 훨씬 뛰어넘어 우리 교황급이라는 사실이오."

"말도 안 되는 소리! 60년 이상 수련하고 신의 말씀을 따르며 신성력을 쌓은 우리와 비견되는 인물이 존재할 수 있다는 것은 말도 안 되는 소리외다."

"자랑이 아니라 각 교단에서 가장 뛰어난 신성력을 가진 프리스트가 우린데 우리와 비견될 정도의 신성력을 지닌 프리스트가 있다면 우리가 모를 리 있겠소?"

"맞소. 어쩌면 그자는 엄청난 신성력을 가진 아티펙트를 가지고 있었는지도 모르잖소?"

레마노의 말을 부정하는 교황들의 모습을 보면서 토라노는 문득 그들이 어린아이처럼 유치하다는 생각이 들었다. 그리고 황태자를 위해 기절할 때까지 기도를 올려 신성력을 쏟아 부었던 로니의 경건한 모습이 떠올라 자신도 모르게 마음이 숙연해졌다.

교황들의 질문에 그들의 모습을 지켜보던 기사들이 당시의 상황을 설명해 주었는데, 특히 하이얀 브로넨스 교단의 교황인 라이터 카발라야가 지대한 관심을 보였다.

"자이루스 백작이 봤다는 그자의 펜던트에 대해 자세히 말해 주시겠소?"

"예, 그 펜던트는 황금으로 태양의 모습을 조각한 것처럼 보였는데 가운데에는……."

"아니, 그렇다면 그건?"

라이터의 탄성에 사람들의 시선이 그에게 쏠렸다.

"그자가 가지고 있던 그 펜던트가 어떤 아티펙트인지 아시겠소?"

"안다면 어서 말을 해주시오."

"그것은 '하이얀 브로넨스의 눈' 이라고 불리는 저희 교단의 아티펙트가 확실합니다."

"그러면 그렇지. 일개 프리스트의 신성력이 그렇게 엄청날 리가 있겠소. 허허허, 마침 아티펙트를 가진 프리스트가 황태자 전하 가까이 있었다는 것이 신들께서 우리 레트로니아 왕국을 돌보심이 아니겠소. 허허허."

"맞소이다. 우리 레트로니아 왕국은 영원할 것이외다. 신들의 영원한 보살핌 속에서 말이오. 허허허."

다른 교황들의 웃음에 라이터 역시 억지 미소를 짓기는 지었지만 속마음은 편하지 못했다.

하이얀 브로넨스의 눈이 하이얀 브로넨스의 아티펙트인 것만은 사실이었다. 하지만 하이얀 브로넨스의 눈에는 신성력을 증폭시키는 힘도 없고, 자체적으로 어떤 신성력을 가지고 있지도 않은 그저 하나의 펜던트에 불과했다.

전대 교황이 죽은 후 어디론가 사라졌던 물건인데, 하이얀 브로넨스의 눈에는 묘한 전설 비슷한 것이 전해지고 있었다. 그것은 세상에서 말하는 이른바 신검이나 마검처럼 하이얀 브로넨스의 눈도 스스로 세상을 떠돌며 자신의 주인을 찾는다는 것이었다.

자신의 주인을 만나야만 하이얀 브로넨스의 눈이 진정한 위력을 드러낸다고 알려졌는데, 그 능력이라는 것은 단지 펜던트를 소유한 주인이 가진 신성력을 가장 순수한 상태로 만드는 것뿐이었다. 하지만 현재 교단에 소속된 프리스트 가운데 하이얀 브로넨스의 눈이 그런 능력을 가지고 있다는 사실을 알고 있는 사람은 아무도 없었다.

그런데 갑자기 이곳에 하이얀 브로넨스의 눈이 나타난 것이다. 게다가 교황급에 해당되는 신성력을 가진 프리스트와 말이다. 과연 그자는 누구일까?

라이터가 골치를 앓고 있을 때 렉스 일행은 여관으로 돌아와 있었다. 곳곳에 흙이 묻어 조금은 초췌해 보이는 모습으로 자고 있는 렉스의 모습을 바라보는 도네의 눈길에는 연민이 묻어 있었다.

두 시간쯤 지난 뒤 렉스를 깨웠다.

눈을 뜬 렉스는 잠시 주위를 둘러보다 그곳이 자신이 묵고 있던 여관임을 깨닫고는 천천히 자리에서 일어났다. 그리고는 곁에 앉아 있던 도네에게 물었다.

"내가 얼마나 자고 있었어?"

"두 시간쯤."

"황태자의 소식은 모르지?"

"실프가 알아본 바에 따르면 아직 깨어나지 못한 상태라는데 상황이 많이 호전되어 시녀 한 명만 옆에서 그를 돌보고 있대."

"그래? 다행이네."

하지만 그 말을 하는 렉스의 음성에는 아무런 힘이 없었다.

"궁금한 것이 있는데… 왜 그를 구한 것이지? 그는 원수의 아들이잖

아. 렉스가 하도 다급하게 굴어서 그를 살려주기는 했지만 왜 그를 살려준 것인지 난 도저히 이해가 안 가."

"이봐, 도네. 생각은 내가 하기로 했잖아. 어쩐지 도네가 뭘 고민한다는 것은 도저히 상상이 잘 안 가."

"하나도 안 웃겨."

정색을 한 채 묻는 도네의 말에 렉스의 얼굴은 금세 굳어졌다. 그의 입이 열린 것은 한참 후였다.

"모르겠어, 내가 왜 그랬는지. 하지만…… 그가 가슴과 배에서 붉은 선혈을 쏟으며 쓰러지는 모습을 발견하는 순간 무슨 수를 쓰든 그를 살려야겠다는 생각밖에 들지 않았어. 후후후, 대체… 난 왜 하이렌을 살리려고 그렇게 발버둥을 쳤을까? 하하하."

웃음이란 기쁠 때 사용하라고 신이 인간에게 내려준 축복 가운데 하나인데 렉스는 보통 사람과는 전혀 다른 용도로 사용하고 있었다.

그의 웃음을 듣는 순간 그리움, 안타까움, 회한, 살기, 연민, 증오 등 폭풍 같은 감정의 편린들이 소용돌이쳐 도네는 가슴이 답답해져 숨 쉬기조차 힘들 지경이었다.

"다른 사람들은 어때? 다친 사람은 없어?"

"렉스의 고함 소리를 듣는 순간 공중으로 워프를 했기 때문에 다친 사람은 아무도 없어. 다만 로니가 너무나 힘을 써서 탈진했을 뿐이야."

"아, 로니님."

나직하게 로니의 이름을 중얼거리는 렉스의 얼굴에는 그제야 미안함이 걸려 있었다.

"렉스에게는 미안한 이야기지만 이번 일로 샤이베리아는 자신이 정말 재미있는 여행을 하게 되었다고 얼마나 기뻐했는지 모를 거야. 그리고 아마 지금도 크레이와 함께 도시를 신나게 돌아다니고 있을걸."

도네의 말에 렉스는 잠시 고소를 짓다가 도네를 침대로 끌어당겼다. 그리고는 그녀의 무릎에 고개를 묻었다.

"도네, 잠깐만. 잠깐만 이렇게 하고 있을게."

그리고 렉스는 한참 동안 꼼짝도 하지 않았다.

자신의 무릎에 얼굴을 묻은 렉스의 머리를 쓸어주며 도네는 잠시 이야기를 꺼내려다가 금세 입을 다물었다.

렉스가 다시 고개를 든 것은 한참의 시간이 지난 뒤였다.

"다른 사람들은 지금 뭐 하고 있어?"

"샤이베리아와 크레이는 시내를 구경하러 갔고, 로니는 자기 방에서 자고 있고, 안드레이는 콜로세움에서 사로잡은 놈을 족쳐 정보를 알아내고 있을걸?"

"사로잡아? 누굴?"

"자르츠의 동상이 쓰러져 로열석을 덮쳤을 때 로열석으로 달려가던 성기사 한 녀석을 사로잡았거든."

"황태자를 구하러 가던 걸 오해한 것 아니야?"

"안드레이가 이상하다며 잡은 녀석이라 난 잘 모르겠어."

"지금 안드레이는 어디 있는데?"

"이 여관 지하에 있는 식품 창고로 갔을걸, 아마."

"그래?"

가볍게 반문한 렉스가 일어서자 도네도 따라서 일어섰다.

"왜, 같이 가려고?"

"혼자 있으면 심심하잖아."

도네의 말에 렉스는 고개를 끄덕였다.

리나에게 물어 지하로 내려간 렉스는 지체없이 식품 창고로 향했다. 식품 창고로 사용하는 지하실 안에는 안드레이와 밧줄로 꽁꽁 묶인 20대 중반의 청년이 마주 보고 앉아 있었다.

두 사람 모두 의자에 앉아 있었는데 청년의 몸에 묶인 밧줄과 어두운 창고 안의 풍경만 아니라면 가까운 친구끼리 만난 것으로 착각할 정도로 부드러운 분위기였다.

호감이 가는 외모에 부드러운 미소, 은빛 플레이트 메일을 걸치고 있던 청년은 렉스와 도네를 발견하고는 반가운 듯 미소를 지었다.

"꼴이 이런지라 정중하게 인사하지 못하는 것을 용서하시오. 난 그레엄 베벤토스라 하오. 실례가 안 된다면 저 아름다운 레이디의 이름을 알 수 있겠소?"

자신이 포로라는 사실을 잊어버렸는지, 아니면 무시를 하는 것인지 청년은 마치 자신의 집에 초대한 손님을 맞이하듯 자연스럽게 입을 열었다.

그 모습에 렉스와 도네는 어이없다는 표정을 지었고 안드레이는 쓴웃음을 지었다. 렉스는 일단 벽에 쌓여 있던 의자를 내려 도네를 앉게 한 다음 자신도 의자에 앉았다.

"상당히 재미난 친구로군. 그런데 우리에게 필요한 정보는 알아냈어?"

"그게 바로 문젠데… 정보를 말할 테니까 자신을 풀어달라고 하더군."

"거래를 하자는 말인가?"

"그래. 그 말만 앵무새처럼 되풀이해서 지금은 귀가 아플 지경이야."

"자네 생각은?"

"정말 우리에게 필요한 정보를 제공한다면 풀어주고 싶지만 문제는 저자를 풀어줄 경우 우리가 너무 노출될 수 있다는 생각이 들어서 잠시 망설이던 중이네."

"원래 우리의 존재를 드러내기로 했던 것 아닌가?"

"물론 그건 그렇지만 만약 저자가 알고 있는 정보라는 것이 극히 단편적이거나 이미 우리가 알고 있었던 것이라면 검은 달 교단에 우리의 정체만 밝히는 꼴이 될까 봐 그것이 염려되기 때문이라네."

안드레이의 말에 잠시 고심하던 렉스가 갑자기 미소를 지으며 고개를 끄덕였다.

"그 문제는 해결할 방법이 있을 것 같군. 그럼 어디 저자가 얼마나 알고 있는지 질문이나 해보게."

렉스가 자신있게 그렇게 말하자 안드레이는 곧 그레엄에게 질문을 시작했다.

"귀하의 소속은?"

"본인은 다크 루미니언 레이노스 지부 소속 24기동대 조장이오."

"다크 루미니언?"

"어둠에 가려진 달을 가리키는 말이오. 그리고 그 달의 기운을 받은 검은 달 교단의 신도들을 뜻하오. 더 정확하게 말하자면 어려서부터 검술이나 창술 같은 무술을 익힌 신도들을 지칭하는 말이오."

그레엄의 말에 세 사람은 보이얀브르크 시 외곽의 폐성에서 보았던 복면인들을 떠올렸다.

"어려서부터라면 언제부터 무술을 익혔다는 말이오?"

"다른 사람들은 모르지만 난 8살 때부터 검술을 익히기 시작했소.

그리고 5년 전에 이곳으로 배속을 받았소."

묵묵히 듣고 있던 렉스가 그레엄의 가슴을 가리키며 질문을 던졌다.

"가슴의 문장을 보니 오마 브리이트 교단의 성기사인 것 같은데…… 내 말이 맞소?"

"후후후, 이런 껍데기야 아무려면 어떻소?"

"하지만 성기사가 되려면 신성력이 포함된 오라를 사용할 줄 알아야 할 텐데."

"그거야 신에 대한 믿음이 아직 부족해 오라를 사용할 수 없다고 하면 그만 아니오? 물론 말단으로 지내는 것을 감수해야 하겠지만."

태연한 그레엄의 대답에 렉스는 할 말이 없었다.

그의 말처럼 정체를 감추고 성기사단의 말단으로 지냈다면 그가 오라를 사용하지 못하는 것도 충분히 납득이 가는 일이었다. 정말 신분을 감추기에는 너무나 간단한 방법이었다.

"조금 전 귀하가 24기동대의 조장이라고 했는데 조원들은 모두 몇명이나 되오?"

"다른 기동대는 어떻게 구성되어 있는지 모르지만 우리들은 모두 18명으로 구성되어 있소."

"귀하가 방금 다른 기동대의 구성은 모른다고 했는데 그렇다면 다른 기동대에 아는 사람이 아무도 없소?"

"당신들이 우리 검은 달 교단에 대해 어떻게 알고 있는지는 모르지만 우리는 철저한 점 조직으로 되어 있소. 내 직책이 조장이라고는 하지만 조원들 가운데 얼굴을 알고 있는 사람은 아무도 없소. 명령이 하달된 시점에서 약속한 장소에 가보면 그곳에 내 조원으로 발령을 받은 사람들이 복면을 쓴 채 집결해 있는 식이오. 매번 조원들이 바뀌니 내가 그들의 얼굴을 어떻게 알겠소?"

그레엄의 말에 일행들은 너무나 황당한 나머지 벌린 입을 다물지 못했다. 설마 이렇게도 철저히 하부 조직을 움직이고 있을 줄은 상상도 못했다.

"이번 암살에서 귀하가 맡은 임무는?"

"혼란한 틈을 타 교황들을 암살하는 것이었소. 그 늙은이들이 그렇게 빨리 도망칠 줄은 예상 밖이었지만."

안드레이와 렉스는 자신도 모르게 상대의 얼굴을 바라봤다. 만약 그레엄의 말대로라면 이번 사건은 황태자의 목숨만을 노리고 벌인 일이 아니었다. 그 자리에 있던 교황들 가운데 단 한 명만이라도 목숨을 잃는 일이 발생했다면 레트로니아 왕국 전체가 발칵 뒤집어질 만한 엄청난 사건이었다.

"교황들의 목숨은 왜 노린 것이지? 아니, 그보다 황태자의 목숨은 무엇 때문에 노린 거야?"

렉스가 무엇보다 궁금하게 여긴 것이 바로 이것이었다. 하지만 대꾸를 하는 그레엄의 태도는 변화가 없었다.

"다크 루미니언들이 가장 중요시 여기는 것은 상급자가 내린 명령에 대한 절대 복종이오. 일단 명령이 하달되면 설사 자신의 목숨을 잃는다 하더라도 반드시 그 임무를 달성해야만 하오. 항명이나 반항은 어떤 경우에도 용납되지 않소. 이번 임무 역시 어떤 설명도 없었고, 또 우리들은 명령받은 대로 행동했을 뿐이오."

그레엄의 말은 렉스와 안드레이, 두 사람을 고민에 빠지게 만들었다.

"만약 이번에 귀하가 임무에 성공했다면 집결하기로 한 장소는 어디요?"

"그에 대한 명령은 없었소."

그 말을 하는 그레엄의 얼굴에는 잠시 그늘이 끼었다가 곧 사라졌다.

"그렇다면 그것은 살아서 돌아오지 말라는 말 아니오?"

"나도 그렇게 생각하고 콜로세움으로 갔었소. 하지만 시작하기도 전에 설마 저 사람 손에 사로잡히는 신세가 될 줄은 전혀 예상하지 못했던 일이라 나도 지금 상당히 당황스럽소."

당황하기는커녕 얄미울 만큼 여유만만한 표정을 짓고 있는 그레엄을 바라보는 안드레이의 눈에는 어떠한 적대 감정도 보이지 않았다.

"귀하의 신분이 발각되었을지도 모르니 오마 브리이트의 성기사단으로 돌아가지도 못할 텐데 앞으로 어떻게 할 생각이오?"

"내 신분이 발각이 되었다고는 생각하지 않소. 일단 이곳에서 풀려난다면 어떤 식으로든 나에게 연락이 올 거라고 생각하오. 앞으로의 행동은 그때 상황에 따라 정해질 것이오."

"그 외에 우리가 알아야 할 사항들이 있소?"

"한 가지 더 말하자면 다크 루미니언은 단순한 어쎄신 조직이 아니오. 정보 수집을 위한 스파이 활동을 하는 조직도 있고 우리처럼 일이 있을 때마다 소집되는 기동대도 있소. 또 방해자를 제거하는 암살 조직도 있고, 필요한 요인들을 포섭하는 포섭 조직도 있소. 또 내가 알지 못하는 어떤 조직이 있을지도 모르오. 그리고 그 모든 조직을 총괄하는 분은 다크엔젤이라 불리는 분인데 직접 본 적은 한 번도 없소이다."

그레엄의 말에 안드레이나 렉스는 할 말을 잃은 듯 아무런 말도 못하고 있었다.

검은 달 교단에 대해 알게 되면 될수록 그 방대한 규모에 놀라지 않을 도리가 없었다. 단순히 어쎄신 조직을 운용하며 적이라고 판단되는 자들을 암살하는 정도로만 생각하고 있었는데 설마 이렇게 군대와 같은 조직을 가지고 있을 정도라고는 생각하지 않았다.

"이제 본인을 그만 풀어주겠소?"

그레엄의 요구에 렉스는 도네에게 눈짓을 했고, 도네의 손에서 붉은 빛이 번쩍이는 순간 그레엄의 고개가 맥없이 숙여졌다. 그레엄이 완전히 잠 속으로 빠져든 것을 확인한 안드레이가 렉스에게 질문을 했다.

"어쩔 생각인가?"

"일단 이곳에서의 기억을 지우고 풀어줄 생각이네. 그럼 자신의 은신처로 돌아가지 않을까? 아니면 우리에게 미처 말하지 않은 비밀 집결지로 가거나."

"그럴 수도 있겠지."

"거짓말을 하는 눈치는 아니었지만 이 작자를 이용해 알아낼 것이 더 있다면 알아내는 것이 좋잖아."

"그것도 좋겠군. 그럼 미행은 누가?"

"나와 도네가 우선 맡을 테니 자네는 좀 쉬도록 해."

말과 함께 렉스는 잠들어 있는 그레엄을 들어 어깨에 멨다. 그리고는 도네에게 부탁을 했다.

"도네, 일단 콜로세움으로 가서 이 녀석을 깨워보자. 어디로 가는지 슬슬 미행을 하면서 산책이나 하자고."

"워프!"

순간 두 사람, 아니, 세 사람의 모습이 창고에서 감쪽같이 사라졌다. 렉스와 두 사람이 사라지고도 안드레이는 한참 동안 그 자리에서 생각을 정리했다.

창고에서 나온 안드레이는 식당에 앉아 리나에게 위스키 한 잔을 주문했다. 한 모금씩 술을 마시던 안드레이는 왠지 피곤이 밀려드는 것을 느꼈다. .

모함을 받아 기사단에서 물러난 일, 기사 시절부터 자신에게 사랑을 고백했던 공작가의 레이디를 피해 다니던 일, 동료들과 함께했던 긴 시간들, 운명처럼 만났던 여인, 그리고 그녀와의 짧았지만 행복했던 순간들, 아내의 실종과 그녀의 죽음, 그리고 아들의 실종, 그로부터 시작된 추격.

가만히 생각해 보면 지난 20여 년 동안 마음 편히 쉬어본 적은 1년에 불과한 결혼 생활뿐이었던 것 같았다.

안드레이가 지금도 이해할 수 없는 것은 자신이 아내의 시신을 수습하려고 시신이 버려졌던 곳을 찾았을 때 왜 그녀의 시신이 감쪽같이 사라졌느냐 하는 것이었다. 복수를 하기 위해 검은 달 교단을 쫓고 있지만 지금도 아내의 시신을 찾지 못한 것이 가장 마음에 걸렸다. 비록 그녀가 자신의 곁을 떠난 지 10여 년 이상이 지났지만 아직도 긴 적갈색 머리와 수줍게 웃던 그녀의 얼굴이 눈에 선했다.

남은 술을 단번에 마신 안드레이는 리나에게 한 잔의 술을 더 주문했다.

안드레이는 방금 마신 술에 온몸이 서서히 달아오르는 듯한 느낌을 받았다. 그가 밀려드는 피곤과 전신의 근육이 이완되는 느낌에 몸을 맡기고 있을 때 여관 안으로 들어서는 사람이 있었다.

콜로세움에서 여관으로 도착하는 즉시 크레이와 함께 도시 구경을 나갔던 샤이베리아였는데 그녀의 표정이 조금 이상해 보였다. 그녀뿐

만이 아니라 뒤따라오는 크레이의 얼굴 표정도 평상시와는 달리 당혹
감을 감추지 못하고 있었다.

두 사람의 표정이 하도 이상해 안드레이가 입을 열려는 순간 샤이베
리아가 먼저 입을 열었다.

"안드레이, 이 사람들 알아?"

그녀의 말이 끝나기를 기다린 사람들처럼 한 사람씩 여관 안으로 들
어섰다.

사방을 두리번거리면서 가장 먼저 들어온 사람은 진한 녹색의 머릿
결을 가진 엘프였고, 뒤이어 짧은 키에 수염투성이인 드워프가 들어왔
고, 근육질 몸매의 여자 용병과 후드를 잔뜩 눌러쓴 남자, 그리고 가장
뒤쪽에 적갈색의 짧은 머릿결을 가진 30대 초반의 여인이 차례로 들어
왔다.

맨 마지막에 들어오는 여인을 발견하는 순간 안드레이는 자신의 심
장이 터지고 숨이 멎을 것 같은 충격을 받지 않을 수 없었다.

"다, 다, 당신은……?!"

안드레이가 자신도 모르게 말을 더듬으며 자리에서 벌떡 일어서자
그 여인은 눈물이 글썽글썽한 눈으로 비틀거리며 다가와 안드레이 앞
에 무너지듯 무릎을 꿇었다.

"레이님, 저 때문에 레이님께서… 저 때문에……. 흑흑흑."

제 2 장

만남

로자린은 한껏 부풀어 오른 자신의 배를 쓰다듬으면서 불안한 눈으로 주위를 둘러보았다.

자신이 납치를 당한 지도 벌써 6개월이 넘었다.

출산일이 가까워졌기 때문인지 요즘은 뱃속의 아기가 더욱 활발하게 움직이는 것 같았다. 비록 몸은 불편했지만 아기가 세상에 곧 태어난다는 징조임을 깨닫고 있었기에 행복한 마음이 드는 것도 사실이었다. 다만 앞으로 어떤 일이 자신을 기다리고 있을지 모르기에 그것이 불안할 뿐이었다.

몇 가구 되지 않는 산골 생활에서 겨울이 가고 내리쬐는 봄볕이 하도 따스해 평소 가깝게 지냈던 동네 여인들과 피크닉을 나갔던 것이 로자린으로서는 불행의 시작이었다.

계곡에 도착해 갓 피어난 꽃 송이를 찾기도 하고 파릇파릇 돋기 시작한 풀밭에 누워 진한 풀 냄새를 한껏 들이키기도 했다. 그러면서도 사냥을 나간 안드레이가 무사히 돌아오기만을 기원했다.

준비해 온 음식을 먹은 후 잠시 쉬고 있을 때 갑자기 복면을 한 사내들이 나타났고, 자신과 또 한 명의 여인이 그들에게 납치를 당했다. 물론 로자린이나 그 여인이 격렬하게 반항을 하며 몸부림쳤지만 사내들의 힘을 당할 수는 없었다.

사내들에게 뒷덜미를 맞고 정신을 잃었던 로자린이 정신을 차린 곳은 작은 초 하나만이 켜져 있는 어두운 방 안이었다. 불안한 마음으로 주위를 둘러보니 자신 외에도 서너 명의 여인들이 기절해 있거나 구석에 잔뜩 몸을 웅크리고 있었다.

천천히 벽에 몸을 기댄 로자린은 자신이 무엇 때문에 납치를 당한 것인지 그 이유를 전혀 짐작할 수 없었다.

남편에게 원한을 가진 자의 소행이 아닐까 생각을 했지만 그렇다면 자신만 납치를 해야지 왜 아무런 상관도 없는 다른 여인까지 납치를 한 것인지 설명이 안 됐다.

혹시 예전부터 남편을 사랑한다며 공공연하게 쫓아다녔던 일레지아 공작가의 레이디인 이자벨이 질투를 이기지 못하고 저지른 일은 아닐까 하는 생각도 들었다. 하지만 그녀가 자신을 해치려고 했다면 결혼하기 전에도 얼마든지 기회가 많았다. 이제 와서 자신을 해친다는 것은 좀처럼 이해가 안 가는 일이었다.

천천히 생각을 정리하는 동안 눈이 어둠에 익숙해지자 그제야 자신과 납치된 다른 여인들과의 공통점이 무엇인지 깨달았다. 그것은 납치된 여자들이 하나같이 임신을 한 상태라는 사실이었다.

그 사실을 깨닫는 순간 로자린은 뭔가 불길한 느낌이 들었지만 그것이 무엇인지는 말로써 표현하기 어려웠다. 앞으로 벌어질 일들에 대해 불안한 마음을 참을 수 없어 로자린은 입술을 깨물었다.

그렇게 어두운 방 안에서 지낸 로자린은 며칠 후 다른 여자들과 함께 다른 장소로 옮겨졌다. 그곳은 커다란 성의 지하에 마련된 지하 감옥과 같은 곳이었는데 10여 개의 감옥에 각각 서너 명씩의 임산부들이 갇혀 있었다.

울부짖는 여인들도 있었고 기절했는지 꼼짝도 하지 않는 여인들도 있었다. 하염없이 눈물만 흘리는 여인들도 있었고 부서져라 철창을 두들기는 여인도 있었다. 나이도 10대 후반에서 30대 중반까지였고, 그들이 걸치고 있는 의복도 허름한 튜닉에서 고급 드레스까지 다양했다.

처음엔 어떻게든 빠져나가려고 생각했었던 로자린은 곧 그 생각을 포기해야만 했다. 무술도 익히지 못한 처지에 아이까지 임신한 상태로 건장한 사내들이 지키는 이곳을 탈출한다는 것은 거의 불가능한 일이 아닐 수 없었다.

식사는 하루에 두 번 검은 복장에 검은 두건을 쓴 사내들이 가져다 주었다. 아무 말도 없이 음식물을 건네는 그들에게 저주를 퍼붓는 여인도 있었고 자신을 제발 집으로 보내달라고 눈물로 애원하는 여인도 있었다. 그러나 어느 누구도 그들이 말하는 것을 듣는 사람이 없었다. 여자들의 말을 듣지 못하는 것인지 아니면 말을 하지 못하는 것인지 그들은 음식물만 나눠 주고는 곧 사라졌다.

지하 감옥에 갇혀 있는 로자린으로서는 자신이 얼마나 오랫동안 갇혀 있는 것인지 전혀 짐작을 할 수 없었다. 한동안은 벽에 날짜를 표시도 해보았지만 곧 그만두고 말았다. 같이 갇혀 있던 여자들이 그 표시를 보고 더욱 절망하는 모습을 발견했기 때문이다.

대략 한 달 정도의 시간이 지나고 로자린은 눈을 가린 채 또 다른 곳으로 옮겨졌다.

눈을 가렸던 안대를 벗고 주위를 둘러보던 로자린의 얼굴엔 금세 절망스런 표정이 떠올랐다.

그곳은 규모만 더 넓다 뿐 이전의 지하 감옥과 다를 것이 하나도 없었기 때문이다. 오히려 감옥이 넓었기에 더욱 많은 여인들이 갇혀 있었고, 그들은 여지없이 임산부들이었다.

얼마 전까지 혹시 안드레이가 자신을 구하러 오지 않을까 생각을 했었던 로자린은 점점 자신의 희망이 사라지는 것을 느꼈다. 처음 납치가 된 지점에서 이동한 거리도 상당했고, 또 몇 번이나 이동을 했기 때문에 안드레이가 자신을 찾기란 불가능한 일이란 생각이 들었기 때문이다.

자포자기한 심정으로 시일을 보내던 로자린에게 변화가 생긴 것은 그녀가 이곳에 도착한 지 20여 일쯤 지났을 때였다.

여느 때처럼 식사가 오기를 기다리고 있었는데 뜻밖에 검은 로브를 걸친 여인 셋이 나타났다. 그녀들은 임산부들의 상태를 검사하면서 출산일을 계산하고 있었는데 말이나 행동이 너무나 자연스러워 마치 오랫동안 이런 일을 해온 사람들처럼 보였다.

갇혀 있던 여인들은 그녀들을 발견하자 자신들을 풀어달라고 눈물로 호소했지만 그녀들은 들은 척도 하지 않았다. 갇혀 있던 여인들은 검사가 끝나자마자 검은 로브로 전신을 가린 사내들에 의해 감옥 안에서 끌려 나와 곧 어두운 복도로 사라졌다. 감옥은 사내들에게 끌려가며 울부짖는 여인들의 울음소리로 순식간에 아수라장이 되었다.

시간이 지나 로자린의 차례가 되었다.

로자린 앞으로 다가온 여인은 손목에 차고 있던 길고 뾰족한 붉은 보석으로 다짜고짜 로자린의 엄지손가락을 찔렀다. 날카로운 통증 때문에 로자린은 잔뜩 얼굴을 찌푸렸다.

잠시 보석을 흔들어보던 여인은 곧 실망한 듯 나직하게 중얼거렸다.

"이 여자도 아니었군. 임신 7개월. 다음."

"슈, 슈피리어님. 보, 보석이……."

그때 옆에 있던 여인이 깜짝 놀라며 토해낸 말에 슈피리어는 고개를 숙여 자신의 손에 들려 있던 보석을 바라봤다. 붉은색을 띠고 있던 조금 전과는 달리 지금은 조금 칙칙한 푸른색으로 변해 있었다.

"그, 그렇다면 서, 설마 이 여자가……?"

"틀림없어요, 루나 스톤은 오로지 마족의 피[魔血]에만 반응한다고 교황님께서 말씀하셨어요."

"닥치고 조용히 해."

옆의 여인을 조용히 시킨 슈피리어는 다시 한 번 조심스러운 손길로 로자린의 몸 이곳저곳을 만지며 신중하게 검사를 했다. 로자린은 슈피리어의 손길이 닿을 때마다 마치 송충이가 살갗 위를 기어다니는 것 같은 혐오감이 드는 것을 감출 수 없었다. 또 간간이 몸이 저린 것 같은 느낌이 들었지만 별로 심하지 않기에 참을 뿐이었다.

"지금 즉시 이 여자를 별실로 보내도록 해라."

"역시 틀림없는 모양이군요."

"그래. 평소 교황님께 입은 크나큰 은혜를 어떻게 갚나 고심했는데 이런 기회가 주어지다니…… 정말 기쁜 일이구나."

로자린은 갑자기 불안이 엄습했다.

무슨 일인지는 알 수 없지만 두 여인의 대화에서 자신이 다른 여인들과는 다르다는 것을 깨달은 것이다. 로자린은 자신도 모르게 뒷걸음질을 쳤지만 불과 2파렌도 못 가고 복면사내들에게 붙잡혔다.

"대, 대체 왜 이러는 거죠?"

"어서 별실로 옮기지 않고 뭘 하는 거냐? 뱃속의 아기가 다치지 않도록 조심해서 옮겨라."

슈피리어의 명령에 복면사내들은 조심스럽게 로자린을 들고는 지하 감옥을 빠져나왔다. 하지만 로자린은 뱃속의 아기가 잘못될까 봐 제대로 반항조차 할 수 없었다.

잠시 후 로자린이 도착한 곳은 그리 넓지는 않지만 아늑한 분위기를 가진 작은 방이었다. 하지만 원래 침실이 아니었던 곳을 급하게 개조한 듯 침대 하나를 제외하고는 작은 테이블과 의자 두 개뿐인 아주 삭막한 곳이었다. 게다가 군데군데 상처가 난 벽들이 그대로 보이는 것이 보기에도 을씨년스러운 분위기였다.

침대에 로자린을 내려놓은 복면사내들은 금세 방을 빠져나갔고 밖에서 문을 잠그는 소리가 들렸다.

또다시 갇힌 신세가 된 로자린은 나직하게 한숨을 쉬고는 주위를 둘러보았다.

창문조차 없는 방은 테이블 위에 놓여 있는 작은 램프가 유일한 광원이었다. 지하 감옥과 비교하면 훨씬 나은 환경이었지만 갇힌 신세라는 것과 불확실한 미래가 자신을 기다리고 있다는 것에는 전혀 변한 것이 없었다.

잠시 램프를 바라보고 있던 로자린은 조금 전 몸을 더듬던 여인이 자신을 보고 놀랐던 장면을 떠올렸다. 무슨 이유로 그녀가 들고 있던 붉은 보석에 자신의 피가 묻자 푸른색으로 변한 것인지는 모르지만 자신이 이곳으로 옮겨진 것과 연관이 있는 것 같았다.

이곳으로 옮겨진 지 얼마나 오랜 시간이 지난 것인지 전혀 시간의 흐름을 짐작할 수 없었다. 유일한 변화라면 자신의 식사가 하루에 두 번에서 세 번으로 늘었고, 좀 더 영양가가 풍부한 식사가 제공되었다는 것뿐이었다. 또 간간이 검은 로브를 뒤집어쓴 젊은 아가씨가 세탁한 옷과 교환할 침대보, 그리고 볼 만한 책을 전하기 위해 방문할 뿐 그녀 외에는 아무도 로자린을 찾지 않았다.

그렇게 시간을 보내고 있던 어느 날 로자린을 찾아온 손님이 있었다. 역시 검은 로브를 뒤집어쓴 사내였는데 희미한 램프의 불빛에 비친 그의 얼굴은 50대 중반으로 보였다.

불빛이 희미해 잘 보이지는 않았지만 전체적으로 갸름하고 깨끗해 보이는 학자풍의 사내였다. 다만 전반적으로 말라 보이는 것이 사내의 인상을 조금 날카롭게 만들고 있었다.

"이 여인인가?"

"그렇사옵니다, 대교황 폐하."

국왕에게나 써야 할 폐하라는 말을 사용하는 점이나 한 번도 들어본 적이 없는 대교황이라는 말을 듣는 순간 로자린의 가슴에는 왠지 모를 불안감이 몰려들었다.

자신을 진찰한 적이 있던 여인의 대답에 사내는 천천히 오른손을 들어 자신의 가슴 앞에 세우고는 눈을 감았다. 사내의 행동에 영문을 모르겠다는 표정을 짓던 로자린은 한순간 그의 몸에서 검은 연기 같은 것이 치솟는다고 생각했다.

자신과 사내와의 거리는 거의 5파렌 이상 떨어져 있었는데 어둠 때문에 사내의 얼굴도 정확하게 알아볼 수 없었다. 그럼에도 불구하고 어떻게 그의 몸에서 검은 연기가 치솟았다는 것을 알 수 있었을까?

온몸에서 피가 통하지 않다가 다시 피가 통하게 되었을 때와 같은 짜릿함과 저림이 잠시 느껴졌고, 마치 찬바람을 쐰 것처럼 잠깐 동안 서늘한 느낌이 들었다. 하지만 참을 수 없을 정도는 아니었다.

초조한 얼굴로 서 있던 슈피리어는 마치 노예처럼 지극히 공손하게 입을 열었다.

"대교황 폐하, 제가 확인한 것이 맞는지요?"

"흐흐흐, 드디어 찾았다. 드디어 찾았단 말이다! 으하하하!"

사내의 광포한 웃음소리가 방 안을 울렸고 로자린은 그의 웃음소리를 듣는 순간 드디어 마지막 순간이 자신에게 찾아왔다고 생각했다.

로자린이 잔뜩 움츠리고 있는 모습을 잠시 바라보던 사내는 더욱 깊숙이 후드를 눌러쓰고는 슈피리어를 향해 손을 내밀었다. 슈피리어는 황송하다는 듯 조심스럽게 손을 내밀어 대교황이라는 사내의 손을 잡았다.

순간 동공이 멀 것 같은 창백한 섬광이 방 안을 비췄다가 곧 사라졌다.

자신도 모르게 눈을 감았다 다시 뜬 로자린의 눈에 보인 것은 슈피리어라 불렸던 여자가 머리서부터 차츰차츰 재로 변해 흩어지는 모습이었다. 자신도 모르게 손을 들어 입을 가리는 로자린의 귀에 대교황의 음산한 음성이 들렸다.

"수고했다. 너에게 아모데우스의 은총이 가득할 것이다."

슈피리어의 몸은 대교황의 말이 끝나기도 전 한 줌의 재로 변해 바닥으로 쌓였다. 그렇지 않아도 자신과 아기가 어떻게 될까 봐 잔뜩 긴장하고 있던 로자린은 자신의 눈앞에서 인간이 한 줌의 재로 변하는 모습에 큰 충격을 받고 그만 기절을 하고 말았다.

그런 로자린의 모습을 잠시 바라보던 대교황은 나직한 웃음을 남기고는 그대로 방을 빠져나갔다.

로자린이 다시 정신을 차렸을 때는 달리는 마차 안이었다. 맞은편에 앉아 있던 여자는 아무 말도 없이 물병을 내밀었고 로자린은 자리에서 일어나 물을 마셨다. 마차의 창문은 두꺼운 천으로 가려져 있어 전혀 밖을 볼 수 없었다.

그렇게 5일 정도를 보내고서야 로자린은 마차에서 내릴 수 있었다. 눈을 안대로 가려 주위를 확인할 수는 없었지만 계단과 평지를 반복해서 지나는 것을 보면 상당히 넓은 곳인 것 같은 느낌이 들었다.

로자린의 안대가 벗겨진 것은 마차에서 내린 지 거의 15분쯤 지난 후였다. 찬찬히 주위를 살펴보니 이전의 방과는 비교할 수 없을 정도로 화려하고 커다란 방이었다.

창문은 스테인드글라스 장식이 되어 있어 밖의 풍경이 뿌옇게 비치고 있었다. 방에는 거대한 태피스트리로 장식된 벽과 커다란 화병, 간단한 집기와 책상, 10여 권의 책이 꽂혀 있는 서가가 보였다.

무슨 이유로 자신을 이곳으로 옮긴 것인지, 또 그들이 자신에게 원하는 것이 무엇인지 알 수 없기에 불안한 마음은 더욱 커졌다.

벽에 걸린 태피스트리를 바라보던 로자린은 그림의 내용이 이상하다는 곧 깨달을 수 있었다. 일반적으로 신의 사랑과 자비를 표현하는데 반해 이 태피스트리는 악마에게 짓밟히고 있는 신의 모습을 표현하고 있었다. 그런데 그 장면들이 얼마나 진짜 같았는지 비명을 지르고 있는 신의 상처에서 흘러내리는 피가 금방이라도 벽면을 타고 흘러내릴 것만 같았다.

　역겨운 느낌에 고개를 돌린 로자린은 붙어 있는 작은 방에 있던 푹신한 침대에 누웠다. 그리고 얼마 지나지 않아 곧 깊은 수면에 빠졌다.

　그곳에서 생활한 지 어림잡아 두 달이 지난 것 같았다.

　로자린의 생활은 매일매일이 똑같았다. 아침에 일어나면 시중을 맡은 여인이 가져다 준 아침 식사를 하고, 책을 읽거나 공상을 하거나 정원을 바라보다가 다시 점심 식사를 하고, 책을 보거나 잠깐 잠을 자거나 휴식을 취하거나 하면서 시간을 보냈다. 그러면서도 간간이 느껴지는 아이의 움직임에 행복감을 느끼는 로자린이었다.

　그러는 사이 로자린이 일생을 두고 영원히 기억해야만 할 가장 최악의 날은 마침내 오고 말았다.

　그날도 로자린은 점심 식사를 하고 난 후 노곤한 몸을 의자에 기댄 채 아기의 움직임을 느끼며 행복감에 젖어 있었다. 가만히 배에 손을 얹고 있던 로자린이 눈을 뜬 것은 방문을 여는 소리를 들었기 때문이다. 상대를 확인하니 지난 두 달 동안 자신의 시중을 들었던 여인이었다.

　작은 테이블 위에 검은 로브 한 벌을 내려놓은 여인은 무표정한 얼굴로 입을 열었다.

　"이 옷으로 갈아입으세요."

　"예?"

　"빨리 이 옷으로 갈아입으란 말이에요."

　그녀가 자신에게 말하는 것도 처음이지만 그 말이 뭘 뜻하는 것인지 로자린은 전혀 이해할 수 없었다.

"무슨 말씀이신지……."

"내가 강제로 그 옷을 벗겨야 갈아입을 건가요? 그러길 바란다면 기꺼이 그렇게 해드리죠."

무표정한 얼굴로 건네는 여인의 말에 로자린은 왠지 모를 불안감을 느꼈다. 하지만 반항을 할 수도 없는 것이, 지금 로자린에게 무엇보다 중요한 것은 뱃속에 있는 아기의 안전이었다.

그녀에게 반항을 하다가 만약 아기가 잘못이라도 된다면 로자린으로서는 도저히 견딜 수 없는 일이었기에 천천히 자리에서 일어나 입고 있던 옷을 벗었다. 그리고 그녀가 가져온 검은 로브를 걸치려는 순간 여인이 로자린의 팔을 잡았다.

"안 돼요. 입고 있는 것을 모두 벗으세요."

"예?"

"검사를 받아야 하니 속옷을 모두 벗고 이 옷을 입으란 말이에요."

"그렇지만……."

"어서 벗으란 말이에요! 내 말이 안 들려요?"

여인의 음성이 날카로워졌다고 생각되자 로자린은 불안한 마음이 더욱 커졌다. 떨리는 손으로 속옷을 벗는 로자린은 타인에게 자신의 알몸을 보인다는 수치심 때문에 얼굴이 새빨갛게 변했다.

로자린이 검은 로브를 다 입자 여인은 로자린이 벗어놓은 옷을 한쪽으로 치운 다음 앞장섰다.

"따라오세요."

말을 마친 여인은 앞장서서 걸음을 옮겼고, 로자린은 불안해하는 얼굴로 뒤를 따랐다. 로자린은 방을 빠져나와 처음으로 자신이 거처하고 있던 저택을 둘러볼 수 있었다.

그녀로서는 본 적도, 상상한 적도 없을 만큼 거대하고 또 화려한 저택이었다. 눈이 휘둥그레질 만한 물건들이 건물의 벽과 저택의 곳곳을 장식하고 있었다. 다만 이상한 것은 아무도 살지 않는 것처럼 사람들의 모습이 전혀 보이지 않는다는 것이었다.

현관을 나서고 보니 마차 한 대가 두 여인을 기다리고 있었다. 마차의 색도 검은색이었고 마차를 끄는 네 마리 말도 모두 검은색이었다. 게다가 마차를 모는 마부 역시 검은 로브를 입고 있었는데 후드를 깊숙이 눌러쓰고 있어 전혀 얼굴을 알아볼 수 없었다.

여인은 말없이 마차의 문을 열며 로자린에게 마차에 타라는 손짓을 했다. 로자린이 오르자 마차는 소리도 없이 출발했다.

불안해하던 로자린이 도착한 곳은 깊은 폐허처럼 건물의 잔해가 사방에 널려 있는 산속의 건물 터였다. 이곳이 어디인지, 또 무엇을 하는 곳인지는 모르지만 엄청나게 넓은 대지에 널려 있는 건물의 잔해들을 보면 과거 상당한 규모의 궁전이 있었던 곳인 것 같았다.

늦가을이라 그런지 로브 사이로 스며드는 바람이 상당히 서늘하게 느껴졌다. 여인의 안내를 받은 로자린은 건물의 지하로 향했다. 밖에서 본 것과는 달리 실내는 깨끗한 상태를 유지하고 있었다.

지하 특유의 서늘함과 음습함을 느끼며 지하로 내려가던 로자린은 곧 무슨 일인가가 생길 것 같다는 느낌을 버릴 수 없었다. 그러는 사이 상당한 시간을 내려온 것 같았다.

로자린은 억지로 버티려고 했지만 만삭의 몸은 그런 그녀의 결심과는 상관없이 금세 지치고 말았다. 로자린을 안내하던 여인은 로자린이 회복하기를 기다려 몇 번의 휴식을 취해가며 계단을 내려와 목적지에 도착할 수 있었다.

지하 감옥을 개조해서 만든 듯 돌로 지어진 방은 작은 침대를 제외하고는 아무것도 없었다.

"여기서 기다리도록 해요."

말과 함께 여인이 나가 버리자 로자린은 불안한 마음으로 여인이 나타나기를 기다려야만 했다. 하지만 어디론가 사라진 여인은 좀처럼 나타나지 않았고, 거의 2시간 정도가 흘러서야 나타난 사람은 검은 로브에 후드를 깊게 눌러쓴 키가 2파렌은 족히 되어 보이는 거구의 사나이들이었다.

그들은 나타나자마자 로자린의 양쪽 겨드랑이에 자신들의 팔을 끼고는 그녀를 번쩍 들었다. 그리고는 그녀를 어디론가 끌고 가기 시작했다.

처음엔 너무 당황한 나머지 로자린은 감히 반항할 생각을 못했지만 나중엔 압도적인 두 사람의 힘에 짓눌려 몸을 움직일 수조차 없었다. 대체 무슨 일이 자신을 기다리는 것인지 불안해하는 그녀의 귀에 사람들의 웅성거림이 들렸다.

그렇다고 소리를 지른다거나 노랫소리가 들린 것은 아니었고, 수십 수백 명이 나직하게 무엇인가를 암송하는 듯한 소리였다. 워낙 낮게 들리는 바람에 그것이 무슨 소리인지는 전혀 알아들을 수 없었다. 그러나 그 소리를 듣는 순간 소름이 오싹 끼치는 것이 듣는 사람의 기분을 무척이나 불쾌하게 만들었다.

로자린의 몸부림이 조금씩 줄어들 때 그녀는 광대들이 공연을 할 때 사용하는 무대 같은 곳의 중앙에 서 있었다.

무대의 중앙에는 흰 대리석으로 만들어진 돌 침대가 놓여 있었고 곁에는 자신과 같은 검은 로브를 입은 사내가 한 명 서 있었다. 비록 후드를 깊게 눌러쓰고 있어 상대의 얼굴을 볼 수는 없었지만 그에게서는 불길하고 사이(邪異)한 분위기가 풍기고 있었다.

주위를 둘러보니 무대 아래로 검은 로브를 걸친 수백 명의 사람들이 서로의 손을 잡고는 나직하게 주문 같은 것을 중얼거리고 있었다.

양쪽 벽면에는 자신이 거처하던 방의 벽면에 걸려 있는 태피스트리의 내용보다 더 과격한 내용을 가진 벽화가 그려져 있었다.

그림의 제일 아랫단에는 인간들의 시신이 엉망으로 짓이겨진 채 깔려 있었고 악마에게 죽임을 당하는 신들의 몸에서 쏟아진 선혈이 인간들의 시신을 핏물에 잠기게 만들고 있었다. 그리고 악마들은 인간과 신의 육신을 짓이기며 광란의 춤사위를 벌이고 있었다.

드문드문 걸려 있는 횃불이 흔들릴 때마다 사람들의 그림자가 움직이는 모습이 마치 유령들이 춤을 추는 듯 보였다.

"…라 아모데우스 트랏스 테라마크 바루슈 오마라카 크래인스라 바모스토레 우스라미유라."

"…라 아모데우스 트랏스 테라마크 바루슈 오마라카 크래인스라 바모스토레 우스라미유라."

신도들의 알아듣지도 못할 주문이 점점 커진다고 느끼는 순간 주위는 삽시간에 무덤 속처럼 조용해졌다. 그런 신도들의 모습을 본 사내는 양손을 치켜들고는 입을 열었다.

"드디어 아모데우스께서 우리 검은 달 교단의 형제들에게 약속하신 시간이 왔다!"

"와~!"

"기다렸나이다!"

"아모데우스께서 일찍이 말씀하시길 역오망성이 최대 분열인 아홉에 아홉을 거듭할 때 당신의 피와 영혼을 가진 그분의 아드님을 지상에 내려보내 주시겠다고 하셨다."

"저희는 그분의 말씀을 믿나이다!"

"그분의 말씀이 실현될 것임을 믿나이다!"

"어둠의 정령과 혼돈의 제황이신 그분의 아드님이 지상에 내려옴에 소외되고, 배척받고, 멸시받고, 천대받았던 우리들이 세상의 주인 되는 시간이 마침내 온 것이다."

"아모데우스께서 저의 주인이심을 믿습니다!"

"이제 그분의 아드님을 믿고 따르겠습니다!"

"보라! 이 여인의 몸을 빌어 그분의 아드님이 세상에 모습을 드러내게 될 것이다!"

"와~!"

"와~!"

신도들이 외치는 함성 소리에 로자린은 그들이 지금 무슨 말을 하고 있는 것인지 한마디도 알아들을 수 없었다. 하지만 한 가지만은 확실했다.

자신과 안드레이 사이에서 잉태된 사랑의 결정인 아이를 지금 이들이 그들 집단에서 말하는 신의 사자로 만들려고 한다는 것은 분명했다. 어떻게든 막으려 했지만 로자린의 힘은 너무나 미약했다. 잠시 방심하고 있는 사이 그녀를 이곳까지 끌고 왔던 거구의 사내들이 그녀를 흰 대리석 침대 위에 눕히더니 손과 발을 벌려 묶어버린 것이다.

물론 격렬하게 반항을 했지만 사내들은 너무나도 쉽게 그녀를 결박할 수 있었다.

그녀가 침대에 묶이는 순간 주위는 다시 조용해졌고, 곧 그녀의 주위로 만삭이 된 여인들이 끌려 나와 돌 침대 주위에 쭉 늘어섰다.

기괴한 분위기에 불안해하던 여인들이 더 이상 참지 못하고 울부짖을 때 그녀들의 목을 스치는 날카로운 물체가 있었다. 목에 상처를 입은 여인들은 시뻘건 선혈을 뿜으며 묶여 있던 로자린의 전신에 자신들의 피를 모두 쏟아내고는 그대로 쓰러져 버렸다. 너무도 소름 끼치는 상황에 로자린은 정신이 나간 듯 멍한 표정만 짓고 있었다.

그녀 주위에 늘어섰던 여인들이 모두 목숨을 잃자 사내들은 다시 새로운 여인들을 끌어냈고, 그녀들 역시 로자린의 몸에 선혈을 쏟고는 목숨을 잃었다. 그런 과정이 자그마치 아홉 차례나 반복되었다.

로자린의 전신은 납치된 여인들이 쏟아낸 선혈로 온통 벌겋게 물들어 있었다. 그 모습을 만족스럽게 바라보고 있던 로브의 사내는 들고 있던 작은 나이프를 천천히 로자린에게 가져갔다. 그 모습을 발견한 로자린은 이번은 자신의 차례라는 것을 직감하고는 자신도 모르게 눈을 감아버렸다. 그러나 목에서 느껴지는 서늘한 감각은 전혀 없었다.

찌이익~

사내가 들고 있던 나이프는 로자린의 목을 노린 것이 아니었다. 로자린이 걸치고 있던 로브가 길게 찢어진 순간 로자린의 알몸이 불빛 아래 드러났다.

갑작스런 상황에 로자린이 수치스러움을 느낄 사이도 없이 사내는 로자린의 한껏 부풀어 오른 배를 향해 사정없이 X 자로 나이프를 휘둘렀다.

푸앗!

순간 로자린의 배에서는 선홍색의 핏방울들이 허공으로 치솟았고, 그 모습을 지켜보고 있던 신도들은 일제히 광적인 환호성과 함께 알아들을 수 없는 주문을 외치기 시작했다.

로자린은 순간 자신에게 무슨 일이 일어난 것인지 정신을 차릴 수가 없었다. 자신의 배에 날카로운 아픔이 덮친 것은 느꼈지만 지금부터 무슨 일이 벌어지는 것인지 전혀 알지 못하고 있었다. 다만 들리는 것은 광적인 신도들의 외침이었고, 보이는 것은 오직 자신을 내려다보고 있는 검은 로브를 걸친 사내의 광기가 서린 눈뿐이었다.

급격히 몸 밖으로 흘러내리는 선혈 때문에 로자린이 몽롱함을 느끼고 있을 때 로자린의 상태를 살피고 있었던 검은 로브의 사내는 손을 번쩍 치켜들더니 그대로 그녀의 뱃속으로 손을 집어넣었다.

로자린은 비명을 지르고 싶었지만 입이 떨어지지 않았다. 그리고 동시에 무엇인가가 자신의 뱃속에서 빠져나가는 것이 느껴졌고, 그것이 다름 아닌 자신이 지난 10개월 동안 소중히 품고 있었던 아기라는 것을 느낌과 동시에 정신을 잃고 말았다.

*   *   *

자신 앞에 무릎을 꿇은 채 눈물을 짓고 있는 로자린을 멍하게 바라보는 안드레아나 하염없이 눈물을 흘리고 있을 뿐 아무런 말도 못하고 있는 로자린이나 마치 얼어버린 사람처럼 꼼짝도 못하고 있었다.

잠시 후 로자린을 향해 내미는 안드레이의 손은 보기가 안쓰러울 정도로 떨리고 있었다. 천천히 그녀의 볼을 떨리는 두 손으로 감싼 채 바라보는 안드레이의 얼굴도 이미 눈물로 흠뻑 젖어 있었다.

"다, 당신이 살아 있었다니…… 죽은 줄로만 알았던 당신이 살아 있다니……. 모든 신들의 아버지이신 포르세티시여! 정말 감사하나이다! 정말 감사하나이다!"

안드레이는 로자린의 얼굴을 잡고 미친 듯이 키스를 퍼부었다. 키스를 하는 안드레이도, 키스를 받는 로자린도 상대의 무사함에 진심으로 감사했고, 또 진심으로 기뻐했다. 두 사람은 끝없이 서로를 보듬고 어루만지며 서로의 존재를 눈으로, 손으로, 그리고 가슴으로 확인하고 있었다.

그런 두 사람의 모습을 보면서 모두들 가슴이 뭉클해져 왔다. 그런 반면 재미있다는 듯 보고 있는 사람도 없진 않았다.

샤이베리아는 두 사람의 모습을 보면서 크레이에게 조용히 물었다.

"지금 쟤들 뭐 하는 거야?"

"보면 모르십니까? 10여 년 동안 떨어졌던 두 사람이 만났다고 하지 않습니까? 당연히 반가워서 그러는 거죠."

"반가우면 모두 쟤들처럼 저렇게 하는 거야?"

"휴우~ 대부분의 인간들은 반가우면 다들 저렇게 합니다."

겨우 격해진 감정을 추스른 안드레이는 로자린을 자리에 앉혔다. 그러면서도 마치 잡은 손을 놓으면 다시 어디론가 사라질 것을 두려워하는 사람처럼 로자린의 손을 놓지 않았다.

"그래, 그동안 어떻게 지냈소? 난 당신이 그날 비밀 집회 장소에서 목숨을 잃은 줄로만 알았소."

"예? 그럼 그곳에 오셨단 말씀인가요?"

"그렇소. 천신만고 끝에 그곳을 찾았을 땐 이미 당신은…… 참! 상처는 어떻소? 내가 보기에 당신이 그때 입은 상처가 너무나 커서 도저히 살아날 수 없다고 생각했는데……."

"다행히 디안 켈트 교단의 프리스트께서 구해주셔서 목숨은 건질 수 있었어요. 하지만 다시는 아이를 가질 수 없는 몸이 되었다고……."

로자린의 뒷말은 울음에 가려져 거의 들리지 않을 정도로 작아졌다. 그 모습이 너무 가슴이 아파 안드레이는 그녀를 품에 안고 어깨를 가볍게 두드려 주었다.

"아니오, 그렇지 않소. 난 무엇보다 당신이 살아 있다는 것이 너무나 고맙소. 그리고 당신이 겪은 이 모든 일들은 전부 내 잘못이오. 모두 내가 잘못해 이런 일이 벌어진 것이오. 그러니 그런 생각은 하지……."

"아니에요. 이 모든 불행은 모두 저 때문이에요. 그러니 절 용서하지 마세요. 저 때문이에요. 흑흑흑."

그녀의 나직한 울음소리에 안드레이는 가슴을 저미는 듯한 아픔을 느끼지 않을 수 없었다.

누구의 잘못이든 두 사람은 실로 오랜 시간 동안 회한과 고통의 시간을 보내야만 했던 것이다. 그런 상대의 고통과 괴로움과 아픔에 가슴 아파 다시 눈시울이 뜨거워졌다.

잠시 자신의 감정을 정리한 안드레이는 로자린을 위로하며 조심스럽게 그녀의 손을 잡아주었다.

"로자린, 저분들을 소개해 주겠소?"

"아, 제가 정신이 없어서 실례를 했군요. 이분들은 얼마 전 저와 일행이 되어 절 도와주신 분들이세요. 먼저 이쪽 엘프 분은 메디안님, 그리고 이분은 당대의 화인워커이신 게부레인님, 그리고 여자 분은 데포리스 남작가의 레이디 바르미아 듸 데포리스님, 그리고 마지막으로 이 분은 포르샤 백작가의 차남이신 모네스 포르샤님이세요."

"이렇게 만나게 되어 정말 영광입니다. 그리고 제 아내 로자린을 보살펴 주셔서 정말 감사합니다. 전 안드레이 반 휘나가르트라고 합니다."

안드레이의 말에 소개를 받은 사람들은 제각기 그에게 인사를 했다.

"난 왜 소개 안 하는 거야?"

샤이베리아의 퉁명스러운 음성에 사람들의 시선이 일제히 그녀에게 쏠렸다. 그녀를 발견하는 순간 인간들은 아름답고 귀여운 그녀의 모습에 탄성을, 이종족(異種族)의 눈에는 희미하지만 두려워하는 빛이 스치고 지나갔다.

"이분은 샤이베리아님으로… 유희 중이신 블루 드래곤이십니다."

"예에~?"

"설마……?"

"뭔 놈의 드래곤들이 이렇게 많아?"

경악에 찬 사람들의 반응 중에 메디안이 내뱉은 통제 불능의 말이 있었지만 샤이베리아는 유독 자신을 보고 덜덜 떨고만 있는 게부레인이 마음에 들지 않는지 그를 노려봤다.

"기분 나쁘게 넌 왜 인사를 안 하는 거지?"

"아, 안, 안녕하십니까, 위대한 존재시여!"

드래곤만 만나면 발성 기관에 이상이 생기는 불치병을 가진 게부레인의 태도에 샤이베리아는 고개를 갸우뚱거렸다.

"그리고 이 청년은……."

"샤이나 자작가의 삼남인 크레이 루 샤이나라고 합니다."

크레이가 절도있고 정중한 자세로 자신을 소개하자 그때까지 후드를 뒤집어쓰고 있던 모네스가 잠시 움찔하는 모습을 보였다.

"그리고 이 사람은 제 아내인 로자린 듸아 휘나가르트라고 합니다."

안드레이의 소개에 로자린은 자신이 비로소 10여 년간 잊고 지냈던 원래의 자리를 찾은 것 같다는 느낌이 들었다.

어수선한 소개가 끝나자마자 메디안이 먼저 입을 열었다.

"내가 듣기로 당신과 렉스가 같이 있다고 들었는데… 그 빌어먹을 자식은 지금 어디 있지?"

전혀, 조금도, 도무지 엘프 같지 않은 험악한 메디안의 말에 안드레이는 잠시 말문이 막혔고, 게부레인은 나직하게 한숨을 내쉬었다. 곁에서 그들을 지켜보고 있던 크레이는 그런 게부레인의 태도를 보고 그가 자신과 비슷한 처지에서 심적인 고통을 받고 있다는 것을 깨달았다.

"그는 볼일이 있어 잠시 나갔소이다."

"혹시… 도네님도 함께 나갔소?"

"그렇습니다만……?"

안드레이의 대답에 게부레인의 얼굴에는 먹구름이 잔뜩 끼었다. 혹시나 하고 생각하며 왔지만 결과는 역시나 그녀를 피할 수 있는 길은 없었던 것이다. 그런 게부레인과는 달리 메디안은 새롭게 나타난 자신의 먹이에 눈독을 들이고 있었다.

"이제 보니 당신도 상당히 강한 것 같은데……. 언제 우리 한번 붙어볼까?"

난데없는 메디안의 말에 안드레이는 도저히 당혹스러움을 감출 수 없었다. 내뱉는 말 한마디 한마디가 평범한 것이 하나도 없었다.

"무슨 말씀이신지……?"

"난 검술이 강한 자들만 보면 온몸이 근질거리거든. 내가 보기에 당신에게서 느껴지는 기운은 보통 날카로운 것이 아니야. 내가 살아온 세월 동안 만난 최강의 실력자 세 사람 가운데 충분히 한 사람이 될 만해."

"이, 이봐, 메디안. 어쩌면 넌 그렇게 단순무식할 수 있냐? 여기 두 사람이 보이지도 않아? 이 사람들은 지난 10여 년 동안 헤어져 있다가 오늘에서야 만났단 말이야. 그런 사람들을 붙잡고 뭐 한번 붙어봐? 정말 내가 미친다, 미쳐."

"이봐, 화인… 이 아니라 게부레인. 이름 정말 더럽게 헷갈리네. 난 저 사람한테 이야기한 것인데 왜 네가 나서고 그래? 그리고 겨우 10년 정도 떨어져 있는 것 갖고 뭘 그래? 나는 고향을 떠나온 지 벌써 100년도 더 지났단 말이야."

메디안의 뚱딴지 같은 소리에 게부레인은 너무나 기가 막혀 얼굴의 구멍이란 구멍에서 시꺼먼 연기가 나올 지경이었다. 그리고 그녀의 말을 듣던 다른 사람들도 황당하단 표정을 감추지 못하고 있었다.

"이 멍청한 엘프야! 인간하고 엘프의 수명이 똑같냐? 엘프들이 인간보다 몇 배는 더 오래 살잖아. 그리고 네 경우는 마을에서 사고를 치고 집을 가출한 것이지 이들처럼 불행한 일을 겪어 헤어진 것이 아니잖아!"

게부레인의 말에 메디안은 잠시 머쓱한 표정을 지었지만 곧 그에게 따지듯 물었다.

"나하고 저 사람이 싸울지 안 싸울지는 저 사람이 결정하는 건데 왜 네가 자꾸 나서?"

"어떤 미친놈이 엘프가 조화와 평화의 종족이라고 했어? 이건 완전히 무식과 폭력의 종족이잖아. 더군다나 고고하고 세상만물을 훤히 꿰뚫어 본다는 하이 엘프가 말이야."

"나도 그 말에 무조건 찬성."

갑자기 들린 음성에 일행들의 시선이 일제히 입구 쪽으로 쏠렸고, 다정한 모습으로 들어오는 렉스와 도네의 모습이 보였다. 도네의 모습을 발견하는 즉시 자동적으로 제자리에서 벌떡 일어선 게부레인은 공손하게 인사를 했다.

"도네님, 다시 만나뵙게 되어 무한한 영광입니다."

자신이 나갔을 때보다 일행들의 수가 갑자기 늘어 있자 도네는 눈살을 지그시 찌푸리며 새로운 일행들을 살폈다. 그런 그녀의 눈에 안드레이가 웬 여자의 손을 꼭 붙잡고 있는 모습이 비치자 잠시 눈빛이 빛났다.

게부레인은 도네가 눈살을 찌푸리자 잠시 당황하다가 그때까지 자리에 앉아 있는 메디안을 발견하고는 그만 울상을 짓고 말았다.

'이 빌어먹을 엘프 때문에 오늘 세상을 하직하는구나. 길지도 않은 내 일생이여~ 어디 콜루 게브네시여! 두고 봅시다. 내가 죽어 하늘나라로 가서 당신의 수염을 몽땅 태워 버리지 않으면 절대 드워프가 아니오!'

하지만 그의 손가락만은 주인의 고충을 잘 아는지 메디안의 옆구리를 사정없이 찌르고 있었다.

"아야! 옆구리는 왜 찔러? 같이 살자고 찌르는 거야?"

"메, 메디안, 어, 어서 도네님께 인사드리지 않고 뭐 해?"

"안 그래도 하려고 했단 말이야."

툴툴거리며 자리에서 일어난 메디안은 도네를 향해 가볍게 고개를 까닥였다.

"위대하시고, 또 위대하시고, 더할 나위 없이 위대하신 레드 드래곤 도네님을 이렇게 다시 만나뵙게 되니 저 메디안은 일생일대의 다시없는 영광이옵니다."

일순간 주위의 모든 공기가 얼어붙은 듯 싸늘하게 변했다.

메디안의 말은 누가 들어도 도네를 조롱하는 것이라고 들릴 정도로 너절한 수식어가 주렁주렁 매달려 있었다.

도네의 정체를 아는 사람들은 도네가 도저히 그냥 지나갈 리 없다는 생각에 안색이 창백해졌다. 이들 가운데 가장 뛰어난 실력을 가진 안드레이의 얼굴 역시 약간 창백해졌을 정도니 다른 사람들은 말할 필요도 없었다. 게다가 도네의 정체를 모르고 있던 사람들은 그녀가 레드 드래곤이란 말에 사색이 되었다.

그 자리에 모인 사람들이 보기에도 도네의 얼굴은 딱딱하게 굳어 있어 당장이라도 손을 쓸 것처럼 보였다. 하지만 정작 사건을 일으킨 장본인은 왜 주위의 분위기가 이렇게 급변한 것인지 그 연유를 몰라 고개를 갸우뚱거렸다.

그 모습에 렉스는 속으로 한숨을 쉬면서 곁눈질로 도네의 표정을 살폈다. 그동안 자신이 알아왔던 도네라면 이런 상황에서 절대 참을 리 없다는 것이 렉스의 판단이었다. 다만 도네가 어떤 식으로 분풀이를 할지는 그로서도 도저히 짐작할 수 없었다.

"지메로스."

누군가를 부르는 도네의 음성은 나직하고 평범하게 들렸다. 또 그리 화난 음성도 아니어서 사람들은 도네가 메디안의 말을 미처 못 알아들은 것은 아닐까 하는 생각까지 했다.

그녀의 말이 끝나고 1분도 안 돼서 식당의 구석 공간이 이상하게 뒤틀리더니 곧 푸른색의 사냥복을 걸친 사냥꾼 한 사람이 모습을 드러냈다.

엷은 녹색의 머리나 푸른색의 사냥복, 들고 있는 활과 화살마저 녹색을 띠고 있는 사내는 30대 후반으로 보이는 근육질의 청년이었다. 하지만 그의 얼굴만은 꿈에서나 볼 수 있을 정도로 미남이었다.

그는 모습을 드러내자마자 일행들에게는 눈길조차 주지 않은 채 도네를 향해 공손하게 허리 숙여 인사를 했다.

"뮤기냐 산맥의 지배자이신 도르미네스님께 인사를 드리게 되어 무한한 영광입니다."

"네가 지메로스냐?"

"그렇습니다. 그런데 무슨 일로 절 부르셨는지요?"

도네를 대하는 청년의 태도는 흡사 부모에게 꾸중을 듣는 어린아이처럼 조심스럽기 그지없었다. 게다가 같은 드래곤이라는 사실을 믿을 수 없게도 지메로스는 상대를 두려워하는 기색을 보이고 있었다. 하지만 도네는 그런 지메로스를 쳐다보지도 않았다.

"레스톤 산맥에 사는 하이 엘프의 마을이 과거 파이커링이 촌장으로 있던 곳이냐?"

"예?"

지메로스는 도네가 자신을 왜 호출한 것인지 그 이유를 몰라 끙끙거리다가 워프를 통해 온 것이다. 그런데 설마 하이 엘프의 마을 따위를 물을 줄은 상상도 못했다.

레스톤 산에 사는 하이 엘프들의 마을은 하나뿐이었고, 당시 파이커

링이란 늙은 엘프가 마을의 촌장으로 있었던 것은 자신도 분명히 기억하고 있었다.

엘프들의 마을이라는 것이 대부분 그렇듯 한번 자신들의 터전으로 삼으면 천재지변이나 자신들로서 감당할 수 없는 재해가 발생하기 전까지는 절대 떠나지 않으니 아마도 아직까지 그곳에서 살고 있을 것이 분명했다.

비록 자신의 레어에서 그리 멀리 떨어져 있지는 않지만 그곳에 찾아간 적은 한두 번에 불과했다. 하지만 문제는 한 번도 만난 적이 없는 도네가, 그것도 갑자기 자신을 호출해 어째서 하이 엘프들의 마을 따위를 묻는가 하는 것이었다.

복잡한 생각을 하면서도 곧 대답을 했다.

"제 레어에서 조금 떨어진 곳에 하이 엘프들의 마을이 있긴 합니다만……."

"레어에서 멀지 않다고?"

"예, 2엠파렌도 떨어져 있지 않습니다."

"그럼 네 레어까지 박살나겠군."

"예?"

도네의 말에 지메로스는 다시 한 번 반문하지 않을 수 없었다. 대체 뭔 짓을 하려고 엘프들의 마을을 묻고 자신의 레어까지 들먹거리는 것인지 그 이유를 알 수가 없었다.

"유성 소환 마법인 마테오로 레스톤 산을 날려 버릴 거니까 레어에 필요한 것이 있으면 지금 챙겨."

도네의 말은 '오후에 비가 올 테니 미리 빨래를 걷어' 라는 말처럼 한가롭게 들렸다. 하지만 그 말이 의미하는 것은 드래곤인 지메로스로서도 소름이 돋을 만큼 무시무시하기 이를 데 없는 것이었다.

대체 유성 소환 마법 마테오라니?

지메로스가 기절할 듯이 놀라는 것도 당연한 일이었다.

드래곤이 다른 생명체에 퍼붓는 가장 극악한 형태의 공격이 두 가지가 있는데 한 가지는 드래곤 본체에서 쏟아내는 브레스였고, 다른 하나는 드래곤만이 사용할 수 있는 9클래스 궁극의 공격 마법 마테오였다.

브레스는 연령에 따라, 또 종족에 따라 그 파괴 형태가 달라진다. 나이가 많으면 많을수록, 또 개체수가 많으면 많을수록 그 위력은 기하급수적으로 증가한다. 하지만 특별한 경우가 아니면 웜 급이나 에인션트 급에 이른 드래곤들이 브레스를 뿜을 일도 없고 본체로 돌아갈 일도 거의 없는 것이 사실이다.

그렇지만 마법 공격만은, 그중에서도 마테오만큼은 드래곤들도 함부로 쓰지 못하도록 엄중히 통제를 하는 마법이었다.

밤하늘을 아름답게 수놓는 유성이 대지로 떨어졌을 때의 충격은 드래곤조차도 먼지로 변할 만큼 엄청난 위력을 가지고 있다.

이 역시 나이가 많을수록, 개체수가 많을수록 가공할 파괴력을 가지는데 만약 내륙에 떨어진다면 지진, 용암 분출, 화재 등으로 식물조차 살 수 없는 땅으로 변한다. 또 산간 지역으로 떨어진다면 화산 폭발, 지진, 화재 등으로 산 몇 개쯤은 완전 평지로 변할 것이고, 만약 해안 지역이라면 엄청난 해일과 지진으로 눈 깜빡할 사이에 공격받은 지역 전체가 물속으로 사라질 것은 불을 보듯 뻔한 일이다.

그런데 그런 마테오를 쓰겠다니?

만약 다른 드래곤들이 그런 말을 했다면 농담하지 말라고 했겠지만 상대는 자신이 헤츨링 시절부터 블러디 드래곤으로 악명을 떨친 도르미네스다. 그녀가 자신을 호출해 겨우 농담 따위를 할 리도 없고, 게다가 조금 전에 그녀가 한 말은 경고가 아닌 통보였다.

나름대로 그녀의 말을 종합해 보면 그 마을에 사는 하이 엘프 중 누군가가 그녀의 성미를 건드렸고, 그래서 하이 엘프의 마을이 있는 레스톤 산 전역에 마테오를 퍼부어 아예 레스톤 산 자체를 지상에서 없애 버리겠다는 것이었다.

지메로스는 너무도 황당한 사태에 대체 어떻게 자신이 대처를 해야 할지 어떤 결론도 내릴 수 없었다.

헤츨링 시절부터 듣고 자란 도르미네스의 악명 때문인지 감히 그녀에게 반항을 한다거나 그녀를 저지해야 한다는 생각도 들지 않았지만 장장 2,800년 동안 살던 곳을 떠나야 한다는 생각에 기가 막힐 뿐이었다.

"도르미네스님, 마테오는 금지된 마법입니다. 만약 그것을 사용한다면 드래곤 로드께……."

"넌 내가 드래곤 로드를 두려워할 것이라고 생각하느냐?"

그녀의 음성에는 전혀 변화가 없었다.

지메로스는 그녀의 말에 등줄기로 식은땀이 흘러내리는 것을 느꼈다. 그녀의 뜻은 확고했고, 또 그녀가 자신의 말처럼 틀림없이 마테오를 써서 레스톤 산 전체를 날려 버릴 것이 분명해 보였다.

얼른 다른 드래곤, 특히 에인션트 급 드래곤들에게 이 일을 알릴까 하는 생각도 안 해본 것은 아니지만 나중에 그녀의 보복이 너무나 두

려웠다. 또 설사 사실을 알려 에인션트 급의 드래곤이 나타난다 하더라도 그녀가 과연 자신의 말을 번복할까 하는 생각 때문에 꼼짝도 할 수 없었다.

"만약 레스톤 산에 사는 하이 엘프들이 마음에 들지 않으신다면 제가 지금 즉시 가서 그들을 모조리 죽여 버리겠습니다. 그러니 산 자체를 없애는 것은 어떻게……."

"지상에 존재하는 모든 하이 엘프들을 없애 버릴까 하다가 겨우 참은 거야. 그러니까 날 설득할 생각은 포기하고 레어에서 네게 필요한 물건이나 챙기도록 해."

너무도 담담한 음성에 지메로스는 또다시 식은땀을 흘려야만 했다. 그리고 곁에서 두 드래곤의 대화를 듣고 있던 사람들 역시 그 내용에 몸서리를 쳤다.

그들도 레스톤 산이 어디에 있는지 대략 알고 있었다.

현재 바르빈스 연방 4개 국이 있는 곳은 뮤즈 반도라고 불리는 곳이며 레스톤 산은 뮤즈 반도를 관통하는 뮤기냐 산맥의 가장 북쪽 끝자락에 위치한 산이었다.

비록 북단에 위치한 산이라고는 하지만 주봉(主峰)인 레스톤 산과 크고 작은 100여 개의 봉우리들이 이어져 있어 작은 산맥을 이루고 있는 곳이었다. 그런데 그 지역 모두를 초토화시키겠다는 말이 아닌가?

결론적으로 레스톤 산과 주위에 사는 수많은 생명체들의 목숨을 하나도 살려두지 않겠다는 말이었다. 하이 엘프가 말 한마디 실수했다고 레스톤 산을 포함한 지역 전체를 없애 버리겠다니…….

사람들은 다시 한 번 드래곤이란 존재가 어떤 능력을 가진 생명체인지 뼈저리게 느끼고 있었다.

"저어~ 궁금해서 그러는데… 무엇 때문에 저희 마을을 없앤다는 거죠?"

털썩.

메디안의 말에 정신을 차리지 못해 그때까지 서 있던 게부레인은 다리에 힘이 풀려 자신도 모르게 주저앉고 말았다.

'콜루 게브네시여~ 우리 드워프 가운데 메디안 같은 멍청한 드워프가 태어나지 않게 은혜를 베풀어주신 것에 진심으로 감사드립니다. 주신 포르세티와 프라그마의 사랑과 축복을 듬뿍 받으시길 빌겠습니다.'

다른 사람들도 그때까지도 전혀 사태 파악을 못하고 있는 메디안의 심각한 지적 능력에 고개를 저었고, 또 난데없는 날벼락을 곧 맞게 될 그녀의 부족에게 진심으로 조의를 표했다.

자신의 생각보다 사태가 심각해지자 렉스도 고심을 했지만 별다른 방법이 없었다. 고심에 고심을 거듭하던 렉스의 뇌리에 기발한 생각 하나가 순식간에 스치고 지나갔다.

"도네, 잠깐 내 말 좀 들어봐."

"이번만큼은 절대 안 돼. 그러니까……."

"그게 아니라……."

그리고는 도네의 귀에 뭔가를 열심히 소곤거렸다.

렉스의 일행들은 도네가 렉스의 말만은 들어준다는 것을 알고 있었지만 지금 같은 상황에서도 과연 도네의 분노가 렉스의 말 몇 마디에 풀어질까 하는 의문이 들었다. 그런 반면 로자린 일행들은 어떻게 인간인 렉스가 드래곤인 도네를 설득할 생각을 한 것인지 그것이 더 궁금했다.

　모두들 잔뜩 긴장하고 있을 때 그들의 상식으로는 도저히 일어날 수 없는 기적 같은 일이 일어나고 있었다. 더 더욱 믿을 수 없는 것은 렉스의 귓속말을 듣던 도네의 얼굴이 시간이 지날수록 서서히 붉어지더니 부끄러워하는 기색까지 역력히 보인다는 것이었다.

　드래곤인 도네의 얼굴이 발갛게 될 일이 대체 무엇일까?

　렉스의 귓속말은 이미 끝났건만 빨갛게 변한 도네의 얼굴은 좀처럼 돌아올 줄 몰랐다. 주위에서 그 모습을 바라보던 사람들은 갑자기 변한 얼굴색이 뭘 의미하는지 자세하게 알 수는 없었지만 그녀의 기분이 풀어졌다는 것을 직감할 수 있었다.

　"지메로스."

　"예, 도르미네스님."

　"내가 부탁을 좀 해도 될까?"

　"부탁이라니요? 뭐든 말씀을 하십시오. 도르미네스님께서 말씀하시는 것은 무엇이든……."

　"지금 즉시 하이 엘프의 마을로 가서 그곳에 사는 하이 엘프들의 팔과 다리 가운데 하나를 부러뜨려 버려."

　"팔과 다리 가운데… 하나를 말씀이십니까?"

　"그래. 그리고 이런 일이 왜 생겼는지 그 이유를 설명하고 다시는 재발하지 않도록 약속을 받아와."

　"알겠습니다, 도르미네스님."

　"잠깐. 샤이베리아, 지메로스와 함께 가서 이유를 설명해 줘. 알겠어?"

　"예, 도르미네스님."

"워프!"

혹시 도르미네스의 마음이 그새 변할지 몰라 지메로스는 재빨리 샤이베리아의 손을 잡고는 그대로 워프의 시동어를 외쳐 순식간에 사라졌다.

"도네, 우리도 앉아야지."

"그래."

도네는 불과 몇 걸음 앞에 있는 테이블까지 렉스의 인도를 받았고, 그가 빼준 의자에 고상하게, 아주 고상하게 품위를 지키며 앉았다. 그리고 자신의 곁에 렉스가 앉기를 바랐다.

결국 서 있는 사람은 메디안뿐이었다.

그녀가 자리에 앉았을 때 아래층으로 내려오는 로니의 모습이 보였다. 잠시 주위를 두리번거리던 로니는 자신의 일행들 이외에 다른 사람들의 모습을 발견하고는 잠시 멈칫하다가 곧 그들이 앉아 있는 곳으로 다가왔다.

"어서 오십시오, 로니님."

"예? 예, 그런데 이분들은……."

로니가 자리에 앉기를 기다린 안드레이는 일행들에게 로니를, 그리고 로니에게 일행들을 소개했다. 하지만 일행들의 시선은 렉스와 도네에게, 아니, 도네에게 집중되어 있었다.

하지만 어디 도네가 그깟 인간들의 시선에 신경이나 쓸 위인인가? 태연하게 렉스의 어깨에 머리를 기대고는 지그시 눈을 감고 있었다.

정작 부부인 안드레이와 로자린은 사람들의 시선이 신경 쓰여 그저 손만 잡고 있을 뿐이었는데 이제 겨우 연인 사이가 된 렉스와 도네는 사람들의 시선은 전혀 신경 쓰지 않았다.

여러 사람이 테이블에 앉아 있었지만 그들의 시선이나 생각은 모두 제각각이었다.

도네의 화가 풀린 것에 안도를 하면서도 대체 렉스가 그녀에게 무어라 했기에 그녀의 화가 풀린 것인지 궁금하지 않을 수 없었다. 하지만 어느 누구도 감히 그것을 물어볼 만큼 대담한 사람은 없었다.

조금은 어색한 침묵이 흐르고 있을 때 식당의 공간이 일그러지며 두 사람의 모습이 나타났다. 조금 전 모습을 감췄던 지메로스와 샤이베리 아였다.

조심스럽게 다가온 지메로스는 공손하게 보고를 했다.

"하이 엘프 마을에 사는 762명의 팔과 다리 가운데 하나를 모조리 꺾어냈습니다. 그리고 도르미네스님의 명대로 그들에게 엄중히 주의를 주었고, 다시 그런 일이 발생한다면 마을 전체를 몰살시켜도 좋다는 촌장의 약속을 받았습니다."

"그래? 수고했어."

도네는 눈도 뜨지 않고 대답했지만 지메로스는 이대로 사태가 무사히 수습된 것만으로도 다행이라는 듯 안도의 한숨을 내쉬었다.

"저어~"

"뭐야?"

"저어~ 감사의 표시로 저 인간 청년에게 뭔가를 선물하고 싶습니다만 그래도 괜찮은지……."

"좋도록 해."

도네의 대답에 지메로스는 안도의 한숨을 쉬며 알아들을 수 없을 정도로 낮고 빠른 음성으로 시동어를 외쳤고, 잠시 후 그의 손이 빛나더니 일반적인 롱 보우보다 조금 작은 활 하나를 들고 있었다.

"활을 좋아하는지는 모르지만 그래도 이것을 받아줬으면 고맙겠군."

세상에! 드래곤이 선물을 내밀면서도 받아주었으면 고맙겠다는 말까지 하다니……. 일행들은 일생에 한 번도 볼 수 없는 일을 연이어 보게 된 자신들을 과연 운이 좋다고 생각해야 할지 아니면 불행하다고 해야 할지 결론을 내릴 수 없었다.

다만 한 가지 확실한 것은 자신들은 아직도 살아 있고, 목숨을 걸어야 할 살인적인 폭풍은 이미 자신들의 곁을 스쳐 지나갔다는 것이었다.

"감사히 받겠소."

당연히 받을 것을 받는다는 듯한 렉스의 대답에 지메로스의 눈썹이 꿈틀거렸고, 그 모습에 일행들의 가슴이 다시 쿵쾅거리며 뛰었지만 지메로스는 그냥 조용히 뒤로 물러섰다.

"별달리 지시하실 것이 없다면 이만 물러갈까 합니다."

"수고했어. 내가 로드인 그레디오스에게 말을 해놓지."

"감사합니다, 도르미네스님. 즐거운 여행이 되시길……."

그의 말이 작아진다고 느껴지는 순간 그의 모습은 사람들의 시야에서 감쪽같이 사라졌다.

일행들이 잠시 어색한 분위기를 느낄 때 렉스가 안드레이를 바라봤다. 아니, 그의 곁에 있는 로자린을 보고 있었다.

"헤어졌던 부인을 다시 만났다니 진심으로 축하하네."

"고맙네. 참! 그보다 나갔던 일은 어떻게 되었나?"

"잠시 주위를 살피더니 어딘가를 향해 열심히 달려가더군. 비밀 집결지로 가는 줄 알았더니 역시 오마 브리이트 교단의 신전으로 가서 숨었어. 잠시 도네와 지켜봤지만 도무지 움직일 생각을 하지 않기에 일단은 돌아왔네. 내가 보기엔 한동안 움직이지 않을 것 같아 보이기는 했지만 혹시 모르는 일이라 일단 조치는 취해놨네."

"수고했네. 수고하셨습니다, 도네님."

안드레이의 말에도 도네는 눈도 뜨지 않았다.

지금 도네는 조금 전 렉스가 한 말이 머리 속을 떠나지 않아 행복의 바다에서 열심히 허우적거리고 있는 중이었다.

일반적으로 드래곤이 인간과 결혼을 하는 경우가 전혀 없는 것은 아니다. 아니, 여행이나 유희를 즐기는 상당수의 드래곤들이 인간과 결혼을 해 행복한 결혼 생활을 한다. 그러나 단, 그들의 결혼 생활은 드래곤의 마음이 내킬 때까지 지속될 뿐이었다. 대부분 배우자가 생존해 있을 때까지만 지속되지만 때로는 늙어가는 상대가 보기 싫어 홀연히 떠나는 경우도 없지는 않았다.

그들이 선택한 배우자가 목숨을 잃는 그 순간 드래곤은 아무런 미련 없이 그곳—가정—을 떠난다. 그것은 인간—배우자—과의 사이에서 태어난 자식에게 드래곤은 어떠한 책임도, 의무도, 그리고 애정도 느끼지 못하기 때문이다. 아니, 아예 그런 감정 자체를 느끼지 못한다는 말이 정확한 말일 것이다. 하지만 지금 도네가 지극한 행복감을 느끼고 있는 것은 여타 드래곤과는 달리 앞으로 태어날 두 사람 사이의 자식에 관련된 일 때문이었다.

그러는 동안 메디안은 게부레인에게 무슨 말을 들었는지 잔뜩 풀이 죽은 모습이었고, 샤이베리아는 도네의 모습을 빤히 쳐다보고 있었다. 로자린과 바르미아, 모네스는 조금 전 도네가 잠시 보였던 엄청난 말과 행동을 떠올리며 그녀의 분노를 순식간에 풀어준 렉스의 정체에 대해 지극한 궁금증이 생기는 것을 감출 수 없었다.

"그럼 새로 모이신 분들을 위해 저희가 지금껏 알아냈던 검은 달 교단에 대한 정보를 우선 말씀드리겠습니다. 먼저 그들을 가장 먼저 만나게 된 것은 제 아내인 로자린이 그들에게 납치가 되면서 시작되었습니다. 그러니까 지금으로부터 13년 전, 당시 저희는 막 결혼을 해서……."

안드레이는 로자린이 납치되었던 13년 전부터 시작해 불과 몇 시간 전 일어났던 황태자 암살 사건까지 최대한 간략하게, 그리고 객관적인 시점에서 설명을 해주었다. 그럼에도 불구하고 거의 1시간 이상이 지나 버렸다.

이미 알고 있었던 사람들도 있었고, 또 전혀 모르고 있었던 사람들도 있었지만 모두들 검은 달 교단의 드러나지 않은 힘에는 바짝 긴장하는 눈치였다.

"지금 상황에서 가장 큰 문제는 어떻게든 그레엄이란 자의 뒤를 밟아 검은 달 교단의 정체를 밝힘과 동시에 납치된 아이들을 구출해야만 한다는 겁니다. 그리고 만약 그들이 가진 힘이 우리가 감당할 수 있는 정도를 넘어선 것이라면 실종된 아이의 부모들이 가진 힘을 동원해서라도 반드시 밝혀야만 합니다. 게다가 검은 달 교단이 황태자의 목숨까지 노리는 것을 보면 그들과 황태자가 서로 알고 있었던 사이라고 본인은 판단하고 있습니다."

"하지만 황태자 전하께서 설사 그들과 무슨 연관이 있다고 하더라도 쉽게 만날 수 있는 분이 아닌데 무슨 방법으로 관계를 알아낸단 말입니까? 또 만약 상당수의 귀족들이 검은 달 교단에 포섭되어 있다면 조금 전 말씀하신 대로 아이들 부모의 힘을 동원한다는 것도 사실상 불가능한 일이라고 생각하는데 그 점에 대해서는 어떻게 생각하십니까?"

그때까지 침묵을 지키고 있던 모네스가 입을 열자 로니가 그의 말에 찬성했다.

"또한 문제는 단순히 귀족들만이 아니라 각 교단의 프리스트, 상인, 군부에까지 그들의 마수가 뻗어 있다면 사태는 더욱 심각한 일입니다."

바르미아는 렉스 일행들과 인사를 나눈 지 불과 1시간 만에 알게 된 갖가지 일들에 대해 도저히 정신을 차릴 수 없었다.

원래 자신의 생각대로라면 로자린과 나머지 사람들은 자신의 집으로 초대할 생각이었는데 느닷없이 황태자의 암살 사건을 접하게 되고, 한 번도 보지 못한 드래곤을 세 마리나 만나고, 게다가 막연하게 분노를 느꼈던 검은 달 교단의 실체를 알게 된 것이었다.

어느 한 가지만 해도 일생을 살면서 좀처럼 경험할 수 없는 일인데 한꺼번에 경험을 하게 되니 어느 것이 더 급한 일인지 좀처럼 판단을 내릴 수 없었다.

"황태자와 검은 달 교단의 관계는 내가 알아보지."

마치 이웃 사람을 만나듯 아무렇지도 않게 말하는 렉스의 태도는 그 자리에 모인 사람들이 더욱 궁금증을 갖게 하기에 충분했다. 그리고 그럴 줄 알았다는 듯 고개를 끄덕이는 안드레이의 태도 또한 궁금하기는 마찬가지였다.

"그래 주겠나? 그럼 그 문제는 자네가 알아서 처리하고… 교단에 관련된 정보는 로니님께서 알아봐 주십시오. 그리고 군부 쪽은 레이디 바르미아와 모네스 씨께서 수고를 해주셨으면 고맙겠습니다. 레이디 메디안과 게부레인님은 상인들을 조사해 주시고, 저와 로자린은 전반적인 정보를 입수하도록 하겠습니다."

"왜 난 빼놓는 거야? 그리고 얘는?'

샤이베리아의 볼멘소리에 안드레이는 미소를 지었다.

"샤이베리아님은 크레이 군과 함께 오마 브리이트 교단의 그레엄이란 성기사를 감시해 주십시오. 지금 그자가 유일한 단서이니 철저히 감시를 하셔야만 합니다."

"걱정 마."

"샤이베리아, 내가 체이스 마크를 해놓았으니 그것을 이용하도록 해."

"명심할게요, 도네님."

샤이베리아가 귀엽게 대답하는 것을 들은 안드레이가 일행들을 바라봤다.

"내일부터 바쁘게 움직여야 할 테니 오늘은 이만 쉬도록 하는 것이 좋을 것 같습니다. 그럼, 편히 쉬십시오."

말과 함께 안드레이와 로자린이 자리에서 일어나자 다른 사람들도 모두 자리에서 일어났다.

"전 집이 여기서 가까우니 오늘은 집에서 쉬고 내일 오후에 뵙겠어요."

"좋도록 하십시오. 하지만 일행들의 안전을 위해 저희들에 대해서는 감추는 것이 좋을 듯싶군요."

"예, 그렇게 할게요."

인사를 마친 바르미아는 서둘러 여관을 빠져나갔고, 그런 그녀의 모습을 모네스는 하염없이 바라보고 있었다.

　모두들 자신의 방으로 돌아가고 남은 사람은 렉스와 도네뿐이었다.

　"우리도 이만 쉴까?"

　"조금만, 조금만 더 이렇게 있고 싶어, 렉스가 피곤하지 않다면."

　"난 상관없어."

　렉스의 대답에 도네는 어깨에 기댔던 머리를 그의 가슴에 묻었다.
여전히 행복한 미소를 지은 채.

제3장

귀향

귀향

서둘러 여관을 빠져나온 바르미아는 자신의 집을 향해 빠르게 말을
몰았다.

이미 늦은 밤이었기에 곳곳에는 마법 등이 켜져 있었다. 하지만 모
두들 잠자리에 들었는지 행인들의 모습은 거의 찾아볼 수 없었다. 보
이는 것이라고는 여덟 명씩 짝을 지어 순찰을 돌고 있는 성기사들과
도시 경비대의 병사들뿐이었다.

그렇게 말을 달린 지 40분 만에 바르미아는 루비 타운의 한 저택 앞
에서 말을 멈췄다.

높이 5파렌, 폭이 10파렌은 족히 되어 보이는 커다란 철문을 바라보
는 바르미아의 뇌리에는 집을 떠난 후 자신이 겪었던 갖가지 일들이
새삼 주마등처럼 스치고 지나갔다.

잠시 멍해 있는 사이 그녀에게 다가오는 그림자들이 있었다.

"꼼짝 마라! 지시에 불응하면 무조건 공격하겠다!"

싸늘하지만 잔뜩 긴장한 상대의 음성에 바르미아는 말 위에서 천천히 몸을 돌렸다.

그런 그녀의 눈에 자신을 향해 석궁을 겨누고 있는 네 명의 사내와 검을 뽑아 들고 있는 네 명의 사내들 모습이 보였다. 그들의 복장이 은색 플레이트 아머인 것을 보면 아마도 성기사인 것 같았다.

가장 앞쪽에 말을 타고 있던 중년 기사가 한 걸음 앞으로 나서며 입을 열었다.

"그대의 정체를 밝혀라."

"본인은 바르미아 남작가의 바르미아 듸 데포리스예요. 검술 수행 때문에 3년 전에 집을 떠났다가 가문으로 돌아오는 길이에요."

"데포리스 남작가의 레이디 바르미아? 잠시 마법 등이 있는 곳으로 고개를 돌려주시겠습니까?"

중년 기사의 요구에 바르미아는 천천히 고개를 돌려 마법 등의 불빛에 자신의 얼굴을 드러냈다. 잠시 그녀의 얼굴을 살피던 중년 기사는 뭔가 석연치 않다는 표정을 지으며 잔뜩 인상을 쓰고 있었다.

"어째서 이렇게 늦은 시각에 집으로 돌아온 것입니까? 도시의 성문은 벌써 몇 시간 전에 닫혔는데…… 여태껏 어디서 무엇을 하다가 이제야 집으로 복귀를 하는지 그동안의 행적에 대해 설명해 주시겠습니까?"

"내가 내 집에 오는데도 이런 확인 절차가 필요할 줄은 몰랐군요. 성문이 닫히기 전 통과한 것은 사실이지만 같이 여행을 하던 동료와 잠시 술을 한잔 마시다 보니 조금 늦었어요. 이제 됐나요?"

"그 동료가 누구인지 말씀해 주시겠습니까?"

중년 기사가 끈질기게 물어오자 바르미아는 슬슬 짜증이 나는 것을 느끼면서도 누구의 이름을 밝혀야 좋을지 몰라 잠시 고심하지 않을 수 없었다.

상대의 태도로 봐서 여관까지 가서 확인을 할 것이 분명했기에 조바심마저 느끼고 있었다. 하지만 이대로 동료의 이름을 밝히지 않는 것이 더 의심을 받을 행동이기에 어쩔 수 없이 이름을 밝혔다.

"그 사람의 이름은 모네스 포르샤, 포르샤 백작가의 자제 분이세요. 사람들 만나기를 꺼려하는 분이니까 괜히 그분을 건드릴 생각은 안 하는 것이 좋을 거예요."

바르미아의 대답에 중년 기사는 고개를 끄덕이면서도 부하에게 지시를 내려 대문을 두드리도록 했다.

주위가 워낙 고요하기 때문일까? 철문을 두드린 소리는 상당히 멀리까지 퍼졌고, 얼마 지나지 않아 깔끔한 복장을 걸친 중년 사내가 대문을 열었다. 입고 있는 옷이나 허리에 매달린 검, 어느 것 하나 비싸지 않은 것이 없었다.

"무슨 일인데 이렇게 늦은 시간에…… 아니, 아가씨?"

"어~ 켄트야? 오랜만이네."

"예? 예, 그렇습니다만… 무슨 일이라도 생긴 겁니까?"

"그게 아니라 혹시 내가 수상한 사람이 아닌가 의심을 받는 중이었거든."

"기사님, 이분은 저희 아가씨가 틀림없습니다. 기사님도 소문을 들으셨을 겁니다. 3년 전까지 무술을 익힌다고 루비 타운을 떠들썩하게 만들었던 분이 바로 이분입니다. 절대 수상한 분이 아닙니다."

"실례했습니다, 레이디 바르미아. 그럼 저희는 이만."

"수고하세요."

바르미아가 켄트의 안내를 받으며 저택 안으로 사라지는 모습을 묵묵히 지켜보던 중년 기사는 즉시 두 명의 부하에게 지시를 내렸다.

"너희는 지금 즉시 고향이란 여관을 찾아 그곳에 투숙하는 사람들 가운데 모네스 포르샤라는 사람이 있는지 비밀리에 조사하도록 해라. 그 사람을 직접 만나볼 필요는 없고 그저 그곳에 투숙을 하고 있는지 아닌지 그것만 알아보고 오너라."

"조금 전 그 레이디가 이곳 데포리스 남작가의 레이디가 확실하다면 그 동료도 신원이 확실하지 않겠습니까?"

"쓸데없는 소리. 바르미아라는 이름은 나도 들어봤지만 얼굴을 확인한 적은 없다. 그리고 비록 그 집 하인이 데포리스 남작가의 레이디라고 했지만 아직은 믿을 수 없는 일. 어떻게든 이번 사건을 저지른 놈들에 대한 정보를 입수해야만 한다. 그러니 잔말 말고 너희 둘은 당장 여관으로 달려가 동료라는 자가 그곳에 투숙하고 있는지 그 여부를 확인하고 와라."

"알겠습니다."

두 명의 성기사는 황급히 사파이어 타운을 향해 말을 몰았다. 그들이 멀어지는 모습을 잠시 바라보던 중년 기사는 남아 있는 기사들에게 남작가 주위에 매복하며 남작가의 동태를 감시할 것을 명령했다. 그리고 자신은 어딘가를 향해 재빨리 말을 몰았다.

"아가씨, 이게 얼마만입니까?"

"그보다 집에 별일없었지?"

바르미아의 말고삐를 잡고 있던 켄트는 바르미아의 질문에 아무런 대답이 없었다. 그런 켄트의 태도에 바르미아는 갑자기 불안한 생각이 들었다.

"뭐야? 무슨 일이 있는 거야?"

"마님께서 조금 편찮으십니다."

"어머니가?"

켄트의 대답에 바르미아는 영문을 모르겠다는 듯 고개를 갸우뚱거렸다. 켄트의 말이 전혀 이해 가지 않았기 때문이다.

자신이 이렇게 근육질의 몸매를 가지게 된 것은 실제로 아버지보다는 어머니에게서 물려받은 유전적인 요소가 더 많기 때문이었다. 더군다나 그녀의 어머니인 루아나 되아 데포리스는 뛰어난 검술을 가진 용병으로 레트로니아 왕국 전역에 이름을 날렸던 상당히 유명한 여자 용병 가운데 한 명이었다.

바르미아의 아버지인 스네턴 데포리스는 젊은 시절 타고난 완력으로 바스타드 소드를 쓰는 루아나에게 첫눈에 반해 그녀의 뒤를 따르며 열렬히 구애를 했고, 그 행동은 당시 귀족 사회를 떠들썩하게 만들었던 사건 중 하나였다.

씩씩하기로는 레이노스 시에서도 따라올 사람이 없었던 어머니가 아프다니… 바르미아로서는 선뜻 믿을 수 없는 일이었다.

"대체 어디가 아프신 거지?"

"글쎄요… 왕진을 왔던 의사들이 수십 명인데 하나같이 모르겠다고 해서 지금은 주인님과 두 분 도련님께서도 거의 포기를 하신 상태입니다."

"그럼 지금 어머니는 어떻게 지내고 계시는 거지?"

"대부분 침대에서 지내고 계십니다."

켄트의 말에 마음이 급해진 바르미아는 켄트의 손에서 말고삐를 빼앗아 들고는 그대로 현관을 향해 말을 몰았다.

도착하자마자 말 위에서 뛰어내린 그대로 현관문을 박차고 들어가서는 어머니의 방인 2층으로 단번에 뛰어 올라갔다. 그리고는 조심스럽게 방문을 열었다.

짙은 어둠에 싸여 있는 방은 오직 한 곳, 침대 옆 작은 테이블 위에 작은 초 하나만이 켜 있을 뿐이었다. 침대와 조금 떨어진 곳에 있는 창문에서 바람이 들어오는지 촛불은 가끔가다 한 번씩 파르르 몸을 떨고 있었다.

비록 모든 것이 어슴푸레하게 보이기는 했지만 침대에 누군가 누워 있다는 것을 바르미아는 분명히 깨달을 수 있었다. 조심스럽게 발소리를 죽이며 침대로 다가간 바르미아는 침대에 누워 있는 사람을 살폈다.

적갈색의 굵은 웨이브가 진 머릿결, 일반 여인보다 조금은 큰 얼굴, 역시 일반 여인보다는 훨씬 큰 체격. 3년 전 자신이 집을 떠날 때 보았던 어머니가 침대에 누워 있었다. 다만 3년 전과는 비교할 수도 없이 해쓱하게 마른 모습만이 그때와 다를 뿐이었다.

단 한 번도 그녀가 병 따위로 아파했던 모습을 기억하지 못하는 바르미아로서는 정말 뜻밖의 상황이 아닐 수 없었다.

"으음~"

루이나의 입에서 흘러나오는 미약한 신음 소리에 바르미아는 가슴이 미어지는 것 같았다. 손을 뻗어 루이나의 얼굴을 덮고 있는 머리카락을 치워주려고 했지만 혹시 그녀가 잠에서 깰지 몰라 하염없이 쳐다보고만 있었다.

툭!

누군가 자신의 어깨를 건드리는 것을 느낀 바르미아가 고개를 돌렸을 때 30대 초반으로 보이는 건장한 청년 하나가 입에 손가락을 댄 채 서 있는 모습이 보였다.

자신의 첫째 오빠인 벤자민 데포리스였다. 다시 한 번 루이나의 얼굴을 바라본 바르미아는 소리없이 루이나의 방에서 빠져나왔다.

"아래층 서재에서 아버님께서 기다리고 계셔. 어서 내려가자."

"포안에 있어야 할 큰오빠까지 돌아온 걸 보니까 어머니가 많이 편찮으신가 보구나."

"도무지 어머니의 병이 어떤 병인지 아는 사람이 아무도 없어. 정말 답답해서 미칠 지경이야."

"아버지는 어떠셔?"

"건강이야 이상 없으시지만 어머니 때문에 신경을 많이 쓰셔서 아버지도 많이 늙으셨어."

벤자민의 말에 바르미아의 얼굴이 잠시 어두워졌다 곧 담담하게 변했다. 그런 모습에 동생 역시 3년 전과는 많이 달라졌다는 것을 느끼는 벤자민이었다.

서재에 도착한 벤자민은 조심스럽게 문을 두드렸다.

"들어오너라."

조용히 문을 열고 들어가니 테이블 위에 켜 있는 두 개의 촛불이 힘겹게 어둠을 밀어내고 있었다. 책상에는 금발의 중년 사내가 앉아 있었고, 책상 건너 긴 소파에는 역시 금발의 20대 청년 한 명이 앉아 있었다.

벤자민의 뒤를 따라 들어온 바르미아를 발견한 스네턴은 천천히 자리에서 일어났다. 그의 안색은 상당히 어두웠지만 그래도 오랜만에 집에 돌아온 딸을 반갑게 맞이했다.

"오랜만이구나, 바미."

스네턴의 다정한 말에 바르미아는 갑자기 가슴속에서 뜨거운 것이 울컥 치미는 것을 느낌과 동시에 아무런 말도 할 수 없었다. 동시에 아버지의 금발 속에 숨어 있는 새치가 왜 그리 선명하게 보이는 것인지……. 바르미아는 눈물이 흘러내리는 것조차 깨닫지 못하고 있었다.

"앉자."

"예, 아버지."

부녀가 소파에 앉자 그제야 소파에 앉아 있던 금발청년이 아는 척을 했다.

"바미, 그동안 잘 지냈니?"

"작은오빠도 잘 지냈어?"

"그래."

간단한 인사를 주고받은 남매는 곧 입을 다물었다. 3년 만에 만난 사이건만 그들은 어머니인 루이나 때문에 서로에 대한 안부조차 묻기 힘들었다.

먼저 입을 연 사람은 바르미아였다.

"대체 언제부터 어머니께서 편찮으신 거죠, 아버지?"

"휴우, 그러니까 한 6개월 전쯤 되는구나. 너희 어머니가 황금과 태양의 신인 엘라하의 신전에 다녀오던 길이었다. 너도 알다시피 다른 교단의 신전에 비해 엘라하의 신전 앞에는 구걸하는 사람들이 많지 않으냐? 그날도 평소처럼 1실버짜리 은화를 준비해 신전을 찾았지. 신전 입구에서 은화를 뿌리고 들어서려는데 웬 늙은 여자 하나가 루이나에게 왜 자신들을 비참하게 만드느냐며 차마 듣기 민망할 정도로 욕을 하더구나. 노파는 곧 견습 프리스트들에게 끌려갔고, 우리는 곧 그 일을 잊어버리고 미사를 마친 다음 집으로 돌아왔단다. 그런데 뜻밖에 루이나가 그날 저녁부터 앓기 시작해 곧 자리에 누웠단다. 다음 날 곧 의사를 불렀는데 의사의 말이 난생처음 보는 증세라고 하더구나. 다른 의사를 불렀지만 그 의사 역시 마찬가지 대답을 할 뿐이었단다. 엘라하의 신전에서도 하이 프리스트가 찾아와 신성력으로 어떻게든 치료를 하려고 했지만 도무지 차도가 없었단다. 결국 별다른 치료도 못해보고 지금까지 지내고 있단다. 모두가 내가 무능하기 때문이야……."

"의사도 모르고, 하이 프리스트의 신성력으로도 치료가 안 된다니… 어떻게 그런 일이……."

바르미아는 스네턴의 말을 도저히 믿을 수 없었다. 하지만 그런 루이나의 모습을 자신의 눈으로 직접 확인했기에 더 이상의 말은 할 수 없었다.

"오늘은 다들 피곤하고 늦었으니 그만 쉬고 내일 아침에 다시 이야기하도록 하자꾸나."

스네턴의 말에 그들은 자리에서 일어났다. 그러나 아버지가 일어날 생각을 하지 않자 잠시 그를 바라봤다.

"난 잠시 생각할 것이 있으니 너희들 먼저 자도록 해라."

나직한 스네턴의 말에 세 사람은 아무 소리도 못하고 서재를 빠져나왔다.

오랜만에 자신의 방으로 돌아온 바르미아는 투 핸드 소드를 풀어 벽에 기대어놓고, 목욕할 때를 제외하고는 한 번도 벗은 적 없던 하드 레더도 벗었다. 간단하게 세면을 마친 바르미아는 자신의 침대를 향해 몸을 날렸다.

털썩.

푹신한 침대의 감촉을 느끼며 바르미아는 비로소 자신이 집으로 돌아왔음을 실감했다. 동시에 피곤과 함께 갑자기 무거워진 눈꺼풀을 도저히 참을 수 있었다.

다음날 눈을 뜬 바르미아는 익숙한 듯 보이기도 하고 낯설어 보이기도 한 주위의 모습에 잠시 어리둥절한 표정을 짓다가 곧 자신이 어제 집으로 돌아왔다는 사실을 깨닫고는 쓴웃음을 지었다.

자리에서 일어난 바르미아는 간단히 세면을 마치고 집을 떠나기 전 과거 자신이 사용하던 옷장을 열었다.

일반적인 귀족가 여성의 옷장이라고는 믿을 수 없을 정도로 수수하다 못해 초라해 보이기까지 했다. 게다가 여성의 옷장과는 어울리지 않는 남성용 훈련복이 반을 차지하고 있었고, 몇 벌에 불과한 드레스도 프릴이나 보석 같은 장식은 전혀 찾아볼 수 없었다.

처음 병환 중인 어머니를 위해 드레스를 선택하려던 바르미아는 생각을 바꿔 회백색의 훈련복을 입고 그 위에 다시 하드 레더를 걸쳤다. 아래층에 내려온 바르미아는 큰오빠 벤자민이 응접실에서 차를 마시고 있는 모습을 발견했다.

"일찍 일어났구나, 바미."

"응. 오빠도 잘 잤어?"

"그래. 같이 마실래?"

"차보다 산책부터 하고 싶어."

"같이 하자꾸나."

조용히 찻잔을 내려놓은 벤자민은 바르미아와 함께 현관을 나섰다.

남매의 어머니인 루이나는 비록 상당한 실력을 가진 용병으로 이름을 날리긴 했지만 여성스런 아름다움도 잊지 않던 여인이었다. 스네턴과 결혼을 한 후 루이나가 가장 먼저 한 일은 현관 앞의 정원을 당장 두 배로 넓힌 것이었다. 그리고 누구보다 정성껏 정원을 관리했다. 그런 루이나의 노력 덕분에 부부는 어느 가문보다 화사하고 아름다운 정원을 거닐 수 있게 되었다.

사실대로 말하면 데포리스 가문의 초대 선조가 엄청난 완력으로 이름을 날려 작위를 받은 이후로 사실상 투 핸드 소드를 마음먹은 대로 휘두를 수 있는 완력을 가진 후손은 태어나지 않았다. 그런 탓에 데포리스 가문의 역대 가쥬(家主)들은 검술을 거의 포기하게 되었고 상업에 관심을 두게 되었던 것이 사실이다.

그렇지만 가문의 전통을 어떻게든 이어가려는 후손들의 노력은 배우자를 고를 때 검술 솜씨가 뛰어난 여자들을 아내로 맞이하는 것으로 이어졌고, 이제는 전통이 되다시피 했다. 또 그런 이유로 데포리스 가문에서 여성의 발언권은 상당히 강한 편이었다.

특히 바르미아의 어머니인 루이나의 검술 실력은 데포리스 가문 사상 세 손가락 안에 들 정도로 뛰어났기에 그녀의 병은 한 사람의 문제로 끝날 문제가 아니었다.

잠시 정원을 거닐던 바르미아의 발걸음은 곧 자연스럽게 건물의 좌측에 위치한 훈련장으로 향했다. 그런 동생의 행동에 벤자민은 쓴웃음을 지었다.

비록 자신이 바르미아보다 체격 조건은 더 좋지만 검술에 대한 열정만은 도저히 여동생을 따라갈 수 없다는 생각을 지우지 못했다.

막상 훈련장에 도착해 보니 누군가가 롱 소드를 휘두르며 열심히 훈련하고 있는 것이 보였다. 둘째인 에릭이었다. 소리도 없이 움직이는 에릭의 롱 소드는 허공에 수없이 많은 궤적을 그리고 있었다.

벤자민이 에릭의 움직임에 감탄을 금하지 못하는 반면 바르미아는 뭔가가 빠진 듯 허전해 보이는 에릭의 움직임에 아쉬움을 느끼고 있었다.

변화는 심하지만 정작 없어서는 안 될 결정타가 빠져 있었다. 아무리 높게 봐도 소드 익스퍼트 상급 정도였다. 다시 말하면 자신이 집을 떠날 때의 실력에서 조금도 늘지 않았다는 이야기였다.

이마에 맺혔던 땀이 눈으로 흘러들자 에릭은 잠시 땀을 닦기 위해 롱 소드를 내리다가 자신을 지켜보고 있는 두 사람을 발견했다.

"형, 바미, 언제부터 거기 있었던 거야?"

"조금 전에. 정말 훌륭한 검술이야."

"에이, 뭘."

훌륭하다고 칭찬하는 벤자민이나 아니라면서 흡족해하는 에릭의 모습에 바르미아는 힘이 빠지는 것을 느꼈다. 동시에 소드 마스터가 될 가능성이 있는 사람은 자신밖에 없다는 책임감과 의무감을 절실하게 느꼈다.

큰오빠인 벤자민은 수도인 포얀에서 부친 대신 데포리스 상회를 책임지고 있었고, 작은오빠인 에릭은 엘라하 교단에서 성기사로서 나름대로 인정받고 있지만 검술에 대해서만큼은 낙제점을 면하기 힘들었다.

"오빠, 오빠 황태자 전하께서 어제 암살당할 뻔했다는 사실을 알고 있어?"

제4장

탐문 수사

탐문 수사

"뭐?"

"무슨 소리야?"

바르미아의 말을 듣고 깜짝 놀라는 두 사람의 모습에 암살 사건에 대해 전혀 모르고 있었다는 것을 충분히 짐작할 수 있었다. 그리고 그 이유가 어머니의 병환 때문이라는 것을 모를 바르미아가 아니었다. 하지만 이렇게 정보가 늦어서야 다른 사람, 특히 두 사람과 경쟁 관계에 있는 자들에게 뒤처질 것은 너무도 분명한 일이었다.

대부분의 사람들이 그렇듯 바르미아 역시 자신의 오빠들이 남들보다 뒤처진다는 것이 너무나 싫었다. 하지만 매번 결과는 지금과 같았다. 자신은 알려주고 그들은 놀라고.

"큰오빠는 포얀 시에 사람을 보내 군부에서 이번 사건에 대해 어떻게 대처하고 있는지 알아보고, 작은오빠는 엘라하 신전에 가서 이번 사건에 대해 어떻게 생각하고 있는지 알아봐 줘. 그리고 정보를 입수하는 대로 나에게 알려줘."

"넌 어디서 이런 사실을 안 거야?"

에릭의 뜬금없는 소리에 바르미아는 기가 막혔다.

"무슨 소릴 하는 거야? 어제 있었던 성기사 대회에서 그런 일이 발생해 지금 시 전체가 난린데."

바르미아의 말에 두 사람은 서로의 얼굴만 바라보다 황급히 움직이기 시작했다. 나직하게 한숨을 몰아쉰 바르미아는 곧 2층으로 올라갔다.

조심스럽게 어머니 방문을 열어보니 아버지가 침대 곁에 앉아 있었다.

스네턴은 딸에게 다가오라고 손짓을 했다. 그리고 조용한 음성으로 입을 열었다.

"루이나, 바르미아가 돌아왔소."

스네턴의 말에 바르미아는 힘겹게 눈을 떴다.

초점이 제대로 잡히지 않는지 몇 번이나 눈을 깜빡이다 그제야 바르미아 쪽으로 고개를 돌렸다. 아무리 봐도 자신이 알고 있던 어머니의 모습이 아니었다.

"엄마, 저 바미예요. 알아보시겠어요?"

몇 번 입 주위의 근육이 움직였지만 말은 한마디도 흘러나오지 않았다. 힘겹게 손을 드는 것을 발견하고 바르미아가 재빨리 손을 잡아주었다.

건강하다 못해 건장하기까지 했던 루이나가 지금은 뼈만 남아 있었다. 게다가 온기마저 사라져 사람의 손을 만지고 있다는 느낌이 전혀 들지 않았다.

눈물이 치밀어 오르는 것을 애써 참으며 바르미아는 명랑하게 말을
꺼냈다.

"엄마, 저 그동안 엄청 강해졌어요. 이제 조금만 더 노력하면 소드
마스터가 될 수 있어요. 저… 장하죠?"

바르미아의 말에 루이나는 미소를 지어주려고 했지만 그것조차 쉽
지 않았다. 그런 아내의 상태를 눈치 챈 스네턴이 조용히 자리에서 일
어났다.

"나와 바미는 내려갈 테니 좀 더 자도록 하시오."

마치 그 말을 기다렸던 사람처럼 루이나의 눈꺼풀이 스르르 내려왔
다. 그 모습에 바르미아는 다시 한 번 눈물이 치미는 것을 느꼈지만 입
술을 깨물며 애써 참아야만 했다.

루이나의 방을 빠져나온 두 사람은 바르미아의 요청으로 서재로 향
했다.

"바미, 할 말이 있다는 것이 무엇이냐?"

"아버지, 사실은 어제……."

바르미아는 어제 일어났던 일을 비교적 상세하게 설명해 주었다. 역
시나 스네턴은 황태자가 레이노스 시에 왔다는 사실조차 모르고 있었
다. 하지만 바르미아는 일단 검은 달 교단의 이름을 밝히지 않았다.

"어떻게 그런 일이……?"

"지금 문제는 과연 누가 황태자 전하의 목숨을 노렸느냐는 것이지
요. 혹시 이번 사건에 대해 물어볼 만한 분은 안 계시나요?"

상당히 당황했는지 스네턴의 얼굴에는 놀라는 기색이 완연했다.
겨우 침착을 되찾은 스네턴은 곰곰이 생각을 하다가 곧 환한 얼굴을

했다.

"혹시 클리포드 후작 각하라면 그 사건에 대해 뭔가 알고 계실지도 모르겠구나."

"바우젤 클리포드 후작 각하?"

반문을 하던 바르미아의 뇌리에 회백색의 머리와 같은 색의 콧수염을 기른 마음씨 좋게 생긴 노인의 모습이 스치고 지나갔다. 어린 시절 아버지의 손에 이끌려 그가 연 파티에 몇 번인가 참석한 적이 있기에 쉽게 기억할 수 있었다.

"그분이 군부의 동향을 알 수 있을까요?"

"군부의 움직임? 그게 무슨 소리냐?"

"이번 사건을 군부에서는 어떻게 받아들이는지 그걸 알고 싶어서요."

스네턴은 3년 만에 돌아와서는 심장이 떨리도록 엄청난 말을 거침없이 꺼내는 딸의 변화를 어떻게 받아들여야 좋을지 머리 속이 복잡했다.

"일단 아침 식사부터 하자꾸나."

스네턴의 말에 바르미아는 고개를 끄덕였다.

아침이 뿌옇게 밝아오는 거리는 아직 행인들의 모습이 보이지 않아서인지 상당히 한적해 보였다. 길을 오가는 사람은 오로지 도시 경비대와 성기사 무리들뿐이었다.

일찍 문을 연 가게를 찾은 샤이베리아와 크레이는 시원한 주스를 마시며 대로 건너편에 있는 오마 브리이트 교단의 신전을 바라보았다.

어제 황태자가 암살당할 뻔한 심각한 사건이 터졌음에도 불구하고 두 사람은 신전과 거리에서 전해지는 분위기에서 그런 느낌을 전혀 받을 수 없었다.

신전의 문은 이전에도 그랬듯이 새벽부터 열려 있었고, 견습 프리스트들과 성기사들은 진중한 자세로 정문을 지키고 있었다. 게다가 새벽 미사가 있는지 조금 전부터 신도들의 발길이 끊이지 않고 있었다.

"이게 어떻게 된 거야? 보통 황태자가 암살당할 뻔한 사건이 발생하면 군대가 출동하고, 수상해 보이는 인간들은 모조리 잡아넣고, 모두들 집 안에 처박혀 꼼짝도 않고…… 보통 이렇지 않아?"

"그렇긴 합니다만……."

샤이베리아의 말에 크레이도 어리둥절한 표정으로 오마 브리이트 교단의 신전을 바라보고 있었다. 아닌 게 아니라 그녀의 말처럼 신전을 찾은 신도들의 표정이나 그들을 맞는 프리스트나 성기사들의 모습에서는 그런 기색을 전혀 찾아볼 수 없었다.

"근데 샤이베리아님, 그렇다는 건 어떻게 알고 계신 겁니까?"

"책을 봤지. 아니면 내가 어떻게 알고 있겠어?"

한심하다는 듯 자신을 보는 샤이베리아의 태도에 크레이는 나직이 한숨을 쉬었다. 렉스를 만나면서 망가지기 시작한 자신의 일상이 이제는 완전히 절정에 달한 것 같았다.

"가자."

"예? 가다니 어딜 말씀이십니까?"

"어디긴 어디야, 저기 있는 오마 브리이트의 신전이지."

"신전엔 무슨 일로……?"

"거참 말 많네. 너, 혹시 나도 드래곤이라는 사실을 잊고 있는 건 아니겠지?"

"제가 감히… 그 사실을 잊을 리 있겠습니까?"

조금 전까지 그 사실을 까맣게 잊고 있었던 크레이는 갑자기 등줄기에서 식은땀이 흐르는 것을 느껴야만 했다.

"그런데 왜 내가 하는 일에 그렇게 말이 많아?"

샤이베리아의 말에 크레이는 찍소리도 할 수 없었다. 그녀가 그대로 식당을 빠져나가자 크레이는 황급히 계산을 하고는 그녀의 뒤를 따랐다.

핑크 빛의 여행복을 입은 샤이베리아와 밝은 색의 라이트 레더를 입은 크레이의 모습은 수줍은 레이디와 그녀를 지키는 기사 후보생처럼 보여 사람들의 시선을 끌기 충분했다.

신전 앞에서 신도들을 맞이하던 프리스트 가운데 한 명이 두 사람의 모습을 발견하고는 감탄을 금치 못했다.

"정말 귀엽게 생긴 레이디와 잘생긴 기사 아니야?"

"어서 오십… 뭐라고? 오랜만이시군요. 어서 오십시오. 오마 브리이트님의 가호가 언제나 함께하시길……. 지금 뭐라고 했어?"

"저기 좀 봐. 저 사람들 진짜 잘 어울리는 한 쌍 아니야?"

동료의 말에 고개를 돌린 프리스트의 눈에 자신들이 있는 곳을 향해 다가오는 한 쌍의 남녀를 그제야 발견하고는 고개를 끄덕였다.

"그렇군. 한데 못 보던 사람들인데……?"

"여행하다 잠시 들른 모양이지 뭐. 저 레이디가 입고 있는 옷이 여행복 아닌가."

"어서 오십시오. 저희 오마 브리이트 신전에 잘 오셨습니다. 미사를 드리기 위해 오신 모양이군요."

"아니."

프리스트는 생글생글 웃으며 반말로 대꾸를 하는 소녀의 행동에 순간 할 말을 잃었다.

감히 신의 사자이자 대리인인 프리스트에게 반말지거리를 하는 사람이 있다니……. 프리스트는 그녀가 방금 자신에게 진짜 반말을 한 것인지 자신의 귀를 의심했다.

"아닙니다, 저희는 근처를 지나다가 신전의 모습이 웅장하면서도 마음을 편하게 해주는 것 같아 실례가 되지 않는다면 잠시 구경을 했으면 해서 들른 것입니다."

샤이베리아가 또다시 대꾸를 하려는 것을 크레이가 한발 앞으로 나서 대신 대답했다.

"그러시군요. 오마 브리이트님의 보살핌이 언제나 함께하시길……. 저희가 두 분을 모시고 신전의 이곳저곳을 안내해 드려야 함이 옳은 일이지만 지금은 미사 준비로 신도 여러분들도 맞이해야 하기 때문에 조금 곤란하군요."

"괜히 저희 때문에 그런 수고는 하지 않으셔도 됩니다. 폐가 되지 않는다면 잠시만 구경을 하겠습니다."

"그러시겠습니까? 저희 신전에는 특별히 가서는 안 될 곳이 없으니 어디든 자유롭게 구경하십시오. 저희가 안내를 해드려야…… 아참, 이러면 되겠군요. 제가 성기사 가운데 한 분에게 부탁을 드리겠습니다."

"아닙니다. 그렇게 하지 않으셔도……."

크레이의 사양에도 불구하고 젊은 프리스트는 벌써 근처를 지나던 성기사 한 명을 부르고 있었다.

"베벤토스님, 제가 잠시 부탁을 드릴 것이 있는데……."

"무슨 일입니까, 토마스 프리스트?"

"다름이 아니라 이분들이 신전을 구경하고 싶다고 하시는데 저는 신도 여러분을 맞이해야 하니 이분들께 신전을 안내해 주시지 않겠습니까?"

"그거야 오마 브리이트님의 종인 제가 당연히 할 일인데 부탁이라니요. 알겠습니다, 제가 친절하게 모시겠습니다."

부드러운 미소를 지으며 대답하는 베벤토스의 태도에 크레이는 낭패감을 감출 수 없었다. 샤이베리아와 단둘이라면 다른 사람의 방해를 받지 않고 감시해야 할 성기사를 찾을 수 있지만 베벤토스라는 성기사와 함께라면 아무래도 행동의 제약을 받을 것이 분명하기 때문이었다.

크레이가 고심하고 있을 때 샤이베리아는 벌써 베벤토스의 안내를 받으며 신전 안으로 들어서고 있었다. 한숨을 내쉰 크레이는 재빨리 두 사람의 뒤를 따랐다. 그리고 잠시 후 그들의 발길이 멈춘 곳은 엄청나게 거대한 나무가 우뚝 서 있는 곳이었다.

"오마 브리이트 여신이 모든 식물을 지배하는 분이라는 것은 잘 아실 겁니다. 이 나무는 그분의 성력(聖力)이 스며들었다고 알려진 이오니아시스라는 이름을 가진 나무입니다. 뭔가 있을 것처럼 느껴지는 긴 이름과는 달리 꽃도 피우지 않고, 열매도 맺지 않으며, 재질이 무르기 때문에 목재로도 쓸 수 없고, 수분이 많은 관계로 땔감으로도 적당치 않습니다."

베벤토스의 설명에 샤이베리아와 크레이는 어이가 없었다.

일반적으로 신의 권능이 스민 나무라면 당연히 특이한 열매를 맺는다거나, 아니면 엄청난 정화 능력을 가지고 있어야 하지 않은가? 그런데 오마 브리이트의 성력을 받았다는 나무가 목재는커녕 땔감으로도 쓸 수 없다니…….

두 사람은 할 말을 잃었다.

그런 두 사람의 표정이 재미있는지 잠시 말을 끊었던 베벤토스가 다시 말을 이었다.

"그럼에도 불구하고 이 나무가 지금까지 건재한 이유는 연인들의 사랑을 지켜준다는 전설 때문이지요. 보름달이 뜨는 밤 이 나무 밑에서 사랑을 약속한 연인들은 어떤 고난 속에서도 그들의 사랑을 지킬 수 있다는 전설이 전해져 내려오기 때문이죠. 일설에는 오마 브리이트님께서 사랑과 소생의 여신인 카키슈레이께 선물을 하고자 만든 나무라는 전설도 함께 전해지고 있습니다. 자아, 다음은 안식의 정원입니다."

말과 함께 베벤토스는 이동을 했고 크레이가 뒤를 따르려고 했을 때 샤이베리아가 그의 옷을 잡았다.

"왜 그러십니까?"

"저자에게서 마법의 냄새가 나."

"예? 그럼 저자가 마법사란 말입니까?"

"이런 멍청이, 그게 아니라 도르미네스님께서 말씀하셨던 성기사란 녀석이 저 녀석이란 말이야."

"예에~?"

깜짝 놀란 크레이가 황급히 입을 닫았지만 그레엄은 벌써 그 소리를 들었는지 다시 돌아왔다.

"무슨 일이 있으십니까?"

"아닙니다. 아무 일도 아닙니다."

크레이가 서둘러 부인했고, 샤이베리아는 마치 자신과는 상관없다는 듯 딴전을 피우고 있었다. 잠시 그런 두 사람의 아래위를 훑어보던 베벤토스, 아니, 그레엄은 곧 의미심장한 미소를 지었다.

그 미소를 발견하는 순간 샤이베리아는 왠지 불쾌한 느낌이 들었다.

"왜 그런 웃음을 짓는 거지?"

"아닙니다."

"아니긴 뭐가 아니야? 왜 웃은 건지 말 안 해?"

"샤이베리아님, 그만 하십시오."

"시끄러워! 입 닥치고 있어. 저 자식이 왜 웃은 건지 꼭 알아야겠어!"

샤이베리아의 태도가 심상치 않음에도 불구하고 그레엄은 전혀 당황한 모습이 아니었다. 하지만 그녀의 태도가 워낙 완강해 사과를 하지 않을 수 없었다.

"제 웃음 때문에 기분이 상하셨다면 사과를 드리겠습니다. 정말 죄송합니다만 결코 레이디를 비웃으려는 의도는 절대 아니었습니다. 다시 한 번 사과드리겠습니다."

"무엇 때문에 웃은 거지? 어디 말을 해봐."

자신의 사과에도 불구하고 샤이베리아가 조금도 물러설 생각을 하지 않자 그레엄은 어쩔 수 없이 대답을 해야만 했다.

"실은… 저어 레이디께서 저 기사 분에게 느닷없이 사랑의 고백을 한 것은 아닐까 하는 생각이 들었기 때문입니다."

"내가 크레이에게 사랑의 고백을 했다고? 기가 막혀서……. 어떻게 내가 겨우 인간 따위를 사랑할 것이라고 생각했단 말이냐?!"

얼굴이 새빨갛게 변한 채 말하는 샤이베리아의 모습에 그레엄은 고개를 갸웃거렸다.

"인간 따위라니요? 그렇게 말씀하시는 레이디께서도 인간 아닌가요?"

"흥! 내가 어딜 봐서 인간이란 말이냐? 난 지상에서 가장 위대한 종족인 드래곤이란… 읍읍."

크레이가 재빨리 손을 뻗어 샤이베리아의 입을 막았지만 정작 해서는 안 될 말은 이미 다 내뱉은 후였다.

처음 샤이베리아의 말을 믿지 못하던 그레엄은 그제야 그녀의 몸 주위에 엄청난 마나가 모여 있음을 깨달았다. 동시에 자신에게 쏟아낸 말에 스며 있는 드래곤 피어에 충격을 받아 코와 입에서 피가 흘러나오고 있었다.

잠시 비틀거리던 그레엄은 불신의 빛을 감추지 못하면서도 곧 고개를 숙였다.

"지고하신 존재시여, 감히 당신을 알아보지 못해 실수를 저지른 저의 잘못을 용서하시기 바랍니다."

비록 안색은 창백했지만 그의 음성만큼은 조금의 떨림도 없었다. 어찌 보면 당당해 보였고, 또 어찌 보면 본인의 생사에는 별 관심이 없는 것처럼 보이기도 했다.

그러나저러나 샤이베리아의 정체가 밝혀졌으니 이제 어떻게 대처를 해야 좋을지 결론을 내릴 수 없었다. 게다가 자신의 정체가 드래곤이라고 밝혔으니 그레엄이 샤이베리아를 피할 것은 불을 보듯 뻔한 일이었다.

물론 그에게 체이스 마크 마법이 걸려 있어 추격에 실패할 일은 없겠지만 만약 그가 신전에서 꼼짝도 하지 않는다면 일행들을 불편하게 만들 것이 분명했다.

그레엄을 노려보고 있던 샤이베리아의 손에서는 지금도 눈부신 섬광이 번쩍거리며 쉴 새 없이 방전이 일어나고 있었다.

"샤이베리아님, 그만 가시죠."

"가긴 어딜 가? 이 자식을 그냥……."

"그럼 죽이실 겁니까?"

"뭐?"

"이 사람을 죽일 거냐고 물었습니다."

갑자기 당당해진 크레이의 태도에 샤이베리아는 어이가 없다는 표정을 지으면서도 왠지 찜찜한 기분이 드는 것을 숨길 수 없었다. 그런 생각 때문인지 샤이베리아의 음성이 조금 작아졌다.

"안 죽일 거다, 왜?"

"이 사람은 지금 내상을 입었습니다. 빨리 치료를 받지 않는다면 죽을지도 모릅니다. 만약 이 사람이 상처 때문에 목숨을 잃는다면 결국 샤이베리아님께서 이 사람을 죽인 셈이 됩니다. 그리고 그 사실을 도네님께서 아시게 된다면……."

"너, 너 지금 날 협박하는 거야?"

"아닙니다. 전 혹시 샤이베리아님께서 그 일을 잊고 계신 건 아닌가 확인했을 뿐입니다."

딱딱하게 표정을 굳힌 크레이는 지극히 사무적인 음성으로 말을 하고 있었다.

열이 치민 샤이베리아는 건방지게 자신을 가로막은 크레이를 죽지 않을 정도로 두들겨 패주고 싶었지만 도네가 무서워 감히 그럴 수 없었다.

분이 풀리지 않은 얼굴로 서 있던 샤이베리아가 갑작스럽게 그 자리를 떠나자 크레이는 그레엄을 바라봤다.

이런 상황만 아니라면 사귀고 싶다는 생각이 들 정도로 당당하고 멋있어 보였다. 그래서인지는 모르지만 그레엄을 향해 입을 여는 크레이의 음성은 조금 전과는 달리 부드러웠다.

"당신에게 부탁이 있소. 저분이 드래곤이라는 사실은 당신만 알고 있었으면 하오. 만약 저분의 정체가 드래곤이라는 소문이 퍼진다면… 어쩌면 귀하의 말 한마디 때문에 레트로니아 왕국 전역에 대재앙이 내려질지도 모른다는 것만 명심해 주었으면 고맙겠소이다. 참고적으로 샤이베리아님은 이제 막 헤츨링 시기를 갓 넘기신 분이오. 만약 그런 분에게 털끝만큼이라도 문제가 생긴다면 그냥 두고 보지만 않을 존재들이 무수히 많다는 것도 알아두시오. 그럼."

말을 마친 크레이는 벌써 상당히 멀어진 샤이베리아를 향해 힘껏 달려갔고, 그레엄은 방금 자신에게 일어난 일을 생각하며 아득하게 멀어져 가는 샤이베리아와 크레이의 뒷모습을 멍한 시선으로 지켜봤다.

"이제 어떻게 하실 겁니까?"

"어떻게 하긴 뭘 어떻게?"

"그자에게 우리의 정체를 들켰으니 앞으로 그자가 우리를 발견한다면 자신을 감시한다는 것을 알게 될 것이고, 만약 그렇게 된다면 검은 달 교단에 대한 단서는 영원히 잡을 수 없게 될지도 모릅니다."

"그래서 어떻게 하자는 거야?"

"그자는 지금 체이스 마크 마법에 걸려 있으니 금세 어디로 도망치지는 못할 겁니다. 제 생각에는 렉스님이나 도네님에게 보고하고 조치를 받아야 할 것 같습니다. 그래서…….."

"방금 있었던 일을… 도르미네스님께 말씀드릴 거야?"

"샤이베리아님은 설마 도네님께서 이 일을 짐작하지 못하실 거라고 생각하는 것은 아니겠지요?"

"아, 아니. 당연히… 아시겠지."

뒷말은 거의 들리지 않을 정도로 작았다.

샤이베리아가 지금 뭘 걱정하는지는 알지만 조금 전 자신이 그녀에게 말한 것처럼 검은 달 교단의 단서가 끊어질지도 모른다는 생각에 조금 조급한 생각이 든 것도 사실이었다.

"지금 저와 함께 가시겠습니까, 아니면 나중에 따로 오시겠습니까?"

크레이의 말에 샤이베리아는 흠칫 놀랐다.

저지른 죄가 있어 어떻게든 도망가고 싶은 마음은 굴뚝같지만 도망치다 나중에 도네에게 걸린다면 그녀의 말처럼 집으로 아주 보내 버릴지도 모른다는 생각에 도망도 칠 수 없었다. 또 설사 도주에 성공을 한다고 하더라도 도네가 자신의 부모를 찾아가 행패를 부리지 않는다고 누가 장담하겠는가?

결국 샤이베리아는 내키지 않는 발걸음으로 일행들이 머물고 있는 여관으로 향했다.

두 사람이 여관에 도착했을 땐 이미 날이 환하게 밝아 대로를 지나는 사람들로 조금은 어수선하게 변해 있었다. 여관 안으로 들어서고 보니 뜨내기 손님 몇 명과 과일 주스를 마시고 있는 렉스와 도네의 모습이 보였다. 또 그들 외에도 안드레이 부부와 로니의 모습이 보였다.

"아니, 크레이 군, 감시는 어떻게 하고 이곳에 온 것인가?"

"실은… 문제가 생겼습니다."

"문제? 으음, 말해 보게."

"그레엄이라는 사내를 감시하다가 샤이베리아님이 드래곤이라는 사실을 그만 들키고 말았습니다."

크레이의 말에 렉스와 딴 짓을 하고 있던 도네가 천천히 고개를 돌렸다. 슬쩍 눈이 마주친 샤이베리아는 황급히 고개를 숙이고는 감히 들 생각을 못하고 있었다. 그 모습만 보면 어른에게 꾸중을 듣는 아이의 모습이었는데 부들부들 떨고 있는 것이 크레이가 보기에는 너무나 안쓰러웠다.

"그 인간이 어떻게 샤이베리아가 인간으로 폴리모프했다는 사실을 눈치 챘다는 것이지?"

"사실은……."

샤이베리아가 막 대답을 하려는 순간 크레이가 한 발 앞으로 나서며 재빨리 대답했다. 그 모습에 일행들은 대충 어떻게 된 일인지 짐작이 갔다.

"제가 그만 말실수를 했기 때문입니다."

"아니에요, 도르미네스님. 하도 그 자식이 성미를 건드려서… 정체를 밝힌 건 저예요. 그리고 너, 정작 말실수를 한 사람은 난데 왜 네가 사과를 하는 거야?"

샤이베리아의 얼굴에는 정말로 크레이의 행동을 이해할 수 없다는 표정이 역력했다.

"샤이베리아, 보호하고 싶은 상대를 위해 그의 잘못을 자신의 잘못이라고 말하는 존재, 그것이 바로 인간이다."

"그것이 인간이라고요? 드래곤인 제가 왜 인간 따위에게 보호를 받아야 하는 거죠? 그리고 절 보호하고 싶다니, 전 도저히 이해할 수 없어요."

"이번 여행을 통해 네가 인간에 대해 얼마나 알게 될지는 모르지만 세상에서 인간만큼 재미있는 존재는 결코 없다는 것 하나만은 내가 보장하지."

그녀에게 크게 꾸중을 듣게 되리라고 예상했던 것과는 달리 뜻밖에도 도네의 음성은 상당히 차분했다. 게다가 여전히 렉스의 어깨에 고개를 기대고 있는 모습을 샤이베리아로서는 도저히 이해할 수 없었다.

말로는 여행이라고도 하고, 또 유희라고도 하지만 어떤 의미에서는 장난이라고 볼 수 있다. 심심하니까, 지극히 오래 사는, 아니, 오래 살아야만 하는 드래곤의 입장으로서는 이런 식의 장난(?)도 쳐야 기나긴 세월을 지겹지 않게 보낼 수 있는 것 아니겠는가?

그런 사실을 성년이 된 드래곤에게 들어서 알고 있는 샤이베리아였지만 지금 그녀의 눈에 보이는 도네의 모습은 뭔가 다른 것을 느끼게 했다.

아이들의 놀이를 지켜보는 방관자의 입장이 아니라 적극적으로 동참해 함께 노는 존재라고나 할까?

물론 지금도 도네의 주위에는 에인션트 드래곤에게서나 볼 수 있는 압도적으로 많은 마나가 믿을 수 없을 만큼 집중되어 있어 소름이 오싹 돋을 정도였다.

도네의 존재감에 샤이베리아는 몸을 떨면서도 왜 그녀가 저렇게 인간에게 호의적인지 그 이유를 알 수 없었다.

"어떤 이유에서든 샤이베리아님의 존재가 드러났다면 그자를 계속 감시할 수는 없는 일이니 그자를 감시하는 일은 나와 로자린이……."

"아니, 현재는 자네가 모든 일을 총괄하는 입장이니 자네가 그자를 감시한다는 것은 문제가 있어. 그러니 그 일은 다시 나와 도네가 맡기로 하지. 도네, 괜찮지?"

"나한테 그런 것 묻지 마. 그리고 하고 싶은 일은 뭐든지 해. 난 렉스 곁에 항상 있을 테니까."

도네의 말을 듣는 순간 안드레이는 자신의 팔에서 우툴두툴한 소름이 왕창 돋는 것을 자신의 눈으로 직접 확인하는 희한한 경험을 했다. 또한 곁에 있던 로자린도 저렇게 닭살스런 이야기를 아무런 망설임도 없이 말하는 도네의 무신경에 속으로 감탄을 금치 못했다.

"그, 그래 주겠나? 도네님과 함께 가주면 나로서야 훨씬 더 고맙지."

대답을 하면서도 안드레이는 도네가 근래 들어 급격하게 렉스와 가까워지는 것을 어떻게 받아들여야 좋을지 몰랐다.

물론 지금 자신들이 하는 일에 도네가 개입하기를 진심으로 바랐지만 그것은 그것이야말로 희망 사항에 불과했다. 그런데 얼마 전부터 도네가 렉스와 가까워지면서 본격적으로 개입하기 시작했고, 또 그럼으로 인해 그녀에게 도움을 받은 것이 한두 가지가 아니었다. 그러니 안드레이로서는 렉스가 도네와 좀 더 가까워지기를 기대하는 마음도 없지 않았다.

"곧 아침 식사가 나오니 아침 식사나 하고 나가지?"

"아니, 주스를 마시고 나니 아침을 먹고 싶은 생각이 별로 없어. 도네, 아침 식사는?"

"나도 별로 생각 없어. 그러니까 그냥 나가도록 해."

"예에~ 알겠습니다, 레이디. 그럼 일어나실까요?"

자리에서 먼저 일어나 살짝 상체를 숙인 렉스가 손을 내밀자 도네는 가볍게 그의 손에 자신의 손을 맡기며 자리에서 일어났다. 그와 동시에 렉스가 왼팔을 구부리며 내밀자 싱긋 미소를 짓고는 가볍게 오른손을 내밀어 렉스의 왼팔을 끼었다. 그리고는 그대로 여관을 빠져나갔다.

그 모습을 본 일행들 가운데 입을 여는 사람은 아무도 없었다. 아니,

입을 열 수가 없었다. 그들 일행 가운데 렉스와 도네 커플처럼 닭살스럽고(?) 뻔뻔한 인간은 아무도 없었기 때문이라는 것이 보다 정확한 말일 것이다.

일행들은 라나가 아침 식사를 차리는 것에는 아랑곳하지 않고 멀어져 가는 두 사람의 모습을 멍하니 바라보고만 있었다.

* * *

"으음~"

희미한 신음 소리에 근처에 있던 토라노는 환자가 누워 있는 침대 쪽으로 고개를 돌렸다.

"전하, 정신이 드시옵니까?"

"음. 여기는?"

"이곳은 전하를 모시기 위해 특별히 마련한 곳이옵니다."

우렁찬 목소리로 들어보아 틀림없이 자신의 근위대장인 토라노였다.

처음에는 자신이 왜 이곳에 있는지 몰라 당황하는 하이렌은 자신이 당했던 일들이 서서히 생각나기 시작했다.

갑자기 뭔가가 무너져 머리 위를 덮쳤고, 자욱하게 이는 흙먼지 속에서 자신의 목숨을 노리며 날아들던 검과 살기에 가득 찬 얼굴을 하고 있던 로열 기사와 근위 기사, 그리고 성기사들의 모습이 뇌리를 스치고 지나갔다.

그들이 왜 자신을 공격한 것인지 궁금해하던 하이렌은 자신의 목숨을 노렸던 어쎄신들이 내뱉은 말을 기억해 내고는 곧 그 이유를 깨달을 수 있었다.

'뿌드득! 죽일 놈들, 감히 내 목숨을 노려? 후후후, 하지만 아직 난 이렇게 살아 있다. 지금 이 시간부터 네놈들이 믿는 검은 달 교단은 물론 너희들과 조금이라도 연관이 있는 놈들은 모조리 지옥으로 보내주마. 만약 내가 하는 일을 가로막는 놈들이 있다면 그놈의 사돈의 팔촌까지 모조리 죽인다. 내가 레트로니아라는 성을 버리지 않는 이상 이번 일과 관련된 놈들은 모조리 죽일 것을 왕가의 신 자르츠께 맹세한다!'

정신이 들자마자 속으로 이를 갈면서도 하이렌은 자신이 어떻게 아직까지 살아 있는 것인지 의문이 들지 않을 수 없었다.

정신을 잃기 전 자신은 분명히 가슴과 복부에 심각한 상처를 입었다. 비록 의술에 조예는 없었지만 두 곳의 상처가 얼마나 심각한 것인지 충분히 짐작할 수 있었다.

특히 가슴을 찔렸을 땐 이젠 모든 것이 끝났다는 생각마저 했을 정도였다. 그런데도 아직 살아 있다니……. 하이렌이 궁금하게 생각하는 것도 어찌 보면 당연한 일이었다.

하이렌은 아직 눈을 뜰 힘도 회복하지 못했으면서도 토라노에게 그 사실을 물었다.

"누가 날 구했소?"

"예에?"

"누가 날 구했느냐 말이오! 당시 상황에서 나를 구할 수 있을 만한 능력을 가진 사람은 마법사나 프리스트들뿐이오. 하지만 있었던 사람은 교황들뿐. 결국 나를 구할 수 있는 사람도 교황들 가운데 한 사람 아니겠소? 그러니 어서 말하시오."

"저어~ 전하, 교황들께서는 사건이 벌어지고 치료가 모두 끝난 후에야 도착했사옵니다."

토라노의 말에 하이렌은 잠시 움찔하는 기색을 보였다.

"그럼 자이루스 백작의 말은 교황들 가운데 한 사람이 아닌 다른 사람이 날 구했단 말이오?"

"그렇사옵니다, 전하."

"그럼 그들은 누구요?"

"두 사람이었는데 한 사람은 여자 마법사로 그녀가 먼저 마법으로 전하를 치료했사옵니다. 그런 후에 다시 젊은 프리스트가 그가 가진 아티펙트로 전하를 치료했사옵니다."

"여자 마법사와 젊은 프리스트?"

"그렇사옵니다, 전하."

공손하게 대답을 한 토라노는 당시의 상황을 비교적 자세하게 설명했다.

"렉스란 용병과 도네라는 젊은 여자 마법사, 그리고 로니란 이름을 가진 프리스트라고……?"

하이렌도 정신을 잃기 전 누군가가 자신을 안고 비통한 음성으로 자신을 부르던 사내의 목소리를 기억하고 있었다. 사내의 음성이 얼마나 슬픔에 가득 차 있던지 혹시 자신의 혈육이 아닐까 하는 생각마저 들었다. 하지만 세상에 살아남은 자신의 일가는 자신의 아버지인 레트로니아 왕국의 국왕을 제외하고는 단 한 명도 없었다.

그럼 렉스란 용병은 대체 누구이기에 자신을 위해 그렇게 비통한 심정이었단 말인가? 게다가 토라노의 보고에서 등장한 여자 마법사와 프리스트는 대체 누구이기에 각 교단에 속한 교황들마저 놀라게 만들 정도로 대단한 마법 실력과 신성력을 가지고 있었던 것일까?

더 더욱 하이렌의 머리 속을 복잡하게 만든 것은 그들이 자신의 암살을 어떻게 알았기에 그렇게 신속하게 치료를 할 수 있었느냐는 것이었다.

"그럼 전하께서도 그들에 대해 전혀 모르시는 것이옵니까?"

"그렇소. 자이루스 백작, 그들에 대해 알고 있는 것이 있다면 어서 말을 해보시오."

잠시 망설이던 토라노는 자신이 렉스들과 처음 만났을 때의 일에 대해 이야기하기 시작했다. 이야기를 듣던 하이렌은 그들이 검은 달 교단에 대해 말했던 대목에서 토라노가 깜짝 놀랄 정도로 몸을 떨었다.

"저, 전하, 괜찮으시옵니까?"

"나는 괜찮으니까 어서 계속 말을 해보시오. 어서……."

토라노의 말은 곧 끝났지만 하이렌은 그 사실을 전혀 깨닫지 못하고 있었다.

그렇게 은밀하게 암약하는 검은 달 교단에 대해 알고 있는 자들이 있었다니……. 처음엔 그 사실을 믿을 수 없었던 하이렌은 곧 자신의 생각을 바꿔야만 했다.

만약 그들이 그 사실을 몰랐다면 자신이 암살당하는 것을 어떻게 막을 수 있겠는가? 그리고 그들이 검은 달 교단에 대해 알고 있는 것이 확실하다면 지금 누구보다 자신에게 필요한 사람들이 분명했다.

고심에 고심을 거듭하던 하이렌은 토라노를 불렀다.

"자이루스 백작."

"하명하십시오, 전하."

"지금부터 은밀하게 그들을 찾도록 하시오."

"그들이라 하심은?"

하이렌은 이럴 때마다 토라노에게 과연 지능이라는 것이 존재할까 하는 의문이 들었다.

"렉스란 용병과 그 일행들 말이오."

"아~ 예."

"그들을 은밀하게 찾아 나에게 데려오도록 하시오. 이 일은 그대만 알고 있어야 하오. 다른 사람에게는 절대 비밀을 지키도록 하시오. 알 겠소?"

"명심하겠사옵니다, 전하."

"이건 명령이오. 절대 다른 사람에게는 알리지 마시오. 그리고 자이 루스 백작이 직접 그들을 찾도록 하시오. 명심해야 하오. 내 말을 알겠 소?"

"알겠사옵니다. 절대 비밀을 지키겠사옵니다, 전하."

고개를 숙인 토라노는 곧 밖으로 나갔고, 여전히 눈을 뜨지 못하고 있던 하이렌은 렉스들이 어떻게 검은 달 교단에 대해 알고 있는 것인 지 그것이 궁금했다.

제5장

저주

저주

"언니."

"어어? 바르미아, 집에 간다고 했잖아? 3년 만이라면서 왜 벌써 온 거야?"

"언니, 묻고 싶은 것이 있어서 왔어."

"묻고 싶은 것? 뭔데?"

로자린은 아침부터 자신을 찾아온 바르미아의 행동이 이상하다 생각하면서도 그녀의 질문을 기다렸다. 잠시 머뭇거리던 바르미아는 곧 입을 열었다.

"저어, 혹시… 안드레이님이 도네님과 가까운 사이인가요?"

"그건 왜 묻는 거지?"

로자린의 반문에 바르미아는 어머니의 병을 이야기하며 엘라하 신전의 프리스트들이 가진 신성력으로도 치료를 할 수 없었다는 사실까지 말했다.

"프리스트의 신성력으로 치료가 안 되는 병이라… 그러니까 바르미아가 생각하기에는 도네님이 가진 능력이라면 치료가 가능할지 모른다고 생각하는 거야?"

"예, 누가 뭐래도… 그분은 드래곤이니까."

"잠시만 기다려 봐."

자리에서 일어난 로자린은 조금 떨어진 테이블에 있는 안드레이에게 다가가 작은 음성으로 이야기를 시작했고, 바르미아는 불안한 눈으로 그 모습을 지켜보고 있었다. 그리고 잠시 후, 자신들의 테이블로 오라는 로자린의 손짓이 있었다.

바르미아가 앉는 모습을 보던 안드레이는 잠시 의심스럽게 생각되는 점을 정리한 후 질문했다.

"먼저 의심스러운 것부터 질문을 하겠습니다. 제가 듣기로 어머니께서는 상당히 건강한 분이셨던 것 같은데… 제 말이 맞습니까?"

"예, 어머니께선 용병 출신이세요. 그래서 본인과 가족의 건강만은 항상 확실하게 챙기던 분이셨어요."

"그런데 갑자기 편찮아지셨단 말인가요? 원인도 없이?"

"제가 아버지에게 들은 이야기로는 특별한 증상 없이 갑자기 앓기 시작하셨대요. 왕진을 왔던 의사들도 처음 보는 병이라고 했고, 엘라하 신전에서 온 하이 프리스트도 처음 보는 증상이라는 말밖에 하지 않았대요."

"제가 의학적인 지식은 별로 없지만 원인이 없는 병은 없다고 들었습니다. 아마 어머니께서 그렇게 되신 것에는 나름대로의 이유가 있을 겁니다. 그리고 그 이유만 알면 치료가 가능할 겁니다. 제가 도네님께 말씀드려 보겠습니다."

"저어… 그분께서 절 도와주실까요?"

불안해하는 바르미아를 보며 안드레이는 일단 그녀를 안심시켜야겠다는 생각이 들었다.

"물론입니다. 그리고 그분이 만약 거절하더라도 레이디 바르미아를 돕게 할 방법이 있습니다."

안드레이는 만약 도네가 거절을 한다면 렉스로 하여금 그녀를 움직일 생각까지 하고 있었다. 바르미아는 안드레이가 뜻밖에 쉽게 이야기하자 그제야 불안하던 마음이 조금 가시는 것을 느꼈다.

"병환이 심각한 듯하니 지금 출발하도록 하겠습니다."

"그럼 전 집에 가 있겠어요. 참! 저희 집은 루비 타운에 있어요. 찾기가 어렵지는 않을 거예요."

대답과 동시에 여관을 빠져나가는 모습을 본 안드레이는 곧 로자린과 함께 자리에서 일어섰다.

"그레엄이란 자의 감시는 어떻게 할 건가요?"

"일단 모네스 씨에게 부탁을 해야지."

"바르미아의 걱정이 이만저만이 아닌 것 같으니까 빨리 가도록 해요."

"그럽시다."

두 사람은 곧 여관을 빠져나갔다.

"여긴가?"

"그렇습니다, 도네님."

"별로 크지도 않군."

안드레이의 대답에 도네는 심드렁하게 이야기했다. 그러는 동안 초조한 얼굴로 정문에 서 있던 집사장 모튼이 다가왔다.

"저어, 혹시 바르미아 아가씨를 찾아온 분들이십니까?"

"그렇습니다."

"아가씨께서 아까부터 기다리고 계십니다. 어서 절 따라오시지요."

말을 마친 모튼은 황급히 저택 쪽을 향해 걸음을 옮겨놓았다. 그러면서 렉스 일행을 슬쩍 곁눈질로 바라봤다.

세상에서 가장 뛰어난 마법 실력을 가진 사람이 찾아올 것이라는 바르미아의 말과는 달리 자신의 뒤를 따라오는 사람들 가운데 마법사로 보이는 사람은 쉽게 찾을 수 없었다. 검을 들고 있는 렉스와 안드레이를 제외하면 남은 사람은 도네와 로자린뿐이었다.

여자들을 무시하는 것은 아니지만 두 명 가운데 누구도 대마법사처럼 보이는 사람은 없었다. 도도해 보이는 붉은 머리 레이디나 차분해 보이는 적갈색이 머리를 가진 30대 여자도 대마법사라고 생각하기에는 너무나 젊어 보였다.

간혹 마법에 천재적인 재능을 보이는 젊은이들이 없는 것은 아니지만 그들도 오랫동안 연구하고 훈련을 해야만 겨우 빛을 볼 수 있는 것이 바로 마법이었다. 또 빛을 보인다고 하더라도 겨우 5클래스의 마스터나 6클래스의 유저에 불과할 뿐이었다. 그리고 매 클래스의 관문을 돌파하려면 무수한 실패와 시행착오를 거쳐야만 했다. 그러나 모튼이 보기에 두 여자는 이 경우에 전혀 해당 사항이 없는 것 같았다.

응접실에서 초조하게 렉스들을 기다리던 바르미아는 도네를 발견하고 안도의 숨을 쉬면서 빠르게 인사를 했다.

"와주셔서 정말 감사합니다. 이쪽으로 앉으세요."

바르미아의 인사에 도네는 별다른 대꾸 없이 소파에 앉았고 나머지 일행들도 자리에 앉았다.

바르미아가 초대한 손님들에게 내심 기대를 하고 있었던 스네턴과 벤자민, 그리고 에릭은 방문한 사람들이 너무 젊은 것에 불안한 생각이 슬그머니 들기 시작했다.

"이렇게 저희 집을 찾아주셔서……."

"환자는 어디 있지?"

스네턴은 자신의 말이 끝나기도 전 도네가 끼어들자 불쾌한 표정을 감추지 못했다. 비록 이름을 날리는 가문은 아니지만 그래도 명색이 귀족 가문이다. 스네턴은 도네가 자신을 무시하는 것은 아닌가 하는 생각까지 들었다.

곁에 있던 바르미아는 아버지가 혹시 도네의 성질을 건드릴까 봐 조마조마하기 이를 데 없어 먼저 나서서 말했다.

"절 따라오세요."

바르미아가 앞장서자 도네는 태연하게 뒤를 따라 2층으로 향했다. 바르미아가 조심스럽게 열어놓은 루이나의 방에 들어선 도네는 침대 쪽을 보자마자 싸늘한 표정을 지으며 입을 열었다.

"흥! 누가 저주를 걸었군."

"예?"

바르미아의 반문에도 도네는 아랑곳하지 않고 방의 이곳저곳을 살폈다. 그런 도네의 모습을 보는 바르미아나 가족들은 도네가 방금 한 말을 전혀 이해하지 못했다.

"도네, 지금 저주라고 했어?"

"그래, 틀림없어. 누군가 이 여자에게 저주를 건 것이 확실해."

"하지만 저주라면 엘라하 신전의 하이 프리스트가 모를 리 없잖아?"

"흥! 이 정도도 알아보지 못한 녀석이 무슨 하이 프리스트라고……."

렉스의 질문에 도네는 콧방귀를 꿰었다.

그렇지 않아도 도네의 태도가 마음에 들지 않았던 스네턴은 도네에게 당장 뭐라고 말을 하려 했지만 바르미아의 눈짓 때문에 어쩔 수 없이 화를 눌러 참아야만 했다.

"어떻게 저주라는 것을 그렇게 금세 알아본 거지?"

"렉스나 다른 사람들의 눈에는 안 보이겠지만 내 눈에는 저 여자가 호흡을 할 때 검은색의 마나가 흘러나오는 것이 보여. 검은색의 마나가 인간의 몸에서 흘러나오는 경우는 오직 한 가지, 저주에 걸렸을 때뿐이야."

도네의 대답에 안드레이가 생각나는 것이 있어 물었다.

"제가 알기로는 상대에게 저주를 걸 때 매개체로 사용된 물건을 파괴하면 저주는 곧바로 풀리는 것으로 알고 있는데, 혹시 이 저택 안에 그 물건이 있는 것은 아닐까요?"

"아니, 집 근처에는 없어."

"너무 경솔한 것 아니오? 레이디는 이제 막 우리 집에 도착해서 어디 둘러본 곳도 없지 않소."

스네턴의 말에 당장 도네의 얼굴이 싸늘해지면서 눈초리가 치켜 올라갔다. 그 모습에 바르미아는 소름이 오싹 끼쳤다.

상대는 어제 메디안이 말 한마디 실수한 것에 레스톤 산 전체를 지상에서 없애느니 마느니 한바탕 소동이 일으켰던 존재가 아닌가? 만약에 그런 일이 발생한다면 이것은 한 사람의 문제로 끝날 일이 아니었다.

도네의 관심을 다른 곳으로 돌리기 위해 바르미아가 황급히 질문을 했다.

"도네님, 누가 어머니께 저주를 걸었는지 알 수 있는 방법은 없을까요?"

"흥! 잘난 네 아버지에게나 물어봐라. 워프!"

바르미아의 물음에 도네는 싸늘하게 콧방귀를 뀌고는 그대로 사라졌다.

도네가 갑작스럽게 사라져 버리자 놀란 사람은 바르미아뿐만이 아니었다. 스네턴 역시 도네가 이렇게 갑자기 사라질 줄은 몰랐기에 후회하는 마음이 물밀듯 몰려왔다.

자신의 아내가 병이 아니라 저주에 걸린 것을 금세 알아낸 도네라면 범인이 누구인지도 쉽게 알아낼 수 있을 것이 틀림없었기 때문이다.

순간적으로 욱하는 감정을 이기지 못해 도네의 감정을 상하게 했으니 이제 그녀의 마음을 어떻게 돌린단 말인가? 머리 속이 복잡하기는 했지만 동시에 대체 그녀의 정체가 뭐기에 그렇게 건방진 태도를 보인 것인지 궁금하지 않을 수 없었다.

"바미야, 대체 그 레이디는 누군데……?"

"진작 그분에 대해 말씀드렸어야 하는 건데… 모두 제 잘못이에요. 부탁을 드리기는 했지만 설마 진짜 와주실 줄은 미처 예상하지 못해서……."

바르미아는 말을 하면서도 렉스와 안드레이를 바라봤다. 그리고 렉스가 고개를 끄덕이는 것을 보고는 말을 이었다.

"아버지, 그분은… 드래곤이세요. 그것도 드래곤들 가운데에서 가장 막강한 힘과 능력을 가진 분이세요. 만약 그분이 아버지의 말에 기분이 상한 것을 참지 않았다면 레이노스 시 전체가 완전히 지도에서 사라졌을지도 몰라요."

"드, 드래곤이었다고?!"

바르미아의 대답에 스네턴은 자신도 모르게 다리가 풀려 그 자리에 주저앉을 뻔했지만 뒤에 있던 벤자민과 에릭이 재빨리 부축해 주어 창피는 겨우 면할 수 있었다. 또 그런 스네턴을 부축하고 있는 두 청년의 얼굴도 창백하기는 마찬가지였다.

"그래요, 아버지. 그래서 제가 그렇게 조심스럽게 대한 거였어요."

"아무리 드래곤이라고 해도 이곳 레이노스 시가 얼마나 큰데……."

"아버지는 그분이 가진 힘이나 능력을 전혀 모르세요. 같은 드래곤들조차 저분 앞에서는 고개를 들지 못할 정도로 압도적으로 강한 분이세요. 저분의 도움을 받을 수 없게 된 것은 고사하고 목숨 건진 것을 다행으로 생각해야겠군요."

"만약 아까 그 레이디가 드래곤이 확실하다면 내 목숨을 걸고라도 사과하고 루이나에게 저주를 건 놈을……."

스네턴의 말에 이번엔 바르미아의 눈살이 찌푸려졌다.

"아버지, 지금 무슨 말씀을 하시는 거예요?"

그녀의 음성이 조금 컸기 때문일까?

방 안에 있던 사람들의 시선이 일제히 그녀에게 쏠렸다.

"아버지가 목숨을 잃고 난 다음 어머니가 깨어나신다면 어머니가 그냥 있으실 분이세요? 아마 정신이 드시자마자 아버지의 뒤를 따라 스스로 목숨을 끊으실 분이라는 것을 설마 벌써 잊으셨단 말인가요?"

바르미아의 말에 스네턴의 얼굴은 금세 어두워졌다.

자신이 알고 있는 루이나의 성격상 그녀의 목숨을 구하기 위해 자신이 목숨을 잃었다면 바르미아의 말처럼 자살할 것이 분명했다.

성급한 마음에 또다시 말을 실수하고 만 것이다.

"저주를 건 자에 대한 것은 내가 알아보도록 하겠소."

"그래 주시겠어요? 데포리스 가문을 대신해 진심으로 감사를 드려요. 저어… 그분의 마음을 풀어드리기 위해 저희가 할 수 있는 일은 없나요?"

"현재로선 없는 것 같소. 오늘은 이만 돌아갈 테니 무슨 일이 생기면 우리가 투숙하고 있는 여관으로 즉시 연락을 주시면 고맙겠소. 그럼……."

렉스가 인사를 하고 방을 빠져나가자 안드레이 부부도 서둘러 뒤를 따랐다. 그런데 저택을 나온 렉스가 향하는 곳은 여관 쪽이 아니었다.

"지금 어딜 가는 건가?"

"조금 전 도네에게서 메시지 마법으로 연락이 왔는데 그 자식이 움직이기 시작했다는군."

"그래? 드디어 꼬리를 잡은 건가?"

"아직은 알 수 없지만 왠지 좋은 느낌이 들어."

렉스의 말에 안드레이와 로자린의 얼굴이 서서히 상기되었다. 어쩌면 오늘 검은 달 교단의 수뇌부에 대해 단서를 잡을 수 있는 기회가 있을지도 모르는 일이었다.

걸음을 재촉하던 세 사람은 느릿하게 산책이라도 하듯 걸음을 옮기고 있는 도네의 모습을 곧 발견할 수 있었다. 그리고 어미 닭의 뒤를 쫓아가는 병아리처럼 도네의 뒤를 졸졸 따라가는 10여 명의 사내들 역시 발견할 수 있었다.

처음엔 혹시 검은 달 교단에서 보낸 어쎄신들이 아닐까 하는 생각에 걱정을 하기도 했지만 확 풀어진 그들의 눈동자나 멍한 표정을 발견한 순간 그들이 도네의 미모에 취해 따라가고 있는 중이라는 것을 곧 깨달을 수 있었다.

"자네는 좀 뒤에 쫓아와."

말을 마친 렉스는 일부러 사내들의 틈을 비집고 들어갔다.

"왜 저 여자 뒤를 쫓아가는 거요?"

"자넨 저 레이디의 얼굴도 못 봤나? 정말 이 갈릴 정도로 엄청난 미녀야. 여기 레이노스 시에서 태어나 지금까지 살았지만 저런 미녀는 처음 봤단 말일세."

"저 여자가 미녀라는 것은 잘 알겠는데 왜 쫓아가는 거냐 말이오?"

렉스의 질문에 20대 후반으로 보이는 청년은 잔뜩 인상을 쓰면서 대답했다.

"그것도 모르나? 혹시 나에게도 기회가 오면 저 레이디와 사랑하는 연인이 될 수 있을지도 모르는 일 아닌가?"

당연한 것을 왜 묻느냐는 청년의 표정에서 렉스는 자신의 예상이 맞았다는 것을 알았지만 대체 이들을 어떻게 처리해야 좋을지 결론을 내릴 수 없었다. 그레엄을 미행하는 중이니 사고를 칠 수도 없고, 또 도네가 임자 있는 몸이라고 해봐야 이들이 믿지도 않을 것이 분명했기 때문이다. 하지만 그런 렉스의 고민은 간단하게 해결되었다.

"렉스, 언제 왔어? 그리고 지금 거기서 뭐 하는 거야? 어서 이리와."

도네의 한마디에 사내들의 눈에서는 거의 살기에 가까운 눈빛이 쏟아져 나왔고, 얼굴 역시 사정없이 일그러져 어지간한 흉악범은 놀란 가슴을 부둥켜안고 도망갈 정도였다.

어색한 표정을 지으며 도네 곁으로 다가간 렉스는 조금은 작은 소리로 물었다.

"도네, 사람들이 쫓아오고 있다는 걸 몰랐어?"

"아니, 당연히 알았지."

"그럼 왜 쫓아보내지 않고……."

"내가 워낙 아름다워서 쫓아온 것인데 어떻게 쫓아. 그냥 구경이라도 하라고 놔뒀지 뭐."

도네의 태연한 대답에 렉스는 멍한 얼굴을 하고 있었다.

"원래 사람들이 몰리고 누가 귀찮게 하는 걸 도네는 싫어하지 않았어?"

"한때는 그랬었지. 하지만 렉스가 좋아지고 난 다음부터는 그렇게 싫지는 않던데 뭐. 내가 점점 인간을 닮아가서 그런 건가 봐."

그런 도네의 대답을 들으면서 렉스는 조금 전 바르미아의 집에서도 그녀가 더 이상 성질을 내지 않고 그냥 나온 것이 생각났다. 아마 이전의 그녀였다면 무슨 일이 벌어져도 단단히 벌어졌을 것이다.

정신을 차리고 전면을 보니 그레엄이 평상복 차림에 자연스런 표정으로 걸음을 옮기는 모습이 보였다. 엷은 미소를 짓고 있는 것이나 천천히 떼어놓는 걸음걸이는 누가 보아도 산책을 나온 듯 보였다.

다만 이해가 가지 않는 것은 콜로세움에서 있었던 황태자의 암살 미수 사건에 대해 일반인들은 거의 모르는 듯 모두들 태연한 얼굴로 일상생활을 하고 있다는 점이었다.

한편 사람들 사이를 헤치며 걸음을 옮기던 그레엄의 발길이 도시 외곽 쪽으로 향하면서 조금씩 빨라지기 시작했다. 동시에 자신의 주변을 계속해서 살피는 것이 미행을 상당히 신경 쓰는 모습이었다. 그 모습에 렉스와 일행들도 각별히 신경을 쓰며 그레엄의 뒤를 따랐다.

거의 30분 이상 바쁜 걸음을 옮기던 그레엄의 행동이 멈춘 것은 담쟁이덩굴이 벽면을 가득 뒤덮고 있는 어느 저택에 도착했을 때였다. 군데군데 보이는 푸른 이끼나 비바람에 마모된 건물의 모서리를 보면 상당히 유서 깊은 건물 같았다.

저택의 정문은 조금 열려 있었고, 다시 한 번 주위를 살핀 그레엄은 아무도 없다는 것을 확인하고서야 건물 안으로 들어섰다.

약 50파렌 정도 떨어진 건물의 그늘에 숨어서 그레엄의 행동을 지켜보던 일행들은 다시 한 번 저택의 곳곳을 살폈다.

정문에서 저택까지 일직선으로 달려가더라도 거의 10분 이상이 걸릴 것 같았는데, 특히 저택이 정문보다 높은 곳에 위치하고 있어 한눈에 주변을 감시할 수 있는 구조를 가지고 있었다. 게다가 군데군데 집중적으로 심어놓은 나무들 역시 밖에서는 저택을 살펴보기 힘들게 만들면서도 저택에서는 간단하게 침입자들을 감시할 수 있도록 심어져 있었다.

물론 모르는 사람들이 보기엔 저택이 나무에 둘러싸여 있어 자연적인 미와 인공적인 미를 동시에 느낄 수도 있을 것이다. 하지만 렉스나 안드레이가 보기엔 처음부터 침입자를 막기 위해 지어진 건물이 틀림없었다. 게다가 비록 눈에 보이지는 않지만 저택 안 곳곳에서 예기가 느껴지는 것이 경비도 보통 삼엄한 게 아니었다.

"저곳에 뭔가 있을 것 같지 않아?"

"내가 보기에도 뭔가 있을 것 같군. 그렇지 않으면 저렇게 철저히 경계를 할 리 없겠지."

"그럼 이제부터 어떻게 한다?"

"우선은 지켜보도록 하세. 괜히 섣불리 움직였다가 적에게 경계심만 심어준다면 곤란을 겪게 되는 건 우리뿐이니까."

"그것도 그렇지만 언제까지 감시만 할 수는 없잖아. 도네, 혹시 저 저택에 사람들이 얼마나 있는지 알 수 있을까?"

"마법을 쓰면 알 수야 있겠지만 흔적이 남을지도 몰라."

"흔적이라니? 그게 무슨 소리야?"

"렉스는 마법에 대해서 잘 모를 테니까 설명해 줄게. 마법을 사용한다는 것은 다시 말해 주변의 마나를 움직여 내가 원하는 결과를 얻어내는 거야. 마나가 움직이면 당연히 파동이 생기고, 그 파동은 마법사나 뛰어난 실력을 가진 검사들은 당연히 감지할 수 있어. 렉스도 몇 번이나 워프를 경험해 봤겠지만 그때마다 렉스의 몸 주위에서 마나가 움직이는 것을 느끼지 못했어?"

"당연히 느꼈지, 어떻게 움직이는 것인지는 모르지만."

"바로 그거야. 다시 말하자면 내가 저 저택을 마법으로 훑어보는 것은 어려운 일이 아니지만 만약 저 안에 렉스나 안드레이처럼 뛰어난 검사나 마법사가 있다면 비록 나라는 존재를 감지하지는 못하겠지만 누군가 마법을 사용했다는 것만은 느낄 수 있을지도 모른다는 거야."

도네의 설명에 고개를 끄덕이기는 했지만 그렇다고 언제까지 감시만 하고 있을 렉스가 아니었다.

"좋아, 그럼 오늘만 감시를 하도록 하지. 그리고 만약 내일까지 별다른 변화가 없다면 저택에 침입해 처리하는 것이 좋겠어."

"그럼 이곳은 나와 로자린이 맡도록 할 테니 자네는 도네님을 모시고 여관으로 돌아가 쉬도록 하게."

안드레이의 말에 렉스가 입을 열려고 했지만 안드레이가 먼저 입을 열었다.

"우리 부부가 지난 10여 년 동안 벼르고 별러왔던 일이니만큼 우리가 저들을 감시하도록 해주게. 이 일만큼은 다른 사람에게 넘길 수 없네. 우리의 입장을 이해해 주면 고맙겠네."

비록 안드레이의 말은 부드럽게 들렸지만 그의 눈빛만큼은 강렬하기 이를 데 없었다. 그 모습에 렉스는 곧 고개를 끄덕여만 했다.

"알았네. 그럼 수고하게. 그리고 내일 사람들을 데려오도록 하지."

렉스의 말에 고개를 끄덕인 안드레이와 로자린의 시선은 곧바로 저택으로 향했다. 두 사람의 시선에는 강렬한 적개심과 원한, 그리고 영혼까지 얼어붙을 정도로 싸늘한 냉혹함이 실려 있었다. 그런 두 사람이라면 샤이베리아처럼 실수하는 일은 없을 거란 생각이 들었다.

"이봐, 안드레이. 이걸 받아."

도네가 던진 물건을 낚아챈 안드레이는 그것이 몇 개의 보석이 박힌 심플한 형태의 팔찌라는 것을 확인했다.

"팔찌에 마나를 주입하면 렉스가 가진 팔찌의 보석에서 빛이 나도록 마법을 걸어놨어. 만약 예기치 않은 상황이 발생하면 지체없이 신호를 보내. 그럼 즉시 올 테니까."

"명심하겠습니다, 도네님."

안드레이의 대답을 들으며 렉스와 도네는 그곳을 떠났다.

여관으로 돌아오는 길에 도네에게 렉스가 물었다.

"아까 레이디 바르미아의 집에 들렀을 때 그녀의 어머니가 저주에 걸렸다고 했잖아?"

"그랬지."

"그런데 내가 알기로 상대에게 저주를 걸 수 있는 것은 흑마법뿐이거든. 그렇다면 레이디 바르미아의 어머니께 저주를 건 자는 당연히 흑마법을 익혔을 것이고, 그렇다면 그 흑마법사는 검은 달 교단에 속한 인물이기 쉽겠지?"

렉스의 말에 잠시 생각하던 도네는 곧 대답을 했다.

"흑마법에도 가짓수가 많아. 저주를 건 즉시 효력을 발휘하는 것도 있지만 저주의 효력이 서서히 나타나는 것도 있어. 하지만 대부분 저주의 효력은 서서히 나타나게 되지. 렉스도 알다시피 시간이 지나면 지날수록 상대에게 고통과 공포를 심어주려는 것이 저주의 특징이잖아. 간단히 설명하면 즉효성 저주는 상대의 목숨을 빼앗거나, 아니면 형태를 변형시키거나, 그것도 아니라면 며칠 안으로 목숨을 잃게 만드는 병에 걸리도록 만들지. 하지만 정확한 시간에 상대에게 저주를 걸려면 엄청난 실력을 가진 흑마법사가 아니면 곤란해. 그런 자가 있을지도 의문이야. 하지만 저주의 효력이 서서히 나타나게 하는 것이라면 그리 어려운 일은 아니야. 몇 가지 정해진 규칙만 지킨다면 누구든지 상대에게 저주를 걸 수 있어."

"저주라는 것이 그렇게 쉬워?"

뜻하지 않은 도네의 말에 렉스는 깜짝 놀라며 발걸음을 멈췄다.

"물론 인간의 입장에서 보면 쉽지 않을 수도 있을지 모르지만… 먼저 저주 걸 대상자를 정하고 일정한 형식의 마법진을 그려. 이때 사용되는 마법진은 주로 특정 대상을 소환할 때 사용하는 소환 마법진의 일종인데, 마신들의 힘을 빌려오는 것이 대부분이지. 그리고 상대에게 걸 저주와 그때 사용할 저주의 매개물, 그리고 마신의 힘에 상응하는 제물만 준비를 하면 되거든."

'쉽기는 개뿔이 쉬워? 하지만 바르미아의 어머니가 특별한 이유 없이 아픈 것을 보면 도네의 말이 틀림없이 맞다는 말인데……'

"그럼 거리나 장소는 상관없는 거야?"

"그건 아니야. 처음 저주를 걸 상대를 결정한 후 대상을 자신의 눈으로 직접 봐야 하는 과정이 있거든. 저주를 건 흑마법사의 실력에 따라 그 효력이 빠르게, 혹은 조금 늦게 발동하게 되지. 또 효력의 강도역시 상당한 차이를 보여."

"그럼 도네가 보기에 데포리스 남작가 같은 경우는 어떤 것 같아?"

"글쎄? 나름대로는 상당히 신경 써서 저주를 건 것 같기는 하지만내가 보기에는 저주를 시행한 자는 그렇게 뛰어난 흑마법사가 아니야. 흑마법사가 뛰어나지 못하지만 하이 프리스트는 그보다 뛰어나지 못했기 때문에 다만 그 여자에게 저주를 걸 때 사용했던 매개물이 뭔지를알 수 없단 말이야."

"그럼 누가 그런 짓을 했는지 알 수 있는 방법은 없어?"

"그 건방진 인간을 도와줄 생각이야?"

"방법이 간단하다면. 우리도 시간이 별로 없잖아. 범인을 찾을 수있는 방법만 가르쳐 주면 나머지는 남작가에서 알아서 하겠지. 혹시앞으로 우리가 하는 일에 도움이 될지도 모르는 일이잖아."

렉스의 말에 도네는 마땅찮은 얼굴을 지으면서도 대답했다.

"내가 직접 개입을 한다면 알 수 있는 방법이 있기는 하지만 솔직히난 그 인간이 마음에 들지 않아. 하지만 방법만은 가르쳐 주지. 비록흑마법사가 루이나라는 여자에게 저주를 걸긴 했지만 아마도 저주를걸 때 사용했던 저주의 매개물은 흑마법사에게 저주를 의뢰했던 자가가지고 있을 거야. 저주의 매개물은 대부분 보석을 사용하는데 그 보석에 반응하는 마법이 걸린 물건을 만들어주면 범인을 찾을 수 있을 거야."

"하지만 너무 막연하잖아. 그래서야 누가 범인인지 알 수 있겠어?"

"범인이 있는 곳은 북쪽, 아마 수도인 포얀일 가능성이 높아. 그리고 그 멍청한 남작인지 뭔지 하고 아마 가까운 사이에 범인이 있을 확률이 높아."

"가까운 사이? 그럼 친구나 친척이란 말이야?"

"아마도."

아리송한 도네의 대답에 렉스는 고개를 갸우뚱거렸다.

"마신의 힘은 소환 마법진을 통해 저주의 매개물로 전달이 되고, 그힘은 대상자의 목숨이 끊어지지 않은 이상 계속해서 전달이 돼 대상자를 괴롭히게 되는 거지. 아까 그 집에 들러 환자를 봤을 때 비록 미약하기는 했지만 마신의 힘이 포얀 쪽에서 계속 전달되는 것을 느꼈어. 그리고 아까 가까운 사이라고 한 것은 실력도 없는 흑마법사가 건 저주가 즉시 효력을 발생하려면 대상자에 대해 모든 것을 알아야 해. 성별, 나이, 그 사람의 능력, 신성력을 가지고 있는지의 여부, 건강 상태등등 말이야. 다시 말해 대상자에 대한 정보가 완벽하면 할수록 저주는 더욱 뛰어난 효력을 발휘한단 말이야. 모자란 흑마법사의 실력을 보충할 수 있을 만한 정보를 가질 수 있는 상대는 적보다는 대상자를 잘 아는 친구나 친척의 가능성이 더 높지 않겠어?"

도네의 말을 듣고 보니 꽤나 타당성이 있는 말이었다.

결국 도네는 렉스에게 추적 마법이 걸려 있는 목걸이 하나를 주어야만 했고, 다시 그 목걸이를 바르미아에게 전달하고서야 여관으로 돌아올 수 있었다. 물론 도네가 해준 말을 렉스는 태연스럽게 자신이 생각해 낸 것처럼 바르미아 가족들에게 말했음은 두말할 나위도 없었다.

렉스는 일행들에게 검은 달 교단의 어쎄신들과 내일 싸워야 할지도 모른다는 경고를 하고는 일찍 잠자리에 들었다.

새벽에 일어난 렉스는 침대에 앉아서 침대 곁에 세워두었던 클레이모어를 집어 들었다. 꽤나 긴 세월 동안 사용해 온 검이었다. 자신이 도네를 처음 만나 검술에 대한 훈련을 시작하면서부터 사용했던 것이니 거의 14년에 가까운 세월이었다.

그래서인지 이제는 몸의 일부처럼 느껴지기도 했다.

화인워커, 아니, 게부레인이 극찬했던 것처럼 비록 단순한 형태를 갖추고는 있지만 기능적인 면에서만큼은 완벽했다. 어떤 무기와 부딪쳐도 이가 빠지거나 검 자체에 이상이 생긴 적은 한 번도 없었다.

렉스가 찬찬히 클레이모어를 살피고 있을 때 테이블 위에 놓여 있던 팔찌에서 붉은 빛이 쏟아지기 시작했다. 렉스는 지체없이 나머지 옷을 걸치고는 복도로 나와 소리를 쳤다.

"안드레이에게서 연락이 왔어! 빨리 준비를 해서 내 방으로 오도록 해!"

렉스의 말이 끝나자마자 미리 준비를 하고 있었는지 각 방에서 일행들이 쏟아져 나왔다. 렉스의 방에 일행들이 빠짐없이 모인 것을 확인한 도네는 워프의 시동어를 외쳤다. 순간 일행들의 모습은 방 안에서 감쪽같이 사라졌다.

팔찌에 마나를 계속해서 넣고 있던 안드레이는 일행들이 나타나기만을 간절하게 기다리고 있었다.

어제 도네와 렉스가 가고 난 다음 간간이 한 명씩 저택을 찾아오기 시작해 자정까지 거의 40명 가까운 청년들이 저택 안으로 사라졌다. 정체를 알 수 없는 청년들은 시간이 지나도 좀처럼 나오지 않더니 조금 전 새벽부터 두 명씩 짝을 지어 저택을 빠져나와 곧 북쪽을 향해 빠르게 달려가기 시작한 것이다.

또다시 어둠 속으로 사라지는 두 명의 청년을 바라보며 초조한 마음을 감추지 못하고 있을 때 근처의 공간이 비틀어지며 일행들이 모습을 나타냈다. 일행들을 반갑게 맞은 안드레이는 밤새 있었던 일을 이야기해 줬다.

아무 생각이 없는 메디안은 당장 그들의 뒤쫓아 사로잡으려 했지만 안드레이의 제지로 그럴 수 없었다.

"문제는 그들의 뒤를 쫓아 사로잡는 것도 중요하지만 이 저택을 수색하는 것도 그에 못지않게 중요한 일입니다. 일단은 두 파트로 나눠 한쪽은……."

"저 저택의 수색은 나와 도네, 그리고 포르샤란 청년이 맡도록 하지. 그러니 나머지 사람들은 모두 안드레이를 도와주도록 해."

"난 인간이 아니란 말이야."

"여기서 네가 인간이 아닌 엘프라는 사실을 모르는 사람도 있냐? 쓸데없는 소리 그만 하고 안드레이의 말이나 잘 들어. 괜히 사고 치지 말고."

렉스의 말에 메디안은 분통을 터뜨리며 그를 노려보려고 했지만 곧 고개를 숙여야만 했다. 곁에서 날카롭게 자신을 노려보고 있던 도네의 눈길을 발견했기 때문이다.

"샤이베리아, 조금이라도 위험하다고 느껴지면 고집 부리지 말고 여관으로 피하도록 해. 내 말 알겠어?"

"알겠어요, 도네님."

샤이베리아의 정체를 알고 있기에 일행들은 도네의 말을 그리 섭섭하게 듣지는 않았다.

"자네가 말한 숫자와 지금까지 나온 사람들의 수를 비교하니 지금 나오는 자들이 아마도 마지막인 것 같군. 모두들 조심하도록 해."

"조심하도록 하지. 갑시다."

안드레이의 나직한 말에 일행들은 주위 건물의 그림자에 자신의 몸을 숨기며 사람들의 뒤를 쫓기 시작했다. 그들의 모습이 곧 어둠 속으로 사라지는 것을 확인한 렉스는 가볍게 몸을 풀고는 깊숙이 후드를 눌러쓰고 있는 모네스에게 물었다.

"자네, 검 솜씨는 어떤가?"

"귀하보다 떨어지기는 하지만 웬만한 기사 몇 명쯤은 충분히 상대할 수 있소."

"그래? 그럼 어디 슬슬 가볼까?"

말을 마치자마자 렉스는 저택을 향해 거침없이 걸음을 떼어놓았고, 도네 역시 태연한 표정으로 걸음을 옮겼다. 두 사람의 모습은 마치 새벽에 산책을 나온 사람들처럼 태연하고 자연스러웠다.

렉스의 뒤를 쫓아가던 모네스가 주위를 둘러보며 낮은 음성으로 계획을 물었다.

"귀하는 이곳에 와본 적이 있는 모양이구려."

"여기? 왜 내가 이곳에 와본 적이 있다고 생각하는 거지?"

렉스가 오히려 반문을 하자 모네스의 얼굴은 순식간에 멍청하게 변했다.

"그럼 와본 적도 없으면서 이렇게 막 들어간단 말이오?"

"그러면 지금부터 들어간다고 소리라도 질러야 한다는 거야 뭐야?"

"그래도 계획은 세워야……."

"그럼 우리는 먼저 들어갈 테니 계획을 세운 다음에 천천히 들어와."

철저하게 계획을 세우고 몰래 잠입을 해도 성공을 장담할 수 없는 일이었다. 모네스는 렉스가 그래도 드래곤인 도네와 함께 다니는 인간이기에 뭔가 작전이 있겠지라고 생각했던 자신의 어리석음을 탓했다. 어쩔 수 없이 걸음을 떼어놓으면서도 모네스는 저택 주위를 살피기에 여념이 없었다.

정문을 통과한 모네스는 먼저 주위를 먼저 살폈다.

현관까지 이어진 길은 육안으로도 식별이 가능할 정도로 별다른 장애물이 없었다. 간간이 길 옆에 심어져 있는 수십 그루의 나무들만이 있을 뿐이었다. 예리한 눈길로 나무를 살피기는 했지만 특별한 점은 찾을 수 없었다.

자신은 너무 긴장되어 숨을 쉬기도 힘들 정도이건만 앞서 걸음을 옮기는 두 사람은 마치 놀러 나온 사람마냥 대화를 나누다가 웃음을 터뜨리기도 했다. 도네야 드래곤이니 그럴 수도 있겠다 싶었지만 렉스는 신경 구조에 이상이 있지 않고서야 어쩌면 저렇게 무신경할 수 있을까 의심스러울 정도였다.

그런데 정작 미치고 팔짝 뛸 일은 그런 자신의 걱정을 비웃기라도 하듯 아무런 일도 발생하지 않았다는 것이다. 현관까지 오면서 누군가가 숨어 있다는 느낌을 몇 번이나 받긴 했지만 단 한 번도 공격이나 제지를 받은 적이 없었다. 게다가 막상 현관에 도착하니 그들을 기다리고 있었다는 듯 현관문이 열렸다. 렉스의 행동은 지켜보는 사람이 불안감을 느낄 정도로 거침이 없었다.

중앙 홀에 도착하니 다른 곳의 램프는 꺼져 있는데 2층으로 올라가는 계단의 램프만은 밝혀져 있었다. 당연히 렉스와 도네는 2층으로 향했고, 모네스는 따라 올라갈 수밖에 없었다.

정작 2층에 올라가 보니 중간쯤에 위치한 방까지 램프가 켜져 있었다.

렉스는 역시 거침없이 방 안으로 들어갔고, 뒤이어 도네와 모네스도 방으로 들어섰다. 평범한 서재였는데 일반적인 서재와 다른 점은 방의 한쪽은 서재처럼 꾸며져 있었지만 나머지 반은 회의실처럼 보인다는 것이었다. 그리고 세 사람의 시선은 회의실의 가장 상석에 앉아 있는 중년인을 향하고 있었다.

40대 중반에 보기 드문 백발을 등 뒤로 늘어뜨리고 있었는데 머리색 때문인지 약간은 창백해 보이는 안색을 하고 있었다. 그에게서는 귀족들에게나 느낄 수 있는 오만한 표정과 함께 권위적인 냄새가 물씬 풍겼다.

낯선 사람들이 들어오는 것을 봤음에도 불구하고 중년인은 전혀 놀라는 기색이 아니었다.

"그대들은 어느 기동대 소속인가?"

"저희들은 12기동대 소속입니다."

"12기동대?"

렉스의 태연한 대답에 중년인의 눈빛이 당장 날카로워졌다. 그렇지 않아도 긴장하고 있던 모네스는 그런 중년인의 태도에 언제라도 검을 뽑을 수 있도록 준비를 하면서도 렉스의 태연자약한 태도가 전혀 이해

가지 않았다.

"12기동대 소속이라면 조장의 이름은 알고 있겠지? 조장의 이름을 말하라."

"저희는 이곳에 집결하라는 명령을 받았을 뿐 조장의 이름은 모릅니다."

"너희에게 그 명령을 전달한 사람이 누군가?"

"처음 보는 사람이라……."

"거짓말! 연락은 반드시 비둘기를 이용해 전달한다. 네놈들의 정체를 밝혀라!"

"휴우~"

중년인의 고함에 렉스는 한숨을 내쉬었다.

"쉽게 지나가나 했더니 역시 통하지 않는군."

렉스의 말을 듣고서야 모네스는 렉스가 이들에 대해 아무런 준비도 없이 왔다는 것을 알 수 있었다. 너무나 황당한 나머지 아무런 말도 할 수 없었다.

"그대가 레이노스 시에 있는 검은 달 교단의 신도들을 총괄하는 대주교인가?"

렉스의 넘겨짚은 말에 중년인은 깜짝 놀란 듯 자리에서 벌떡 일어났다. 얼마나 놀랐는지 안색마저 창백해져 있었다.

중년인이 잠시 놀란 표정을 감추지 못하고 있을 때 갑자기 복도가 소란스러워지더니 검은 복장을 한 청년들이 쏟아져 나왔고 동시에 저택 전체가 환하게 밝아졌다.

복도는 이미 검은 복장을 한 청년들로 가득 차 발 디딜 틈도 없었다. 한 가지 특이한 점은 그들의 얼굴에 아무런 표정도 떠올라 있지 않다는 것이었다. 일반적으로 낯선 자를 대할 때 나타나는 불안, 긴장, 적개심 등의 감정을 전혀 찾아볼 수 없어 마치 나뭇조각에 옷만 걸쳐 놓은 듯 보여 이상한 기분을 들게 했다.

"저들을 도주하지 못하도록 막아라."

중년인의 명령이 떨어지자 거짓말처럼 청년들의 얼굴에 표정이 생겼다. 마치 가족을 죽인 원수를 만난 것처럼 살기를 보이며 일제히 무기를 뽑아 들었다. 그리고는 렉스 일행들이 있는 쪽을 향해 걸음을 옮겼다.

그 모습을 발견한 렉스가 고개도 돌리지 않은 채 모네스에게 주의를 주었다.

"절대 방심하지 마."

렉스의 말에 반박하려던 모네스는 자신을 향해 소리도 없이 날아드는 검을 발견하고는 황급히 롱 소드를 들어 막아야만 했다.

챙!

제6장

대주교

대주교

　빠른 속도로 달려가는 두 명의 청년 뒤를 따르던 안드레이 일행은 거의 1시간 가까이 달려야만 했다. 말 그대로 심장이 입으로 튀어나올 정도로 턱까지 숨이 찼다.

　검술 실력이 뛰어난 안드레이와 로자린, 그리고 메디안은 조금 숨이 찬 정도에 불과했지만 상대적으로 약한 크레이와 로니, 그리고 다리가 짧은 게부레인으로서는 정말 죽을 맛이었다. 그런 반면 샤이베리아는 크레이에게 걸어놓은 추적 마법으로 단거리 워프를 거듭해 일행들의 뒤를 따랐다.

　가장 멀쩡한 안드레이는 잠시 일행들에게 쉬면서 체력을 회복하도록 지시한 다음 은밀하게 주위를 정찰했다.

　현재 이들이 있는 곳은 레이노스 시의 북쪽으로 시 외곽과 성벽 사이에 위치한 작은 숲이었다. 숲의 규모는 작았지만 짙은 녹음이 우거져 있어 대낮에도 햇빛을 보기 쉽지 않을 정도였다. 한때 몬스터가 출몰한다고 소문이 나 지금은 사람들의 발길이 거의 끊긴 숲이었다.

재빨리 나무 위로 올라간 안드레이는 50파렌 정도 앞에 있는 숲의 공터에서 쉬고 있는 40여 명의 청년들을 살폈다. 일견하기에는 아무렇게나 쉬고 있는 것처럼 보였지만 공격과 방어를 염두에 둔 자세로 각자 휴식을 취하고 있었다.

상당한 훈련을 받은 듯 보였다.

어설프게 공격을 했다간 오히려 자신들이 피해를 입을 수 있다는 생각을 하고 있을 때 공터로 들어서는 사람이 있었다.

40대 초반이나 중반으로 보이는 중년인이었는데 붉은 머리에 붉은 눈썹, 그리고 짧게 다듬어진 붉은 콧수염이 인상적인 중년인이었다. 전신에서 팽팽한 긴장감이 느껴지는 것이 상당한 검술을 익힌 사람 같았다.

분명 그를 처음 보는 것임에도 불구하고 안드레이는 어디선가 그를 본 것 같다는 느낌이 들었다. 곰곰이 그 이유를 생각해 보니 누군가에게 중년인의 인상착의에 대해 들어본 적이 있었기 때문이다.

코르츠 시에서 만났던 대머리용병 샤리프의 가정을 파괴한 원수 사이나 델 마벡이 분명했다. 더욱이 그가 사이나가 확실하다고 생각하게 된 결정적인 증거는 검집이 그의 오른쪽 옆구리에 매달려 있다는 것이었다. 다시 말해 왼손잡이에 붉은 모발을 가졌고, 소드 마스터의 검술 실력을 가졌다는 사실로 판단해 보면 샤리프가 애타게 찾던 사이나가 확실했다.

그가 나타나자 편안하게 쉬고 있던 청년들은 일제히 기립해 부동 자세를 취했다. 잠시 청년들을 훑어보던 중년인은 낮은 음성으로 대화를 나누기 시작했는데, 분위기를 보아하니 곧 다른 곳으로 이동할 것 같았다.

재빨리 일행들에게 돌아온 안드레이는 자신이 본 것을 설명하고는 곧바로 공격할 준비를 했다. 메디안과 게부레인, 크레이와 샤이베리아, 자신과 로자린, 그리고 로니가 한 조를 이루기로 했다.

공터 주위로 흩어진 일행들은 안드레이의 공격 신호만 기다리고 있었다.

안드레이의 신호를 기다리며 부메랑을 만지작거리던 로자린은 두근거리는 가슴을 도저히 진정시킬 수가 없었다. 그녀의 입장에서는 이제부터가 진정한 복수의 시작이기 때문이었다.

나직한 안드레이의 휘파람 소리가 들리는 순간 로자린의 양손에 들려 있던 여섯 개의 부메랑이 동시에 날았다.

휘리리릭~

갑작스럽게 들려온 휘파람 소리에 청년들은 일제히 검을 뽑아 든 채 주위를 경계했지만 자신들의 발목을 향해 날아드는 여섯 개의 검은 물체만은 발견하지 못했다.

"큭!"

"윽!"

짧은 신음과 함께 여섯 명의 청년들이 그대로 발목을 움켜쥐며 그 자리에 주저앉았지만 부메랑의 공격은 그것으로 끝난 것이 아니었다.

휘리리릭~

하늘로 치솟았던 부메랑이 되돌아오며 청년들의 상체를 다시 한 번 공격한 것이다. 예측할 수 없는 부메랑의 공격에 청년들은 당황한 빛을 감추지 못했고, 그러는 사이 모습을 드러낸 일행들의 무자비한 공격이 시작되었다.

동료들의 부상을 우려해 부메랑을 회수한 로자린은 즉시 서너 자루의 대거를 꺼내 들고는 손가락 사이에 낀 채 청년들에게 매서운 공격을 퍼붓고 있었다. 비록 로자린이 무술을 익혔다는 것은 들어서 알고 있었지만 이토록 신속하고 정확하며 강렬할 줄은 미처 몰랐기에 그녀 곁을 떠나지 않고 있던 안드레이의 놀라움은 상당한 것이었다.

또한 렉스의 애정 어린(?) 가르침 덕분인지 효율적으로 상대를 공격하는 크레이의 모습을 보니 한동안 위험한 일은 없을 것 같았다. 게다가 그의 보호를 받고 있는 샤이베리아도 심심할 때마다 라이트닝 마법을 사용해 청년들을 까맣게 태워(?) 기절시키고 있었다.

메디안과 게부레인도 상호 신장 차이를 이용해 절묘한 공격을 퍼붓고 있어 청년들을 상대하는 데 별문제가 없어 보였다. 그렇다면 남은 것은 사이나로 짐작되는 중년인뿐이었다.

그가 어째서 검은 달 교단과 함께 있는 것인지 이해할 수 없었지만 일단은 그를 제압해 알아내는 수밖에 없었다.

로자린에게 로니를 보호하란 말을 하고는 걸음을 옮겨 사이나에게로 향했다. 그때까지 돌아가는 상황을 지켜보고만 있던 사이나는 자신을 향해 걸어오는 안드레이를 발견하고는 흠칫 놀라는 표정을 지었다.

걸어오는 자세만 봐도 상대의 실력을 짐작할 수 있는 사이나로서는 안드레이의 검술 실력이 절대 자신의 아래가 아니라는 것을 직감할 수 있었다. 천천히 롱 소드를 뽑아 들고는 상대의 정체에 대해 물으려 했다. 하지만 안드레이의 입이 먼저 열렸다.

"그대의 이름이 사이나 델 마벡인가?"

안드레이의 질문에 사이나는 그야말로 영혼이 흩어질 정도로 깜짝 놀랐다. 자신이 과거 살던 제라스탄 왕국에서 수천 엠파렌도 더 떨어진 이곳 레트로니아 왕국에서 설마 자신을 알아보는 사람이 있을 줄은 상상도 못했기에 그의 놀라움은 더욱 컸다.

"귀, 귀하는 대체 누군데 내 이름을……?"

"역시 짐작했던 대로군."

"귀하는 아직 내 물음에 대답을 하지 않았다."

불과 숨 한 번 내쉴 정도의 짧은 시간에 진정이 되었는지 그의 음성은 냉정하기 이를 데 없었다. 하지만 그의 안색만은 아직까지 창백했다.

"그대는 샤리프 델 시미니언이란 사람을 아직 기억하는가?"

샤리프에게서 들었던 사이나의 비겁함 때문에 그를 사내로 인정할 수 없다는 생각 때문인지 안드레이의 음성에는 비웃음이 실려 있었다.

"샤리프……."

나직이 되뇌는 사이나의 얼굴에는 희미하지만 고통스러워하는 빛이 스치고 지나갔다.

"그대 같은 인물도 동료에 대해 죄책감을 느끼다니… 정말 놀라운 일이군."

안드레이의 조롱에 사이나의 얼굴은 더욱 어두워졌다.

"어디서… 그를 만났는가?"

"레트로니아 왕국. 그는 귀하를 찾아 이곳 레트로니아 왕국까지 왔다. 후후후, 샤리프의 피에 젖은 배틀 엑스와 건틀릿이 보이는 것 같지 않나?"

"차앗~"

가만히 안드레이의 말을 듣고 있던 사이나가 발작적으로 검을 휘둘렀다.

챙!

"후후후, 역시 듣던 대로 비겁하기 짝이 없는 인간이군."

"닥쳐! 네놈이 뭘 알아? 매번 비교당하고 무시당하면서 살아온 내 삶에 대해서 대체 뭘 안다고 지껄이는 거야!"

"한 가지만은 확실히 알지. 내 삶은 결코 남에게 보여주기 위한 게 아니라는 것 말이지. 남의 눈을 신경 쓰는 한 넌 영원히 가진 자들을 원망할 것이고, 이룬 자들을 시기할 것이고, 그러지 못한 자신을 한탄하면서 살게 될 뿐이다."

"죽어!"

사이나의 검이 짙푸른 마나에 휩싸이는 것을 발견하는 즉시 안드레이의 검도 선명하게 푸른 마나에 뒤덮였다.

쾅쾅쾅!

그들의 검이 부딪칠 때마다 요란한 폭음이 들려왔고, 그때마다 바람이 몰아쳐 지면에 떨어져 있던 낙엽과 풀잎들을 허공으로 빨아 올렸다. 두 사람의 검이 스친 지면이나 나무들은 너무나 간단히 패이고 잘려 나갔다.

주위에 있던 일행들은 두 사람의 공격 범위 밖으로 황급히 피해야만 했다. 두 사람의 검이 부딪칠 때마다 주위로 퍼져 나가는 충격파는 스치기만 해도 뭐든 잘려 나갈 정도의 예기를 품고 있었기 때문이다.

두 사람의 대결을 지켜보며 크레이는 자신의 검술 실력에 회의를 품었다. 자신도 어린 시절부터 검술을 익혀왔고, 또 검에 대해 재능이 있다는 말을 자주 들었었다.

자신의 나이 올해 스물여섯. 이미 소드 익스퍼트 최상급의 실력을 가지고 있어 또래들보다 훨씬 뛰어난 검술 실력을 가지고 있다고 자부했다. 아니, 자부했었다. 그런데 렉스를 만난 후부터 만나게 된 사람들은 자신과는 완전히 다른 세계에서 사는 사람들 같았다.

소드 마스터는 기본이고 한 나라에 한두 명밖에 없다는 소드 마스터 최상급의 실력자만 해도 벌써 세 명이나 만나본 것이다.

렉스, 안드레이, 샤리프.

그들은 어려서부터 대체 어떤 훈련을 받고, 또 누구에게 가르침을 받았기에 이리도 뛰어난 검술을 익힐 수 있었을까? 생각하면 할수록 자신이 점점 왜소하다는 마음이 드는 것을 숨길 수 없었다.

"차앗!"

"얍!"

쾅! 쾅!

두 번의 폭음이 울리고 안드레이와 사이나는 10여 파렌 정도 떨어져 서로를 노려보고 있었다.

비록 샤리프에게 듣긴 했지만 사이나의 놀라운 실력에 안드레이는 그를 사로잡는 것이 쉽지 않음을 인정해야만 했다. 그런 반면 흘낏 주위를 둘러본 사이나는 자신의 부하들이 모두 기절한 채 지면에 널브러져 있는 것을 발견하고는 놀라움을 감출 수 없었다.

자신이 이들을 맡은 것은 불과 6, 7년에 불과하지만 이들이 검술에 대한 기초가 튼튼하고, 모두 뛰어난 실력을 가지고 있다는 것을 잘 알고 있었다. 게다가 일 대 일 전투뿐만 아니라 일 대 다수나 다수 대 일의 전투에도 상당한 훈련을 쌓고 있다는 것을 알고 있는 사이나로서는 그들이 이렇듯 무력하게 상대에게 제압당했다는 사실을 받아들이기 힘들었다. 하지만 이미 결과는 벌어졌고, 혼자의 힘으로 이 상황을 뒤집을 능력이 없는 한 어떻게든 이 자리를 벗어나야만 했다.

자신들을 급습한 일행들의 모습을 하나하나 찬찬히 살피던 사이나는 이들의 파티가 상당히 독특하게 구성되어 있다는 것을 깨달을 수 있었다.

엘프에 드워프, 더군다나 여자가 셋에다가 프리스트까지? 그럼에도 불구하고 자신의 부하들이 이렇게 무력하게 제압을 당했다면 이들 일행들이 보기보다 훨씬 뛰어난 실력을 가지고 있다는 것을 증명하는 것이다.

일행들의 얼굴을 기억하려는 듯 노려보던 사이나는 이를 악문 채 입을 열었다.

"그대의 이름은?"

"안드레이."

"좋다, 안드레이. 오늘은 이만 물러가도록 하지. 그러나 저 달이 밤을 지배하는 한 그대는 다크 루미니언의 이름으로 다가오는 어둠의 칼날을 절대 피할 수 없을 것이다. 워프!"

"안 돼!"

휘리리릭~

파파파곽—

날카로운 여인의 음성과 함께 사이나가 섰던 곳에 12개의 부메랑과 8자루의 대거가 날아와 박혔다. 하지만 사이나는 이미 사라진 후였다.

사이나가 갑자기 사라져 버리자 안드레이도 당황하기는 마찬가지였다. 하지만 검은 달 교단을 찾을 수 있는 사이나를 놓쳤다는 생각에 비통해하는 로자린을 먼저 달래야만 했다.

그 모습을 본 샤이베리아는 고개를 갸우뚱거렸다.

"로자린은 왜 우는 거지?"

"휴우~ 그냥 안타까운 마음이 들어서 그렇다는 것만 알아두십시오."

샤이베리아에게 인간의 행동에 대해 일일이 설명하는 것도 이제는 지겹기 그지없는 일이었기 때문에 크레이는 간단하게 설명했다.

"왜 그 인간이 사라졌는데 안타까워만 하는 거지? 찾으면 되잖아."

"갑자기 사라진 사람을 어디서 찾는단 말입니까?"

"사라진 방향을 보니까 북쪽이던데? 게다가 워프 마법이 걸린 반지를 이용한 거라 장거리 이동은 불가능하거든. 찾는 것이 쉽지는 않겠지만 전혀 불가능한 건 아니야."

샤이베리아의 말에 눈물을 짓고 있던 로자린은 번쩍 고개를 들고는 샤이베리아를 바라봤다.

"그 말이 정말인가요?"

"그럼 내가 거짓말을 했단 말이야?"

"그게 아니에요. 정말 조금 전 사라졌던 그 사람을 찾을 수 있을까요?"

"조금 전에 말했잖아, 쉽지는 않지만 불가능한 것은 아니라고 말이야."

"그럼 부탁을 드릴게요. 제발 그자의 행방을 가르쳐 주세요, 샤이베리아님."

"일단 도네님께 알려 드리고 난 다음에. 그건 그렇고 이 인간들은 어떻게 할 거야?"

샤이베리아가 가리키는 곳엔 청년들이 기절한 채 지면에 널브러져 있었다.

다행히도 청년들보다 일행들의 실력이 월등했기에 심한 부상을 입은 사람은 처음 로자린의 공격을 받은 청년들뿐이었다. 로니가 그들을 치료하려고 했지만 무엇이 잘못되었는지 청년들은 비명만 지를 뿐 상처가 낫기는커녕 지혈조차 되지 않았다. 그리고 그들의 비명이 얼마나 처절했는지 성질이 난 샤이베리아가 그들의 상처를 마법으로 치료하고는 몽땅 재워 버렸다.

"일단은 이곳에 두고 감시를 해야 할 것 같습니다."

"그럼 도네님께는 누가 갈 거야?"

"샤이베리아님과 저만 가도록 하는 것이 좋겠습니다. 크레이 군, 레이디 메디안과 함께 저들을 감시하고 있도록 하게. 로자린, 당신도 저들과 함께 기다리고 있도록 하오. 내 잠시 다녀오겠소."

"조심하세요. 그럼……."

"워프!"

안드레이의 말이 끝나기도 전 샤이베리아는 그의 손을 잡고는 그대로 워프의 시동어를 외쳤다. 남아 있던 사람들은 흩어져 있던 청년들을 한곳으로 모으기 시작했다.

*   *   *

자신을 향해 날아드는 검을 황급히 막아내며 모네스는 안도의 한숨을 내쉬었다. 아니, 내쉬려고 했다. 그러나 검은 옷 청년들의 공격은 끝난 것이 아니었다.

처음 공격한 청년이 물러서자마자 곁에 있던 청년이 다시 나서며 검을 휘둘렀다. 청년들의 무기는 모두 좁은 통로에서 사용하기 용이한 쇼트 소드와 대거와 쇼트 소드의 중간 크기를 가진 검이었다.

챙!

청년의 공격을 막아선 모네스는 재빨리 입구를 막아섰다.

그런 사실을 아는지 모르는지 렉스는 태연하게 대주교를 쳐다보고만 있었다.

입구에서는 모네스가 청년들의 공격을 막기에 여념이 없었지만 도네와 렉스는 태연한 표정으로 그에게 신경도 쓰지 않았다. 그 모습에 대주교는 왠지 불안한 마음이 몰려드는 것을 느껴야만 했다.

스르르릉~

렉스의 크레이모어가 검집에서 뽑혀져 나오며 낮은 쇳소리가 방 안을 울렸다.

그 모습에 대주교는 어떻게 할 것인지 결정을 내려야만 했다. 검술을 익히지 못한 대주교로서는 도저히 렉스의 상대가 될 수 없다는 것을 스스로도 잘 알고 있었다.

지금 믿는 것은 대주교에게 지급되는 워프와 몇 가지의 공격 마법이 걸려 있는 반지뿐이었다. 하지만 운 나쁘게도 반지는 지금 책상 서랍 안에 들어 있는 상태였다. 자신과 렉스와의 거리가 5파렌 정도 떨어 있기는 하지만 렉스의 검술 실력을 알 수 없어 전혀 안심할 수 없는 상태였다. 게다가 설사 마법으로 렉스를 공격하려고 해도 마력 증폭기 기능을 하는 반지가 없으면 단 한 가지의 마법도 쓸 수 없는 것이 대주교의 처지였다.

렉스를 공격하든 아니면 이 자리에서 도주를 하든 워프의 반지가 반드시 필요한 상황이었다.

대주교가 고심하고 있을 때 마치 그의 마음을 읽기라도 한 듯 렉스가 고개를 돌려 도네에게 뭐라고 귓속말을 하는 모습이 보였다. 그사이 슬그머니 서랍을 연 대주교는 검붉은 보석이 박혀 있는 조금은 커다란 반지를 꺼내 재빨리 왼손에 끼었다.

겨우 안도의 한숨을 쉰 대주교가 고개를 들었을 때 어느샌가 렉스가 자신을 바라보며 싸늘한 미소를 짓고 있는 모습이 보였다. 마치 자신의 속셈이 뭔지 훤히 알고 있다는 듯이 말이다.

그런 렉스의 모습에 대주교는 불쾌한 느낌과 함께 불안한 마음이 들었다. 마치 자신이 마리오네트처럼 렉스가 의도한 대로 움직였다는 생각이 들었기 때문이다.

"후후후, 이제 마법의 반지를 꼈으니 결정을 내려야겠지? 나를 공격할 것인가, 아니면 창피를 무릅쓰고 도망을 갈 것인가 둘 중에 하나를 말이야."

렉스의 조소에 대주교는 얼굴이 불길이 치솟는 것같이 뜨거워지며 동시에 강렬한 수치심을 느껴야만 했다.

"다크 아이스 스피어!"

자신의 시동어에 검은 얼음 창이 나타날 것을 의심치 않았던 대주교는 반지를 낀 손으로 렉스를 가리켰다. 그러나 렉스의 모습은 그대로였다. 그럴 수밖에 없는 것이, 애초에 그가 원했던 마법이 실현되지 않았기 때문이다.

대주교는 당황한 눈으로 자신의 왼손을 바라봤지만 빛이 뿜어져야 할 보석은 여전히 칙칙한 검붉은 색을 띠고 있을 뿐이었다.

"어떻게 이런 일이……?"

"시시하군."

퍽!

당황하는 대주교의 모습을 지켜보던 렉스는 눈 깜짝할 사이에 대주교 곁으로 다가가 칼등으로 그의 뒷덜미를 내려쳤다. 대주교는 비명 소리조차 남기지 못하고 통나무 쓰러지듯 앞으로 쓰러졌다.

쓰러지는 대주교를 어깨에 둘러멘 렉스는 그때까지 청년들의 공격을 막아내고 있는 모네스에게 말을 건넸다.

"우린 철수할 건데 같이 안 갈래?"

"자, 잠깐만… 기다…… 이크…… 기다리시오."

렉스에게 대답을 하는 사이 옆에서의 공격을 미처 발견하지 못한 모네스는 갑작스런 공격에 황급히 고개를 숙였고, 날카로운 대거 한 자루가 모네스의 후드 윗부분을 사정없이 잘라 버렸다.

그때까지 숨기고 있던 모네스의 얼굴은 밝은 불빛 아래 완전히 드러났지만 그의 얼굴에 신경 쓰는 사람은 오직 자신뿐이었다. 개성(?)있는 얼굴을 보고도 전혀 놀라지 않는 청년들의 태도에 감격(?)하면서도 후퇴를 해야겠다는 생각에 모네스는 검에 마나를 집어넣었다.

그때까지 무차별적으로 모네스를 공격하던 청년들은 모네스의 검이 푸른색으로 물드는 것을 발견하고는 재빨리 뒤로 한 걸음 물러섰다.

청년들이 물러서는 순간 모네스는 렉스 곁으로 다가왔고, 이곳에서 어떻게 탈출할 것인가를 물었다.

"입구가 막혔으면 이렇게 만들면 되잖아."

대답과 동시에 렉스는 다짜고짜 어깨에 메고 있던 대주교를 서재의 커다란 창문을 향해 힘껏 집어 던졌다.

와장창! 쨍그랑~

요란한 소리를 내며 창문은 박살이 났고, 아직 힘이 떨어지지 않은 대주교의 몸은 포물선을 그리며 정원을 향해 날아갔다. 그 모습에 모네스는 너무나 기가 막혀 순간적으로 할 말을 잃었다.

그래도 대주교를 죽일 마음은 없었는지 렉스는 서재에 붙어 있는 테라스의 난간을 밟고는 그대로 몸을 날려 떨어지기 시작한 대주교의 몸을 가볍게 받아 들었다. 그리고 그런 렉스 곁엔 어느새 이동을 했는지 도네가 태연한 표정으로 서 있었다.

방 안으로 밀려드는 청년들을 발견한 모네스는 어쩔 수 없이 난간 아래로 뛰어내려야만 했다. 모네스가 뛰어내리자 곧 이어 청년들도 아래로 뛰어내리기 시작했다.

대체 모네스를 자신의 일행으로 생각하기는 하는 것인지 렉스와 도네는 대주교를 둘러메고 모네스에겐 신경도 쓰지 않은 채 정문을 향해 걸음을 옮기고 있었다. 그 뒤로 청년들이 따라오자 재빨리 렉스의 뒤를 막아선 모네스는 청년들을 향해 검을 겨눈 채 주의를 게을리 하지 않았다.

렉스와 일행들이 정문에 도착했을 때 청년들의 공격이 시작되었고, 정문에서도 일대 혼전이 벌어지고 있었다. 렉스를 찾아온 안드레이와 샤이베리아가 저택에 숨어 있던 검은 달 교단의 어쎄신들과 살벌한 싸움을 하고 있었던 것이다.

20대 2의 싸움이었지만 밀리는 것은 어쎄신들이었다.

안드레이가 검을 휘두를 때마다 그들의 무기는 수수깡처럼 잘려 나갔고, 샤이베리아의 손에서 흰 빛이 번쩍거릴 때마다 청년들을 향해 번개가 굽이쳐 날아갔다.

두 사람의 모습을 발견한 도네는 고개를 끄덕이다 곧 샤이베리아의 왼팔에 상처가 생긴 것을 발견했다. 핑크 색 여행복의 팔 부분이 길게 찢겨 있었고 찢겨진 옷감 부분에 피가 배어 나온 것을 발견한 것이다.

안드레이와 샤이베리아를 공격하던 어쎄신들은 대부분 두 사람에게 당한 공격 때문에 제대로 몸을 움직이지 못하고 있었다. 그러나 지금 도네의 눈에 보이는 것은 어쎄신들의 움직임이 자연스럽지 않다거나 안드레이가 그들을 쉽게 상대하고 있다는 것들이 아니었다. 오로지 상처를 입은 샤이베리아의 왼팔에만 모든 신경이 쏠려 있었다.

"레비테이션~!"

시동어와 함께 그녀의 몸은 순식간에 까마득히 높게 치솟아올랐다. 그리고 그녀의 몸이 조금씩 커진다고 느끼는 순간 렉스의 비명 같은 외침이 들렸다.

"피해!"

렉스와 안드레이, 모네스는 필사적으로 앞으로 달려나갔고, 샤이베리아 역시 워프를 이용해 아예 저택의 상공으로 몸을 피했다. 그런 샤이베리아의 눈에 본래의 모습을 돌아간 도네의 동체가 보였다.

머리끝에서 꼬리 끝까지 거의 400파렌은 넘어 보이는 크기에 선홍색으로 달아오른 몸, 몸 길이보다 더욱 거대한 두 쌍 날개를 펄럭거리며 허공에 떠 있는 도네의 모습은 샤이베리아가 어린 시절 듣고 자랐던 블러디 드래곤 도르미네스의 모습 그대로였다.

그녀의 머리가 뒤로 젖혀지는 모습을 발견한 샤이베리아는 지금 그녀가 브레스를 토해내려고 한다는 것을 직감했다.

콰아아앙~!!

그녀의 브레스가 저택으로 쏟아지는 순간 저택은 순식간에 소멸해버렸고, 저택이 서 있던 곳에 있던 모든 것이 타고 녹아내려 마치 대지를 뚫고 용암이 솟구친 것 같았다.

불과 단 한 번의 브레스에 거대하기 이를 데 없었던 저택과 나무들,

대지, 그리고 사람들이 눈 깜짝할 사이에 녹아버린 것이다.

일행들은 다시 한 번 드래곤이란 종족이 가진 힘에 경외감이 드는 것을 숨길 수 없었다. 하지만 그것은 도네가 원래 가진 브레스의 위력 중 몇십 분의 일에 불과하다는 것을 아는 사람은 그녀의 브레스를 직접 본 적이 있는 렉스뿐이었다.

눈 깜짝할 사이에 다시 인간으로 폴리모프한 도네는 샤이베리아를 불러 그녀의 상처를 먼저 살폈다. 치유 마법에 의해 이미 상처가 아물어 있는 것을 확인한 도네는 자신을 보고 멍한 표정을 짓고 있는 남자들은 아랑곳하지 않고 샤이베리아에게 잔소리를 퍼붓고 시작했다.

"넌 대체 너 스스로를 뭐라고 생각하고 있는 거야? 지상 최강의 생명체라고 불리는 존재가 겨우 인간의 검 따위에 상처를 입다니. 이게 얼마나 수치스러운 일인지 알고는 있는 거야? 내가 뭐라고 했어? 위험하면 즉시 워프해서 몸을 피하라고 했잖아? 내 말이 그렇게 우습게 들려?"

"아니, 그게 아니라……."

"닥쳐! 네 부모들과의 인연을 생각해서 널 돌봐주려고 했는데 네가 이렇게 다친 모습을 다른 드래곤들이 보면 나보고 뭐라고 하겠어? 그리고 너를 공격했던 녀석들 가운데 만약 안드레아나 렉스 같은 실력을 가진 녀석이 단 한 명이라도 있었으면 너는 지금쯤 이 저택의 정원을 장식하는 멍청한 드래곤 박제가 되었을 거란 말이야! 너, 지금 내가 무슨 이야기를 하고 있는지 아는 거야 모르는 거야?"

도네의 폭포수처럼 쏟아지는 잔소리에 샤이베리아는 정신이 몽롱해지는 것 같았다.

그렇지 않아도 마치 칼로 잘라낸 듯 정확히 저택이 있었던 자리만

파이어 브레스로 녹여 버린 도네의 능력에 샤이베리아는 몸을 떨고 있었다. 도네처럼 정확하게 목표물만 브레스로 날려 버리는 것은 드래곤의 능력으로도 결코 쉬운 일이 아니었다. 공격의 정확성이나 마나의 정확한 운용, 무수한 연습이 있어야만 가능한 일이었다.

그러는 사이 안드레이에게 이곳에 다시 모습을 보인 연유를 들은 렉스는 그와 잠시 이야기를 나누다가 곧 도네에게 다가왔다. 그런 그의 어깨에는 여전히 대주교가 정신을 잃은 채 매달려 있었다.

"도네, 일단 저들이 잡았다는 애(?)들이 있는 곳으로 가봐야 할 것 같은데. 그리고 이 작자를 고문할 장소도 필요하고."

"그래? 그럼 가지 뭐."

샤이베리아에게 엄청난 잔소리를 퍼붓던 도네는 렉스의 말에 언제 그랬냐는 듯이 태연한 얼굴로 대답했다. 눈 깜짝할 사이에 돌변한 도네의 태도에 안드레이나 모네스는 자신도 모르게 두려움을 느끼면서도 렉스는 어떻게 도네의 저런 태도를 태연하게 받아들일 수 있는지 의문이 들지 않을 수 없었다.

잔뜩 주눅이 든 샤이베리아가 시동어를 외치는 순간 일행들은 감쪽같이 사라졌고, 지상으로 내리꽂히는 불기둥을 시내 곳곳에서 발견한 경비대원들이 허둥거리며 도착했을 때 그들이 발견한 것은 용암이 지면을 뚫고 솟구쳐 오른 듯 보이는 이상한 공터뿐이었다.

제 7 장

황태자와의 밀담

황태자와의 밀담

"그러니까 아직도 그들을 찾지 못했단 말이오?"

"죄송합니다, 전하."

토라노의 대답에 하이렌은 실망스런 표정을 감추지 못했다.

현재 그들이 있는 곳은 레이노스 시에서 제공해 준 영빈관이었는데 귀빈들을 맞이하는 곳치고는 아무런 장식도 되어 있지 않아 썰렁하기 이를 데 없었다.

물론 레이토스 시의 시장인 후안이 황태자인 하이렌이 묵을 곳을 허술히 준비했을 리 만무했다.

처음 하이렌이 레이노스 시에 오기로 결정났을 때부터 그가 머물 곳을 단장하기에 갖은 노력을 다해 만반의 준비를 마쳤다. 하지만 거추 장스러우니 방 안의 장식을 모두 치우라는 말을 들었을 때 너무나 당황한 나머지 감히 황태자에게 그 이유(?)를 묻는 경망스러움마저 보였었다.

결국 황태자가 자신은 편한 것을 좋아한다는 대답을 듣고서야 방 안의 기물들을 치우는 수고를 다시 한 번 해야 했다.

하이렌이 잠시 고민을 하고 있을 때 토라노는 다른 생각을 했다.

렉스와 도네가 황태자의 목숨을 구한 것은 사실이었지만 솔직히 자신에게 공포를 안겨준 렉스를 다시 만나고 싶은 생각은 눈곱만큼도 없었다. 하이렌이 지시를 내렸기에 찾는 척을 하기는 했지만 실은 술집에서 시간을 보내다가 왔기에 절대 렉스 일행들을 찾을 수 없었다.

두 사람이 동상이몽(同床異夢)을 하고 있을 때 갑자기 방 한쪽 구석의 공간이 일그러지더니 두 사람이 나타났다. 방 안의 마나가 미미하게 파동 치는 것을 느꼈기에 하이렌은 갑자기 나타난 사람들을 발견하고도 전혀 당황한 기색을 보이지 않았다.

렉스와 눈이 마주친 토라노는 재빨리 검을 뽑아 들고는 하이렌에게 귓속말을 했다.

"전하, 바로 저들입니다. 저자가 렉스라는 용병이고, 옆에 있는 레이디가 전하를 치료했던 그 마법사이옵니다."

잔뜩 긴장하는 토라노와는 달리 하이렌은 부드러운 미소를 지으며 나타난 두 사람을 살폈다.

남자는 건장한 체격에 금발의 긴 머리를 가죽 끈으로 질끈 동여매고 있었는데 아무리 많이 잡아도 20대 초반으로밖에 보이지 않았다. 그런 반면 옆에 있는 여자는 황태자인 하이렌으로서도 거의 본 적이 없는 정말 아름다운 여인이었다. 하지만 그녀의 복장은 마법사 복장이 아니라 여행자 복장이었고 나이도 20대 중반에 불과해 치명적인 중상을 입었던 자신을 마법으로 치료했다는 말을 믿기 힘들었다.

잘 어울리는 한 쌍이라는 생각과 동시에 도네의 손을 꼭 잡고 있는 렉스에게 부러움과 함께 질투심마저 느끼는 하이렌이었다.

"무엄하다! 그대들은 어찌 황태자 전하를 뵙고도 인사를 올릴 생각은 않고 그렇게 뻣뻣하게 서 있는 것이냐!"

토라노의 호통에 도네는 고개를 돌렸고, 두 사람의 눈싸움은 시작도 하기 전에 끝나고 말았다. 도네의 전신에서 쏟아지는 위압감은 감히 토라노 따위가 견딜 수 있는 성질의 것이 아니었다.

자신의 경호대장인 토라노가 슬그머니 고개를 떨구자 하이렌의 얼굴에는 은근히 놀라는 기색이 완연했다. 하이렌으로서는 토라노가 누구와의 기세 싸움에 지는 모습을 본 적이 없었기 때문이다.

"이봐, 당신. 그만 떠들고 밖으로 나가서 아무도 들어오지 않게 주위나 경계하도록 해."

"뭐, 뭐라고?!"

렉스가 한 말에 토라노의 얼굴은 시뻘겋게 달아올랐다. 하지만 역시 섣불리 덤비지는 못했다.

"할 말이 있어 찾아온 거니까 소란 떨지 말고 나가기나 하라니까."

"그, 그대들을 어떻게 믿고……."

"안 나가면 날 막을 수 있어?"

렉스의 말을 들은 토라노는 수치심에 몸을 떨었지만 렉스는 그를 모욕할 의도는 없었는지 담담한 얼굴을 하고 있었다. 오히려 어찌 보면 약간 어두워 보이기까지 했다.

"조용히 대화나 나누다 갈 테니까 걱정하지 말고 나가서 다른 사람들이 접근하지 못하도록 감시나 잘해."

렉스의 말에 토라노가 머뭇거리자 하이렌이 입을 열었다.

"자이루스 백작, 잠시 자리를 피해주겠소?"

"하지만 전하……."

"두 번 말하게 하지 마시오."

하이렌이 정색을 하자 토라노는 더 이상 말을 하지 못하고 방을 빠져나갔다.

토라노가 방을 빠져나가자 렉스는 도네에게 의자를 권하고는 잠시 주위를 두리번거렸다. 그런 렉스의 행동은 이곳이 마치 그의 집이라도 되는 양 거침이 없었다.

"그대들은 누구인가? 본인은 레트로니아 왕국의 황태자인 하이렌……."

"아니까 소개할 필요 없어, 하이렌 폰 자르츠 레트로니아 황태자 나리."

비아냥거림이 역력한 렉스의 어투에 하이렌은 잠시 멈칫하지 않을 수 없었다. 상대의 말투에서 묘한 기분을 느꼈기 때문이다. 자신이 기절하기 전 들었던 사내의 음성과 눈앞의 청년의 음성이 비슷하다는 것을 느끼고는 더욱 이상한 기분이 들었다.

그는 왜 자신을 적대시하는 것일까?

상대의 말투에서 확실히 그런 상대의 분위기를 느낄 수 있었다. 게다가 상대는 자신의 목숨을 구해준 생명의 은인이 아닌가. 일단은 좀 더 지켜보기로 했다.

"그대들의 이름을 알 수 있을까?"

"난 렉스, 이쪽은 도네. 나나 이 레이디에게서 황태자에 대한 예의를 기대할 생각은 꿈에도 하지는 마. 할 생각도 없지만 우리 역시 누구에게도 고개를 숙일 만한 신분이 아니니까."

분명 자신이 황태자라는 것을 알면서도 끝내 반말로 입을 여는 렉스의 행동은 무례하기 이를 데 없는 것이었다.

　단지 그 이유만으로 렉스와 그의 일가 친척들을 교수형시킨다고 하더라도 아무 소리도 할 수 없는 일이었다. 대체 그들 두 남녀의 정체가 뭐기에 감히 황태자 앞에서 신분 운운하는 것인지 궁금하다는 생각이 먼저 들었다.

　"이렇게 당신을 찾아온 이유는 묻고 싶은 것이 있어서야."

　"무엇인가?"

　"어째서 황태자인 그대가 검은 달 교단의 표적이 된 거지? 아무리 생각을 해봐도 황태자의 신분과 검은 달 교단이 무슨 연관이 있는지 전혀 짐작이 가지 않는단 말이야. 설명을 좀 해주셔야겠어."

　"그건 나도 궁금하게 생각하고 있던 점인데… 그대들은 어떻게 검은 달 교단에 대해 알고 있는 것인가? 세상에서 그들의 존재를 아는 사람은 전혀 없는 줄 알았는데 말이네."

　"허어~ 이것 참… 말이 안 통하네. 내가 먼저 물었는데 되려 나한테 되물으면 대답을 하기 싫다는 말이야, 아니면 나부터 대답을 하라는 얘기야?"

　"신중히 생각해서 대답을 하도록 하게. 우리 레트로니아 왕국의 존립과도 연관된 문제일세."

　하이렌의 굳어진 표정에서 렉스는 자신이 알지 못하는 뭔가가 있다고 직감했다. 그리고 막연히 그것이 자신과도 연관이 있을 것이라는 느낌이 들었다.

　"내겐 친구가 하나 있는데 그 친구는 검은 달 교단에 원한을 가지고 있지. 그 친구를 도와주다가 보니까 이 도시까지 오게 되었고, 암살당할 뻔한 멍청한 황태자 나리까지 도와주게 된 것이야. 그런데 문제는 암살하려던 어쎄신들이 당신과 검은 달 교단 사이에 무슨 관계를 맺고 있는 것처럼 지껄여 댔다는 거지. 나는 그것이 궁금해서 이렇게 찾아왔고 말이야."

렉스의 말을 들은 하이렌은 그의 대답에서 뭔가가 부족한 것을 느끼기는 했지만 굳이 묻지는 않았다.

잠시 고심에 빠져 있는 하이렌을 바라보는 렉스의 눈빛은 복잡하기 이를 데 없었다.

생각을 정리한 하이렌이 곧 입을 열었다.

"예전 아버님께서 왕위에 오를 때 도움을 주었던 귀족들이 있었는데 언제부턴가 그들의 행동이 이상해졌네. 은밀하게 감시를 한 결과 그들이 이상한 단체에 가입했다는 것을 알게 되었지. 무슨 수를 쓴 것인지 알 수는 없지만 상당한 숫자의 다른 귀족들도 그 단체에 가입했다는 것 역시 알게 되었네. 아마 자신들을 은밀히 조사하는 내가 신경 쓰여 암살하려고 한 것 같네."

렉스는 하이렌의 설명에서 뭔가가 빠진 것 같다는 느낌을 지울 수 없었다. 그것이 무엇인지 알 수는 없었지만 결코 놓쳐서는 안 된다는 느낌이 강하게 들었다.

"귀족들이 가입했다고 하는데, 대체 얼마나 검은 달 교단에 가입을 했다는 거지?"

"가입했을 것으로 유력시되는 사람이 열둘. 하지만 그 배 이상 되는 수가 어떤 식으로든 그들과 관련되어 있을 것이라고 판단이 되네."

하이렌의 대답에 렉스는 사건이 점점 더 확대된다는 생각이 들었다. 귀족들이 검은 달 교단에 가담했을 것이란 예상은 이미 하고 있었지만 직접 하이렌에게서 듣고 보니 상당히 심각한 사태까지 진행되고 있다는 생각이 들었다.

"더구나 이번 암살 사건을 통해서 내가 느낀 것은 내 예상치를 훨씬 뛰어넘는 숫자가 그들의 협조자로, 방관자로, 그들의 조직원으로 암약하고 있다는 것이네. 어떻게든 그들을 일망타진하지 않는 한 레트로니아 왕국의 앞날은 암울할 뿐이네."

그 말을 하는 하이렌의 얼굴은 잔뜩 흐려져 있었다. 그런 하이렌의 얼굴을 바라보는 렉스의 속마음도 편치는 않았다.

'빌어먹을 인간, 왜 그런 표정을 짓고 있는 거지? 강제로 빼앗았으면 어떻게든 움켜잡고 놓지를 말아야 할 것 아니야? 겨우 이만한 일로 앓는 소리를 할 거면서 왜 그 따위 일을 벌인 거야?'

"검은 달 교단에 가입한 것으로 의심되는 귀족들은 누구누구지?"

"그 정보는 함부로 가르쳐 줄 수 없네. 만약 조금이라도 실수해서 누군가 그들을 노리고 있다는 사실이 알려지게 된다면 왕실은 물론 우리 왕국 전역이 극심한 혼란에 싸이게 될 것이네."

"그럼 그들을 그냥 두고 볼 거야?"

하이렌은 렉스와 대화를 나누면 나눌수록 그의 반말이 전혀 신경 쓰이지 않았다. 마치 오래전부터 알아왔던 사람과 대화를 나누듯 자연스러움마저 느끼고 있었다. 이상하다는 생각을 하면서도 하이렌은 대화를 계속하고 있었다.

"어떻게든 그들을 제거해 왕국의 안정을 되찾도록 만들어야 하는 것이 현재 내 입장이라네. 솔직히 말해 자네가 내 목숨을 구해준 것은 고맙지만 자네의 정체를 확실히 알지 못하는 한 자네를 믿을 수 없는 것이 내 입장이라는 것을 알아주었으면 고맙겠군."

"황태자 나리가 이 왕국을 걱정하는 것보다 몇 배나 더 이 왕국의 장래를 걱정하는 사람이 바로 나야."

"렉스, 시체랑 이야기하면 재미있어?"

여태까지 침묵을 지키고 있던 도네가 이상하다는 듯 고개를 갸우뚱거리며 입을 열자 두 청년의 눈길이 그녀에게 쏠렸다.

"저어… 레이디, 방금 뭐라고 하셨습니까?"

하이렌의 질문에도 도네는 눈조차 깜빡이지 않았다.

"언젠가는 죽여야 할 상대인데 어째서 그런 상대와 대화를 즐기고 있는 거야? 그럼 재미있어? 난 아무리 생각을 해도 별로 재미가 없을 것 같은데……."

"죽일 때 죽이더라도 정보는 캐내야 하잖아."

"그럼 정보를 캐내기 위해 대화를 나누고 있는 거야?"

"그렇다고 볼 수도 있지."

도네의 말에 대꾸를 하는 렉스의 얼굴에는 씁쓸함이 배어 있었다.

한편 두 사람의 대화를 듣던 하이렌은 하도 어이가 없어 그저 멍하니 두 사람의 얼굴만을 바라보았다.

멀쩡히 살아 있는 사람을 두고 시체라니? 게다가 정보를 알아내기 위해서라고 대답하는 렉스의 태도 역시 하이렌을 멍하게 만들기 충분했다. 자신 따위는 안중에도 없다는 듯 대화하는 두 사람의 행동에 하이렌은 무슨 말을 어떻게 해야 좋을지 몰랐다.

"지금 내 이야기를 하고 있는 건가?"

"어? 우리 이야기 들었어?"

렉스의 말은 순식간에 하이렌으로 하여금 옆에서 두 사람이 떠들어대는 대화도 알아듣지 못하는 귀머거리로 만들어 버렸다. 곧 정신을 차린 하이렌은 렉스에게 궁금하게 생각했던 점을 물었다.

"방금 두 사람의 대화를 들어보니 나를 가리켜 시체라고 했던 것 같은데… 내가 죽을 뻔한 경험을 했기 때문에 그렇게 말한 것인가?"

"후후후, 역시 황태자 나리께서는 본인 편한 대로만 생각하는군."

렉스의 웃음소리엔 하이렌에 대한 비웃음뿐만 아니라 형언하기 힘든 감정까지 실려 있었다.

"그럼 짐작대로 나에게 원한을 가지고 있는 것인가?"

"만약 그렇다면……?"

"내가 이해가 가지 않는 것이 바로 그 점인데, 그럼 왜 내 목숨을 구해주었는가? 그때 날 치료하지만 않았더라도 그대가 원하던 대로 내 죽음을 지켜볼 수 있었을 텐데 말이야."

"그럼 너무 편하잖아."

렉스의 말에 하이렌은 가만히 상대의 얼굴을 똑바로 바라봤다. 아무리 좋게 봐도 20대 초반에 불과한 렉스가 자신에게 어떤 원한을 가지고 있는 것인지 아무리 생각해 봐도 생각나는 것이 없었다.

스스로 자부하건대 적어도 누군가가 자신의 목숨을 원할 만큼 남에게 해를 끼쳤던 적은 없다고 생각해 왔는데 도대체 렉스가 자신에게 적개심을 드러내는 이유가 뭔지 영문을 알 수 없었다.

"지난 10여 년 동안 얼마나 이를 갈며 살았는데 그렇게 간단히 죽을 수 있을 것 같아? 그리고 내가 황태자 나리를 살린 가장 큰 이유는 당신의 목숨은 내 것이기 때문이야. 어느 누구도, 설사 그 상대가 신이라 하더라도 절대 양보할 수 없어. 그래서 사랑하는 가족을 잃은 슬픔이 어떤 것인지 당신 아버지에게 영혼조차 사무칠 정도의 아픔을 안겨주는 것이 내가 살아가는 인생의 목표라는 것만 알아둬. 도네, 돌아가자."

도네가 일어나는 모습을 보며 렉스가 말을 이었다.

"이틀 후 저녁에 다시 오겠어. 그때까지 나에게 정보를 넘길 것인지 아닌지 결정짓도록 해. 한 가지 충고를 한다면 지금 현재 상황에서 그대를 도와줄 사람은 나밖에 없다는 것을 잊지 않는 것이 좋을 거야."

"워프."

도네의 짧은 시동어와 함께 두 사람은 하이렌이 미처 부를 사이도 없이 감쪽같이 실내에서 사라졌다. 잠시 당황하던 하이렌은 흥분한 마음을 진정시키며 렉스가 한 말을 곰곰이 생각했다.

"나를 죽이고 싶은 사람도 자신이고 나를 도와줄 사람도 자신뿐이라고? 그러면서 내 목숨을 구해줬다는 것인가? 이해 가지 않는 사람이군."

나직한 중얼거림이 실내를 떠돌았다.

여관에 도착해 보니 모두들 식당에 모여 대화를 나누고 있었다. 그들 틈에는 어느새 돌아온 바르미아도 끼어 있었다.

바르미아는 도네를 발견하자마자 자리에서 일어나 인사를 했다.

"저희 어머니의 목숨을 구해주셔서 진심으로… 진심으로 감사드려요, 도네님."

"그런 인사라면 렉스에게나 해. 난 모르는 일이니까."

도네가 무표정하게 대답하자 조금은 어색한 얼굴로 렉스에게 감사의 인사를 했다.

"렉스님께도 감사드릴게요."

"별말씀을. 그래, 어머니께서는 차도를 좀 보이시오?"

"예, 걱정해 주신 덕분에 많이 좋아지셨어요."

고개를 끄덕인 렉스는 자리에 앉자마자 안드레이에게 질문을 던졌다.

"대주교란 작자에게서 정보는 좀 얻었어?"

"나도 처음에는 상당히 기대를 했는데 그자는 단지 귀족이었기 때문에 대주교라는 직책을 가지고 있었던 것 같아. 게다가 검은 달 교단에 가입한 지도 얼마 되지 않아 교 내의 사정에 대해 아는 것이 없어. 그것보다 황태자와 만난 일은 어떻게 됐나?"

"도네, 지금부터 하는 이야기를 아무도 들을 수 없도록 주위에 결계를 만들어주겠어?"

렉스의 부탁에 도네는 즉시 주위에 결계를 펼쳤다.

사람들은 대체 렉스가 얼마나 대단한 말을 하기에 결계까지 치도록 한 것인지 궁금해했다. 다만 평소 미소를 잃지 않던 렉스의 얼굴이 어두운 게 조금은 이상해 보였다.

"지금부터 내가 하는 이야기는 이 자리에 있는 사람들만 알고 비밀을 지켜주었으면 고맙겠소. 이야기는 14년 전으로 거슬러 올라가오. …사건이 있던 당시 난 7살이었는데 연세가 드신 부모님께서 말년에 얻은 아들이라 나를 향한 두 분의 사랑은 신조차 막을 수 없을 정도였소. 나를 사랑하는 부모님이 계셨고, 그분들은 내가 원하는 것이라면 무엇이든 들어주실 수 있는 큰 힘을 가지고 있던 분들이셨소. 그러던 어느 날 저녁 평소 사이가 좋지 않았던 숙부가 갑자기 부모님을 찾아왔소. 아버지와 숙부가 서재로 들어간 다음 갑자기 사방에서 화재가 일어났고, 비명 소리와 함께 복면을 한 사내들이 쏟아져 들어왔소. 그리고 일방적인 살인이 벌어지기 시작했소."

렉스의 음성은 그가 말하는 내용과는 어울리지 않을 정도로 너무나 담담하게 들려 마치 다른 사람의 이야기를 하고 있는 것 같았다.

"나와 어머니는 살인자들을 피해 그 자리에서 몸을 피했지만 적들은 계속 우리 뒤를 쫓아왔소. 정신없이 쫓기던 어머니와 나는 다행히도 우리 가문에 소속된 마법사를 만나게 되었고, 그는 우리 두 사람을 이동시킬 마법진을 그리기 시작했소. 하지만 불행하게도 우리의 위치는 그들에게 곧 발각이 되었고 마법진을 완성시키지 못한 우리는 다시 그들에게 쫓기게 되었소. 그런 와중에 내 안전을 염려한 어머니가 적들을 다른 방향으로 유인하며 달려가셨고, 그것이 어머니의 마지막 모습이었소. 불행 중 다행으로 무사히 탈출한 나는 마법사의 조언에 따라 도네를 찾게 되었소. 도네와 함께 지내면서 강해지기 위해 난 뭐든지 했소. 하지만 정작 세상에 나왔을 때 어느 누구도 아버님을 기억하는 사람은 없었소."

"대체 그 숙부라는 작자가 누구야? 세상에, 아무리 사이가 좋지 않다고 하더라도 그렇지, 어떻게 형과 그 가족에게 그런 짓을 할 수 있는 거지? 인간들은 알면 알수록 정말 사악하고 정나미 떨어지는 종족들이야."

가장 먼저 반응을 보인 사람은 다혈질인 메디안이었다. 그런 메디안의 말에 게부레인은 눈살을 찌푸리면서도 이번에는 그녀의 말에 동조했다.

"나도 이번만큼은 메디안의 말에 찬성하지 않을 수 없군. 자네가 말한 그 숙부라는 자는 자네 아버지가 가진 힘을 부러워했던 것 같은데 겨우 그런 이유 때문에 혈육에게 검을 겨누다니……. 쯧쯧쯧."

게부레인이 가볍게 혀를 차는 소리를 모두들 들었다.

그 자리에 모인 사람들은 이종족인 메디안과 게부레인이 내뱉은 말에 자신도 모르게 수치심을 느껴야 했다.

렉스가 한 말을 곰곰이 생각하던 안드레이가 질문했다.

"실례가 되지 않는다면 자네 아버님과 숙부의 이름을 알 수 있겠나?"

"후후후, 실례가 될 것은 없네. 멍청해서 동생에게 모든 것을 빼앗긴 우리 아버지의 이름은 브랜든, 탐욕스러운 숙부의 이름은 아리오, 그리고 과거 한때 레이시어스라는 이름으로 불렸던 적이 있었지."

"아니?!"

"그럴 수가……!"

사람들의 입에서는 일제히 탄성이 터져 나왔고 그들의 얼굴에는 놀라워하는 기색이 역력했다. 깜짝 놀란 몇몇 사람들이 자리에서 일어나 렉스에게 인사를 하려 했지만 렉스의 제지로 행동을 멈춰야만 했다.

"지금 내 신분은 일개 용병에 지나지 않아. 그러니까 앞으로도 날 용병으로 대해줬으면 고맙겠어. 그리고 진짜 중요한 이야기는 지금부터야."

렉스의 말에 사람들은 다시 자리에 앉아야만 했다. 하지만 그들이 렉스를 바라보는 시각은 달라지지 않을 수 없었다.

"이야기를 들었으니까 알겠지만 황태자와 나는 사촌 간이야. 물론 어린 시절에는 상당히 가까운 사이였지만 지금은 아니야. 오늘 그에게서 들은 이야긴데 숙부가 쿠데타를 일으켰을 당시 숙부를 도왔던 상당한 숫자의 귀족들이 검은 달 교단에 가입한 것 같다는 말을 들었어. 하이렌은 그런 귀족들로부터 아버지를 지키기 위해 그들을 나름대로 조사하다가 이번 일을 당하게 된 것이지. 하지만 내 생각에는……."

"혹시 귀족들이 애초부터 검은 달 교단에 가입을 했었고, 그들의 명령에 의해 자네의 숙부를 도왔을지도 모른다는 생각 아닌가?"

안드레이의 말에 사람들은 또 한 번 놀랐다. 만약 그의 말대로라면 적의 세력은 더욱 거대한 것이기 때문이었다.

"맞네. 비록 숙부가 욕심이 많기는 하지만 그도 왕족이거든. 절대 자신의 손에 들어온 국왕의 자리를 순순히 남에게 내줄 사람이 아니야. 누가 뭐래도 탐욕 때문에 형의 가슴에 칼을 박은 사람이니까. 내 생각은 이래. 저들이 쿠데타를 도운 대가를 원했고, 그것이 왕실의 안위를 위협하는 것이기에 숙부는 거절했을 거야. 그래서 숙부와 검은 달 교단이 서로를 적대시하게 된 것 같아."

"타당성이 있군."

안드레이의 수긍에 다른 사람도 나름대로 생각을 해보았다. 하지만 거의 안드레이와 비슷한 결론을 내렸다.

"그래서 앞으로는 어떻게 할 생각인가?"

"어차피 대주교에게서 별다른 정보를 얻지 못했으니 하이렌이 전해줄 정보를 기대하는 수밖에 없지 않겠어?"

"하지만 전하……."

모네스의 말에 렉스는 고개를 저었다.

"난 지금 일개 용병에 지나지 않는다니까. 이름을 불러줘."

"그렇지만 어떻게 전하의 존함을 함부로 부를 수 있겠습니까? 몰랐을 때는 어쩔 수 없지만 알고 난 지금 그럴 수는 없습니다."

"거참, 생긴 것 같지 않게 무지하게 빡빡하고 소심한 인간이네. 이럴 때 아니면 언제 황태자가 될 뻔한 인간의 이름을 막 불러볼 수 있겠어? 기회가 왔을 때 부르란 말이야."

렉스의 이상한 궤변에 사람들의 표정은 제각각이었다.

"그럼 불경스럽지만 존함을 부르겠습니다. 렉스님, 하이렌 전하께서 순순히 저희에게 정보를 넘기겠습니까? 말씀을 들어보니 하이렌 전하께서는 아직 렉스님의 정체를 모르시는 것 같은데 말입니다."

"후후후, 어차피 나에게 정보를 넘겨줄 수밖에 없을 거야. 대충 상황을 보아하니 귀족 틈에 숨어든 검은 달 교단의 신도나 스파이를 먼저 색출해야 하는데 지금 황실에서 하이렌이 믿을 수 있는 사람은 아무도 없는 것 같았거든."

"하지만 그게 너에게 정보를 넘겨주는 것과는 아무런 연관도 없잖아."

메디안의 말에 렉스는 가볍게 혀를 찼다.

"쯧쯧쯧, 메디안. 넌 대체 머리를 왜 매달고 다니냐? 그건 액세서리가 아니란 말이야. 생각을 좀 해봐. 하이렌 입장에서 보면 난 그의 목숨을 구해준 생명의 은인이란 말이야. 자신 곁에 있는 사람들을 전혀 믿을 수 없는 상황에서 그가 과연 나에게 정보를 넘겨줄 것 같아? 아니면 누가 스파이인지도 모르는 귀족들에게 손을 내밀 것 같아?"

렉스의 말에 메디안의 얼굴이 당장 벌겋게 변하기는 했지만 곁에 있는 도네 때문에 감히 발작을 일으키지는 않았다.

"결국 하이렌은 나에게 손을 내밀 수밖에 없을 테고, 그 정보를 확인한 후에 움직이는 것이 좋을 것 같다는 것이 내 생각이야. 다른 사람들은 어떻게 생각해?"

"현재로써는 그 방법 말고는 없겠군. 난 찬성이네."

"저도 렉스님의 의견에 찬성합니다."

"저도 찬성합니다."

일행들 대부분이 자신의 의견에 찬성하자 렉스는 고개를 끄덕이고는 말을 이었다.

"일단 내일 하루는 모두 휴식을 취하고 모레부터 움직이는 것이 좋겠어. 안드레이도 내일 하루는 부인과 푹 쉬도록 해."

"그렇게 하도록 해야겠어."

로자린의 바라보는 안드레이의 눈은 무척이나 부드러웠다. 그 모습을 모네스는 부러운 눈으로 바라보고 있었다. 그런 모네스의 마음을 아는지 모르는지 바르미아는 메디안과 열심히 눈싸움을 벌이고 있었다.

제 8 장

모네스의 하루

모네스의 하루

아침에 눈을 뜬 모네스는 천천히 자리에서 일어났다. 그리고는 가볍게 목을 움직여 밤새 굳어진 몸을 풀었다.

고개를 돌려 로니의 침대를 보니 벌써 일어났는지 텅 비어 있었다. 아마도 가까운 하이얀 브로넨스의 신전을 찾아갔을 것이다. 고지식한 성격에다 현재 일행들에게 별다른 도움은 되지 않는 것 같았지만 희생적이고 근면한 생활 태도만큼은 감탄하지 않을 수 없었다.

어제저녁 렉스가 오늘 하루를 쉬라는 말을 했지만 특별히 한 일이 없기에 오히려 따분하다는 생각이 들었다. 검은 달 교단의 어쎄신들과의 일전이 있기는 했지만 도네의 개입으로 미처 손을 써볼 기회도 없이 깨끗이 처리가 되고 보니 더 더욱 할 일이 없었다.

곰곰이 생각을 해봐도 별달리 할 일이 떠오르지 않은 모네스는 일단 식사를 하고 여관을 나가보기로 했다. 간단히 세수를 마치고 아래층으로 내려가 보니 렉스와 도네, 안드레이와 로자린이 끼리끼리 앉아 식사를 하고 있었다.

그들에게 인사를 하고 식사를 주문한 모네스는 두 쌍의 연인과 부부를 바라보았다. 그런 그의 얼굴에는 그들을 부러워하는 기색이 역력했다.

"샤이베리아님은 어디 가셨나 보군요."

"그분은 크레이 군과 함께 구경을 나가셨네."

"아직도 구경하실 것이 남았나 보군요."

모네스의 말에 미소를 짓던 안드레이는 미소를 짓다가 질문을 던졌다.

"자네는 뭘 할 생각인가?"

"예?"

"오늘 말일세. 앞으로 검은 달 교단을 상대하려면 제대로 쉴 시간이 없을지도 모르는데, 특별히 할 일은 없는가?"

"글쎄요? 여태껏 특별하게 한 일이 없어서 오히려 할 일이 있었으면 좋겠다고 생각하고 있었습니다."

"그렇다면 바르미아와 데이트라도 하지 그래요?"

로자린의 말에 모네스는 순간 움찔했다.

그 모습을 본 안드레이와 로자린은 그가 왜 그런 반응을 보인 것인지 충분히 이해할 수 있었지만 그 정도가 너무 심하다고 생각했다. 하지만 그것은 모네스가 반드시 극복해야만 할 콤플렉스였다.

"지금 바르미아에게 가장 필요한 것이 뭔지 나름대로 생각해 봐요. 틀림없이 그녀와 가까워질 수 있는 계기가 될 수 있을 거예요."

부드러운 미소를 지으며 건넨 로자린의 말에 모네스는 곰곰이 생각해 보았지만 지금 그녀에게 가장 필요한 것이 무엇인지 알 수 없었다.

잠시 후 식사를 마친 두 쌍의 남녀는 곧 여관을 빠져나갔고 남은 사람은 모네스뿐이었다.

그가 잠시 생각에 골몰해 있는 사이 메디안이 새집이 된 머리를 벅벅 긁으며 내려오고 있었다. 그리고 게부레인이 잔뜩 못마땅한 표정으로 뒤따라 내려왔다.

메디안과 얽혀봤자 골치 아픈 일만 발생한다는 것을 그동안의 경험으로 통해 익히 알고 있는 모네스이기에 그녀가 입을 열기 전 먼저 자리에서 일어났다.

여관을 빠져나가 보니 광장은 이미 수많은 사람들로 북적이고 있었다.

비록 아침 햇살이라고는 해도 제법 따갑게 느껴졌다.

대부분의 사람들이 가볍게 얇은 옷을 입은 것에 반해 모네스는 여전히 집을 나올 때부터 걸치고 있던 후드가 달린 두꺼운 망토를 걸치고 있었다. 게다가 후드마저 깊게 눌러쓰고 있어 사람들의 시선을 끌기에 충분했다.

사람들과 눈을 마주치지 않으려고 고개를 숙이고 걷던 모네스는 얼마 가지 않아 어떤 사람과 곧 부딪쳤다.

브레스트 플레이트를 걸치고 있는 사내였는데, 브레스트 플레이트에 도금이 되어 있는 것이나 태양이 타오르는 모습이 세밀하게 새겨져 있는 것을 보니 엘라하 교단에 소속된 성기사인 것 같았다.

괜히 레이노스 시에서 성기사와 소란을 일으켜 좋을 것이 없다는 생각에 모네스는 상대에게 먼저 사과했다.

"죄송합니다. 제가 실수를 했습니다."

하지만 상대에게서는 아무런 대꾸도 들리지 않았다.

의아한 생각이 들어 천천히 고개를 들고 보니 20대 후반으로 보이는 금발 청년이었다. 그런 청년의 얼굴에는 마치 더러운 것과 부딪쳐 아주 불쾌하다는 기색이 역력했다.

청년이 멈추자 그와 함께 있던 다른 다섯 명의 성기사들도 걸음을 멈추고 그의 곁으로 모여들었다.

"이봐, 무슨 일이야?"

"나참, 기가 막혀서… 이 자식이 일부러 나와 부딪쳐 놓고는 오히려 나에게 화를 내는군."

"뭐야?"

금발 청년의 말에 곁에 있던 성기사들은 일제히 모네스를 노려보았다. 모네스는 너무나 황당한 사태에 아무런 말도 할 수 없었다.

"아, 아니, 그게 아니라……."

"그리고 보니 수상한걸. 이렇게 더운 날씨에 후드로 얼굴을 가리고 있잖아."

"혹시 전염병이라도 걸린 녀석 아니야?"

성기사들의 말에 모네스는 울컥하고 가슴속 깊은 곳에서 뜨거운 것이 치미는 것을 느꼈다. 하지만 이를 악물고 다시 한 번 고개를 숙였다.

"다시 사과를 드리겠습니다. 고의로 그런 것이 아닙니다. 그러니 저를 그냥 보내주십시오."

"성기사인 우리에게 사과를 하려면 일단 뒤집어쓰고 있는 그 후드부터 벗어야 한다고 생각하지 않나?"

"정말 무례하기 이를 데 없는 녀석이군."

"그럴 것이 아니라 우리가 저 무례한 녀석에게 예의를 가르쳐 주도록 하세."

마지막으로 말을 꺼냈던 청년은 말이 끝남과 동시에 모네스가 쓰고 있던 후드를 잡으려 했다. 하지만 모네스가 옆으로 피하는 바람에 헛손질을 해야만 했다.

"건방진 놈이 감히 반항을 해?"

얼굴이 빨갛게 변한 청년은 모네스를 향해 달려들었고, 모네스는 그를 피하려고 했지만 그의 뒤쪽에 서 있던 다른 청년들에게 그만 붙들리고 말았다.

그 모습에 회심의 미소를 짓던 청년은 곧 모네스에게 다가왔다.

"대체 얼마나 멋있게 생긴 얼굴이기에 그렇게 감추고 다니는 것인지 어디 구경이나 해볼까?"

"제발 후드만은 벗기지 말아주시오. 부탁하겠소!"

모네스가 다급하게 외쳤지만 엘라하 교단의 성기사들은 누구 하나 들은 척도 하지 않았다.

근처를 지나는 사람들은 성기사로 보이는 청년들이 누군가를 붙잡고 실랑이하는 모습을 발견하고는 발걸음을 멈췄다. 말다툼이 벌어지면서 구경꾼들은 더욱 모여들었고, 모네스가 그들에게 붙잡혔을 때는 이미 많은 사람들이 모여들어 발 디딜 틈도 없을 정도였다.

한 성기사의 손이 후드에 닿자 모네스는 어떻게든 청년들의 손에서 벗어나려고 했지만 급한 마음 탓인지 쉽게 빠져나올 수가 없었다.

"제발 후드는……."

모네스의 간절한 음성이 끝나기도 전 그의 후드는 완전히 벗겨졌고, 검붉은 털에 덮여 있는 20대 중반쯤으로 보이는 모네스의 얼굴이 태양

아래 드러났다.

모네스의 얼굴을 발견한 사람들은 전혀 예상치 않았던 상황이 전개되자 얼어붙은 듯 꼼짝도 하지 못했다. 그렇기는 성기사들도 마찬가지였다. 설마 후드 안에 감춰져 있던 얼굴이 이렇게 생겼으리라곤 생각하지 못했기에 그들 역시 얼어붙은 듯 움직일 줄 몰랐다.

성기사들의 팔에서 힘이 빠지는 것을 느낀 모네스는 지체없이 그들에게서 벗어나 재빨리 후드를 뒤집어썼다. 그러는 사이 누군가의 입에서 신음처럼 말이 흘러나왔다.

"라이칸스롭이다."

"몬스터가 나타났다."

"와~"

구경꾼들은 갑자기 최면에서 깨어난 사람처럼 비명을 지르며 사방으로 도망을 쳤고, 그런 탓에 주위는 순식간에 아수라장으로 변했다.

챙!

정신을 차린 성기사들은 재빨리 검을 뽑아 들고는 모네스에게 겨누었다.

"감히 몬스터 따위가 도시에 나타나다니……."

"이놈을 잡아 경비대에 넘기세."

"조심들하게. 라이칸스롭은 이빨이 날카롭기로 유명한 몬스터니까."

그때까지 치미는 분노를 억지로 눌러 참느라 부들부들 떨고 있던 모네스는 마침내 폭발하고 말았다.

"내가 몬스터라고……? 흐흐흐, 으하하하! 크하하하!"

나지막했던 웃음소리가 갑자기 흉포해졌다고 느껴지는 순간 모네스는 자신을 향해 검을 겨누고 있는 성기사들에게 달려들었다.

상대가 무기도 들지 않은 채 자신들에게 달려들자 잠시 움찔하기는 했지만 성기사들은 자신들의 검술 솜씨를 믿었고, 자신의 수를 믿었으며, 또한 자신들의 경험을 믿었다.

모네스를 향해 힘껏 검을 찔렀던 한 성기사는 모네스가 갑자기 자신의 눈에서 사라지자 눈을 동그랗게 뜨고 상대를 찾아 주위를 두리번거렸다. 그러나 상대의 모습은 어디에서도 찾을 수 없었다.

펑!

"크윽!"

격렬한 타격음과 함께 성기사는 옆구리에 숨이 끊어지는 듯한 충격을 받고 그대로 앞으로 쓰러졌다.

동료가 쓰러지는 모습에 눈을 크게 떴던 성기사는 누군가가 자신의 머리카락을 움켜잡고는 난폭하게 잡아당기는 것을 느껴야만 했다. 재빨리 몸을 비틀어 빠져나오려고 했지만 소용이 없었다.

자신이 가진 힘보다 몇 배는 더 강한 힘으로 자신의 머리를 잡아당기던 힘에 끌려가는 순간 얼굴 전체에 불길이 쏟아진 듯 격렬한 뜨거움을 느껴야만 했다.

"크아악!"

눈 깜짝할 사이에 한 명의 성기사는 옆구리를 잡고 쓰러졌고, 또 한 명은 얼굴이 피 범벅이 된 채 쓰러졌다. 둘은 모두 기절을 했는지 아무런 움직임도 없었다.

모네스가 천천히 몸을 돌렸을 때 남아 있던 네 명의 성기사들은 자신들도 모르게 침을 삼키며 몸을 부르르 떨었다.

후드를 깊게 눌러써 얼굴은 전혀 보이지 않았지만 어떤 맹수보다 차

갑고 시퍼런 살기에 번들거리는 한 쌍의 눈만은 선명하게 보였다.

새파란색을 뿌리는 한 쌍의 눈.

그 눈과 마주치는 순간 네 명의 성기사들은 마치 발이 지면에 뿌리라도 내린 양 더 이상 움직일 수 없었다.

모네스의 발이 지면에서 떨어진다고 느낀 순간 네 명의 성기사들은 자신들의 몸에서 전해지는 끔찍한 고통을 더 이상 견디지 못한 채 기절하고 말았다. 하지만 모네스의 손은 멈출 줄 몰랐다.

가장 처음 자신에게 시비를 걸었던 성기사를 찾은 모네스는 그의 멱살을 움켜쥐며 천천히 들어 올렸다.

당장이라도 숨이 끊어질 듯한 격렬한 고통을 느끼고 있던 성기사는 모네스가 자신의 멱살을 다시 움켜잡자 극도의 공포를 느꼈다.

"제… 제발…… 미… 미… 미안……."

성기사의 사과에도 모네스는 전혀 멈출 기미가 보이지 않았다. 그의 주먹이 허공으로 치켜 올라가는 것을 발견한 성기사는 감히 반항할 생각도 하지 못하고 눈을 감은 채 부들부들 떨고만 있었다.

"그 정도 했으면 됐으니까 이제 그만 해."

갑자기 들려온 음성에 눈을 뜬 성기사는 금발을 가진 청년 하나가 모네스의 손목을 잡고 있는 것을 발견했다.

"렉스님, 하지만……."

"이런 쓰레기 같은 놈들을 더 때려서 뭘 하려고. 설마 죽이기라도 하겠다는 거야?"

"그런 것은 아니지만……."

"때릴 가치도 없는 놈들이야. 그냥 놔줘."

털썩.

모네스가 손을 놓자마자 성기사는 그대로 지면에 주저앉았다.

"저런 쓰레기들을 상대해 봐야 본인의 가치만 떨어져. 어디 가서 술이라도 한잔하지."

렉스의 말에 모네스는 쓴웃음을 지었다.

"렉스님, 아침부터 술을 찾으십니까?"

"술 마시는 데 시간을 정해놓고 마시나? 그건 그렇고… 잠깐 따라와 봐."

성기사들을 뒤로하고 렉스를 따라가 보니 노천 펍에 도네가 앉아 있는 모습이 보였다. 뭔가를 열심히 보고 있었는데 자세히 보니 프리스트들의 모험담을 인형극으로 재현하는 것이었다.

몬스터와 드래곤들에게 고난을 겪는 사람들을 프리스트들이 가진 신에 대한 믿음으로 물리쳐 사람들을 구한다는 다소 황당무계한 이야기였는데, 사람들은 무엇이 그리 재미있는지 숨소리조차 크게 내지 못하면서 뚫어져라 인형극을 쳐다보고 있었다.

그런 사람들이나 인형극을 바라보는 도네의 눈은 싸늘하기 이를 데 없었다. 자리에 앉은 렉스는 곧 모네스에게 말을 건넸다.

"다름이 아니라 레이디 바르미아의 집에 들러서 저주를 걸 때 사용한 매개물을 찾을 수 있는 마법이 걸린 목걸이를 회수해 주었으면 해서 말이야."

"예? 그런 일이라면 왜 직접 가시지 않고……?"

"도네가 그 집에는 가고 싶지 않다고 하잖아. 게다가 나도 왠지 데포리스 남작과 만나는 것이 껄끄러워서 말이야."

"그러셨군요. 하지만 전 그 레이디 바르미아의 집이 어딘지 모릅니다."

"이 길을 쭉 따라가다 보면 오팔 타운이 나오고 그 다음이 루비 타운이 나오거든. 데포리스 남작가는 그곳에 있어. 생각보다 잘 사니까 찾는 것은 어렵지 않을 거야. 부탁할게."

"알겠습니다. 지금 바로 출발하겠습니다."

"그리 바쁘지는 않으니까 천천히 다녀와."

"아닙니다. 바로 다녀오겠습니다."

말을 마친 모네스는 곧바로 일어나 렉스가 말한 방향으로 걸음을 옮겨 멀어져 갔다. 그 모습을 보던 렉스는 도네에게 입을 열었다.

"도네, 저 친구처럼 얼굴과 몸에 털이 많은 사람을 치료하는 마법은 없을까?"

"글쎄? 어느 정신 나간 녀석이 혹시 만들었지는 모르지만 드래곤의 마법 중엔 없어. 적어도 드래곤이 털 때문에 문제가 될 일은 없으니까."

"그렇겠구나. 하지만 겨우 얼굴의 털 때문에 저렇게 소심한 성격이 되다니 안됐어."

"왜, 저 녀석도 치료를 해주고 싶은 거야?"

"가능하다면. 하지만 그런 마법은 없다면서?"

"나에겐 없지만 다른 녀석은 가능할지도 모르지. 지메로스."

그린 드래곤 지메로스의 이름을 나직하게 호명하자 얼마 지나지 않아 엷은 녹색의 머릿결을 가진 30대 후반의 사내가 도네가 앉아 있는 곳을 향해 다가왔다. 그리고는 지극히 우아한 자세로 인사를 했다.

"부르셨습니까, 뮤기냐 산맥의 영원한 지배자이신 도르미네스시여."

"그래. 잠시 앉아봐."

도네의 부드러운 말에 지메로스는 뭐 마려운 강아지처럼 안절부절 못하며 자리에 앉았다.

도르미네스가 자신을 불렀다는 것만으로도 '또 무슨 일을 저지르려고 날 부른 거야' 하는 생각 때문에 골치가 아파 죽을 지경이었다. 그런데 왜 어울리지도 않게 부드러운 음성이란 말인가? 지금 지메로스는 바늘방석에 앉은 듯 불안하기 이를 데 없었다.

"물어볼 것이 있어 불렀어."

"말씀하십시오."

"그린 족들은 식물의 즙과 독을 섞어 더욱 강한 독이나 치료약 만드는 것을 취미로 삼는다고 알고 있는데 지메로스도 그런 연구를 한 적 있어?"

"그렇습니다."

"그럼 묻겠는데, 인간의 몸에 대해서도 연구를 많이 했어?"

"인간만큼 흥미로운 재료도 없어서 한동안 꽤 열심히 연구를 했었습니다. 그런데 그건 왜……?"

대답을 하면서도 도네의 입에서 무슨 말이 나올지 몰라 지메로스는 잠시도 마음을 놓을 수 없었다.

도네는 우선 모네스의 상태를 이야기해 준 후 그에 대한 치료 방법을 물었다.

"다른 곳에 난 털은 상관없는데… 얼굴에 난 털만 제거할 수는 있을까?"

곰곰이 생각을 하던 지메로스는 곧 대답했다.

"일단 피부를 보호하는 식물의 즙을 바른 뒤에 강한 산성을 띤 독을 살짝 얼굴에 바른다면 얼굴이나 본인이 원하지 않는 곳에 난 털은 간단하게 제거를 할 수 있을 겁니다."

"정말 그렇게 간단하단 말이오?"

갑자기 렉스가 끼어들자 지메로스의 눈썹이 꿈틀거렸다.

"지금 내 말을 의심하는 것인가?"

"아니오. 의심하는 것이 아니라 그가 질병과 치료의 여신인 디안 케트 신전의 프리스트들도 찾았지만 그들이 제시한 어떤 치료 방법도 소용이 없었다는 말을 들은 적이 있기 때문이오."

"흥! 인간들 가운데 일부가 여신 디안 케트의 종을 자처한다고는 하지만 그분께서 가지신 무한한 능력을 어찌 전부 이어받았다고 할 수 있단 말인가? 그분께서 가지신 광대한 능력 가운데 극히 일부분을 깨우친 것에 불과하다는 것도 모르는 주제에 세상의 모든 질병을 다스릴 수 있다고 외치는 멍청한 것들과 나를 비교하지 마라."

자존심이 상한 듯 지메로스의 얼굴은 은은히 붉어졌다.

"내가 잠시 말을 실수한 듯하구려. 이해를 해줬으면 좋겠소. 독이나 치료 쪽은 아는 것이 전혀 없어서 실수를 했소."

렉스의 사과에 도네는 조금은 의외라는 표정을 지었고 지메로스는 흥미로운 연구 대상을 발견했다는 표정이 역력했다. 자신이 드래곤임을 알면서도 당당하다 못해 당돌하기조차 한 렉스의 태도를 어떻게 받아들여야 좋을지 몰랐다.

혹시 도네하고 오랫동안 있다 보니 자신을 드래곤이라고 착각하고 있는 것은 아닌가 하는 생각마저 들었다.

"그런데 그렇게 치료를 하면 혹시 재발하지 않는 거요?"

"재발? 대체 넌 드래곤을 뭘로 아는 거냐?"

"드래곤이라고 해서 실수를 하지 않는 것은 아니지 않소?"

"말도 안 되는 소리! 드래곤의 능력을 우습게 보지 마라."

"만약 실수를 한다면?"

"그런 일은 절대 없다."

"그러게 만약이라고 하지 않소? 만약에 그런 일이 벌어진다면 어떻게 하겠소?"

"흥! 만약 그런 일이 발생한다면 네 소원이 무엇이든 다 들어주마."

지메로스의 대답에 렉스의 얼굴에서 묘한 표정이 지어졌다. 그 표정이 의미하는 것이 무엇인지 알 수는 없었지만 결코 지메로스에게 유리한 일은 아닐 것이란 느낌을 도네는 받았다. 그러면서 렉스를 만난 존재들은 왜 하나같이 저렇게 망가지는 것일까 하는 생각을 심각하게 했다.

"만약 모네스의 치료가 실패로 돌아가거나 설사 치료에 일단 성공을 한다고 하더라도 다시 재발하게 된다면……."

렉스가 말꼬리를 흐리는 모습을 본 지메로스는 왠지 가슴 한구석이 켕기는 것을 느껴야 했다.

"어서 조건을 말해라."

"내 조건은 간단하오. 만약 그런 일이 발생한다면… 당신은 내 말을 잘 듣는 귀여운 동생이 되어야 하오."

"뭐?"

"뭐라고?"

렉스의 말에 두 드래곤의 입에서는 동시에 고함 소리가 터져 나왔다.

주위에서 인형극을 보고 있던 사람들은 갑자기 터져 나온 고함 소리에 잔뜩 눈살을 찌푸리며 두 사람을 노려봤지만 두 사람의 시선은 렉스에게 향해져 있었다. 하지만 렉스의 표정은 태연하기 이를 데 없었다.

"바, 방금 뭐라고 했느냐?"

"내 말을 잘 듣는 귀여운 동생이 되어야 한다고 했소."

절대 자신이 잘못 듣지 않았다는 것을 확인한 지메로스는 여전히 얼이 빠진 얼굴로 렉스를 바라봤다.

"감히 나 지메로스를 동생으로 삼겠다고?"

"당신은 본인의 실력과 능력에 자신이 있다고 하지 않았소? 설마 자신이 한 말에 책임지지 못하겠다는 것은 아닐 것이라 믿겠소."

렉스의 말에 지메로스는 단 한 마디 부정도 할 수 없었다.

분명 자신은 자신있다고 말했고, 그렇기 때문에 상대의 조건을 수락했다. 이제 와서 그 조건이 불합리하니까 계약을 파기하자고 하기엔 드래곤으로서 자존심이 상하는 일이었다.

"내 말에 책임을 지겠다."

지메로스가 이를 악문 채 이야기를 하는 모습을 보고도 렉스는 무슨 생각에서인지 의미심장한 미소를 지우지 않았다.

그 모습을 지켜보던 도네는 저절로 한숨이 흘러나왔다.

결국 모네스를 치료하는 데 있어 렉스의 입장에서는 조금도 손해 볼 일이 없었다.

치료에 성공하면 성공해서 좋고, 만약 성공하지 못한다면 드래곤을 자신의 동생으로 삼을 수 있게 되는 것이다. 그런 반면 지메로스의 입장에서는 전혀 득될 것이 없었다. 성공을 해봐야 그만이지만, 만약 실패라도 하는 날이면 평소 자신의 성미를 계속 건드리던 렉스를 형으로 모셔야만 하는 신세가 될 판국이었다.

더 더욱 지메로스에게 불리한 점은 드래곤은 어떤 상황에서도 거짓말을 할 수 없으며, 또한 누구에게도 거짓된 맹세를 할 수 없다는 점이다.

신들의 아버지인 포르세티와 어머니인 프라그마의 장남인 지혜와 탐욕의 신 레바테임이 바로 드래곤들을 태초부터 지배했던 신이기 때문이었다.

최초 레바테임의 그늘에서 벗어나고자 드래곤들은 많은 노력을 했지만 결코 그의 손아귀에서 빠져나올 수 없었다. 불만이 쌓일 대로 쌓인 드래곤들은 최고 신인 포르세티를 시간이 날 때마다 찾아가 제발 자신들을 자유롭게 살 수 있게 해달라고 간청하고 또 애원했다.

아내와 다정한(?) 시간마저 빼앗겨 버린 포르세티는 결국 레바테임에게 드래곤들을 풀어주라고 지시를 내렸고, 아버지의 지시를 따를 수밖에 없었던 레바테임은 드래곤들에게 한 가지 약속을 받고 그들에게 자유를 주었다.

그 약속은 어떤 상황에서도 거짓된 맹세를 하지 말라는 것이었다.

처음 드래곤들은 그의 손아귀에서 벗어나려는 욕심에 그 약속을 지키겠다고 맹세를 했고, 그런 연후에야 자유를 만끽할 수 있었다. 하지만 당시는 어느 누구도 자신들이 한 약속에 대해 전혀 신경 쓰지 않았다.

세월이 지나면서 드래곤들은 자신들이 레바테임과 한 약속이 결코 간단한 것이 아니라는 것을 깨닫게 되었다. 자신이 한 약속을 지키지 못한 드래곤들은 약속이 지켜지지 못하는 그 순간 지상에서 소멸해 버렸기 때문이다.

처음 레바테임과의 약속을 우습게 생각했던 드래곤들은 약속의 남발로 전체에서 절반가량 되는 숫자의 드래곤들이 지상에서 사라지고서야 사태가 심각하다는 것을 깨닫고 즉시 비상대책회의에 들어갔다.

부모가 되는 드래곤들은 헤츨링 시기부터 약속의 중요성을 가르치게 했고, 성룡이 된 드래곤들은 시간이 날 때마다 후배들에게 함부로 약속을 하지 말라고 잔소리를 했다.

어느 드래곤도 그 약속의 굴레에서 벗어날 수 없었다.

레드 드래곤 역사상 최강이라는 블러디 드래곤 도르미네스도 예외일 수는 없었다. 그렇기에 예전엔 도네도 맹약의 반지 루 페리온에 맹세한 약속 때문에 인간인 렉스를 못마땅하게 생각하면서도 감히 떠날 생각을 하지 못했던 것이었다.

그렇기에 후일 사람들이 알고 있는 것처럼 드래곤은 함부로 약속을 하지 않지만, 만일 누군가와 약속을 했을 경우 무슨 일이 있어도 반드시 그 일만은 실행하는 존재가 된 것이다.

사람들 사이에서 흔히 인용되는 '드래곤처럼 신중한 맹세'라는 말은 절대 어길 수 없는 약속이나 어떠한 상황에서도 이행해야만 하는 약속을 해야 할 때 사용하는 말이 된 것이다. 그러나 그 말에 이런 속사정이 숨겨져 있다는 것을 아는 사람은 거의 없었다.

3,300년이나 먹은 지메로스가 겨우 렉스의 말 몇 마디 때문에 까딱 잘못하다가는 인간의 동생이 되어야 할 상황이었다. 물론 도네가 렉스를 사랑하는 것은 분명하지만 동족이 겨우 말 몇 마디 때문에 노예처럼 인간에게 종속되는 것은 별로 달가운 일이 아니었다.

하지만 말 몇 마디로 지메로스를 옭아맨 렉스보다 쓸데없는 자존심을 부리다가 큰코다치게 생긴 지메로스가 더욱 마음에 들지 않았다. 그래서일까? 도네의 얼굴은 딱딱하게 굳어 있었다.

단순히 모네스를 돕기 위해 시작된 일이 이상하게도 자존심 대결이 되어버려 얼떨떨하기는 했지만 도네의 짐작대로 렉스로서는 손해 볼 것이 전혀 없었다. 하지만 렉스가 조건으로 지메로스에게 제시한 것은 나름대로 생각이 있었기 때문이다.

렉스가 세상에 나와 용병 생활을 시작하면서 가장 절실하게 느꼈던 것은 외로움이었다. 그래서 크레이를 끌어들였고 안드레이에게 시비를 걸었던 것이다. 그들에게 조금씩 동료애라는 것을 느끼기 시작했을 때 렉스는 자신이 원했던 것이 동료가 아니었음을 깨닫게 되었다.

그러다가 이번 황태자 암살 미수 사건을 통해 자신이 간절하게 가족을 원하고 있다는 것을 느끼게 된 것이었다. 자신의 보호를 필요로 하는 이들, 자신과는 결코 떨어질 수 없는 이들, 또 자신과 함께 살아갈 이가 있었으면 좋겠다는 생각을 항상 하고 있었기에 자신도 모르게 지메로스에게 그런 조건을 제시한 것이었다.

만약 자신이 드래곤의 능력을 필요로 했다면 아마 다른 조건을 제시했을 것이다. 아니, 드래곤의 능력이 필요했다면 자신이 사랑하는 도네에게 부탁했을 것이고, 그것이 설사 불가능에 가까운 일이라고 하더라도 그녀는 자신의 부탁을 들어줄 것이 분명했다.

렉스는 즐거운 마음으로, 도네는 지메로스에게 짜증을 느끼며, 그리고 지메로스는 켕기는 마음으로 모네스가 돌아오기만을 기다렸다.

*   *   *

렉스와 헤어진 모네스는 그가 가르쳐 준 루비 타운을 향해 걸음을 옮기고 있었다.

조금 전 성기사들과의 다툼도 있고 해서 별로 유쾌한 기분은 아니었지만 바르미아를 볼 수 있다는 생각에 걸음을 재촉했다. 하지만 워낙 특이한 복장을 하고 있어 그가 루비 타운에 도착할 때까지 계속해서 사람들의 시선을 받는 것만은 피할 길이 없었다.

바르미아의 집은 생각보다 쉽게 찾을 수 있었다.

비록 남작가라고는 하지만 일찍부터 상업에 종사해 많은 돈을 벌었기에 결코 백작가인 자신의 가문에 비해 적은 규모의 저택이 아니었다. 그가 정문으로 다가가자 정문을 지키고 있던 사병 가운데 한 명이 모네스의 앞을 가로막았다.

"어디서 오신 누구십니까?"

비록 복장은 제각각이었지만 상대를 대하는 태도나 절도있는 동작을 보면 그래도 상당 기간 훈련을 받은 병사들이 분명해 보였다.

"난 모네스 포르샤라고 하오. 데포리스 가문의 레이디 바르미아를 만나러 왔소."

"그럼 바르미아 아가씨와 약속을 하셨습니까?"

"약속은 하지 않았지만 내 이름을 이야기하면 날 만나줄 것이오."

"죄송하지만 잠시만 기다려 주십시오."

청년 하나가 저택으로 기별하고 얼마 되지 않아 집사장인 모튼이 허겁지겁 달려오는 모습이 보였다. 후드를 깊게 눌러써 전혀 얼굴을 보이지 않는 모네스의 모습에 조금 당황하는 표정을 짓기는 했지만 곧 정중하게 입을 열었다.

"모네스 포르샤님이십니까?"

"그렇습니다."

"아가씨께서 기다리고 계십니다. 저를 따라오시지요."

모튼을 따라 걸음을 옮기던 모네스는 저택까지 난 길이나 양편에 조림해 놓은 나무들을 보며 엄청난 시간과 돈을 투자했다는 것을 쉽게 짐작할 수 있었다. 게다가 현관 앞에 위치한 정원은 백작가에서 자란 그로서도 본 적이 없을 만큼 크고 화려했다.

몇 무리로 나뉘어진 화단은 전체 모양이 타오르는 태양을 나타내고 있었고 중앙에 위치한 거대한 분수대에서는 10파렌은 족히 될 듯 보이는 물줄기를 하늘로 쏘아 올리고 있었다. 또 어떻게 만든 것인지는 모르지만 일정한 시간마다 분수대 주위의 화단을 향해 분수대로부터 물이 뿜어지고 있었다.

하늘을 향해 두 팔을 벌리고 선 프리스트의 조각상은 하늘로 쏘아진 물줄기가 떨어져 물안개로 변하면서 생긴 무지개가 걸려 있어 신비스러운 자태를 뽐내고 있었다.

화단 곳곳에는 앉아서 꽃을 감상하고 쉴 수 있는 자리가 마련되어 있었는데, 그 벤치 가운데 한곳에 일가족으로 보이는 사람들이 앉아서 담소를 나누고 있었다.

조용히 바르미아를 만나 렉스의 말을 전하려고 했는데 상황이 자신의 예상과 달라지자 모네스는 순간 어찌해야 좋을지 몰랐다. 하지만 무심한 모튼은 그들에게 다가가 모네스가 찾아왔음을 알렸다.

어쩔 수 없이 그들에게 다가간 모네스는 최대한 얼굴을 가린 채 인사를 했다.

"포르샤 가문의 모네스입니다."

"포르샤 백작 가문의 아드님이라고 들었소."

"그렇습니다."

대답을 하면서 상대를 확인하니 간간이 새치가 난 금발을 가진 50대쯤으로 보이는 중년 사내였다. 모네스는 그가 바르미아의 아버지인 스네턴 데포리스라는 것을 쉽게 짐작할 수 있었다. 또 병색이 완연한 중년 여인은 그의 어머니인 루이나 되아 데포리스일 것이고, 30대 초반으로 보이는 사내는 바르미아의 큰오빠인 벤자민 데포리스일 것이다.

"여행 중에 우리 바미를 많이 도와주었다고 들었소. 그렇지 않아도 식사 초대라도 하려고 했는데 이렇게 직접 찾아와 주다니 정말 반갑소이다."

"아닙니다. 제가 레이디 바르미아를 도운 것은 하나도 없습니다. 오히려 귀찮게 한 것이 더 많을 겁니다."

"벤자민 데포리스요. 동생을 돌봐주었다니 데포리스 가문을 대표해 감사를 드리겠소."

"오히려 제가 많은 도움을 받았습니다."

"그런데 저희 집엔 무슨 일로……?"

바르미아의 질문에 모네스는 얼른 대답했다.

"일전에 도네님께서 빌려 드렸던 목걸이를 받아오라고 하셔서 왔습니다."

"예? 목걸이는 지금 저희 집에 없는데… 어떻게 하죠?"

뜻하지 않은 대답에 모네스도 당황했다.

"그럼 어디에 있습니까?"

"수도인 포얀 시에 저희 상점이 있어요. 범인을 색출하기 위해 그곳에 가져갔다가 아직 가져오지 않았어요. 잠시만 기다려 주시면 사람을 시켜 가져오도록 할게요."

말을 마친 바르미아는 경비대장인 켄트에게 목걸이의 자세한 모양을 가르쳐 준 다음 그것을 가져오도록 지시했다.

켄트가 떠나는 모습을 잠시 바라보던 스네턴은 바르미아에게 말을 건넸다.

"바미야, 포르샤 씨에게 저택을 구경시켜 드리도록 하거라."

"알았어요, 아버지. 저를 따라오세요."

바르미아가 저택을 향해 걸음을 옮기자 모네스는 황급히 스네턴 쪽을 향해 고개를 숙였다가 곧 따라갔다. 그런 모네스의 모습을 잠시 바라보던 벤자민은 못마땅하다는 표정을 짓고 있었다.

"백작가의 아들인지는 모르지만 상당히 무례한 친구로군요. 상대를 대하면서 후드도 벗지 않다니 말입니다."

"바미가 말하길 얼굴에 심각한 콤플렉스를 가지고 있다고 하지 않더냐? 그래서 후드를 벗지 않은 것 같으니 너도 모른 척하거라."

"아무리 얼굴을 보이기 싫어도 그렇지… 전 저자가 마음에 들지 않습니다."

잔뜩 부은 얼굴을 하고 있는 아들의 모습에 스네턴은 자신이 자식들 교육을 너무 소홀히 한 것은 아닐까 하는 생각을 잠시 했다.

바르미아의 뒤를 따라가는 모네스는 자신도 모르게 심장이 조금씩 빠르게 뛰는 것을 느꼈다.

"이곳이 저희 어머니께서 오랜 시간 동안 심혈을 기울이셨던 정원이에요. 꽃도 레트로니아 왕국 전역에서 하나씩 모으셨고 많은 돈을 들여 분수대도 만드셨어요. 덕분에 레이노스 시에서 가장 화려하고 아름다운 정원을 갖게 되었지요."

"그렇군요. 저도 이렇게 아름다운 정원은 한 번도 본 적이 없습니다, 레이디 바르미아."

"저택도 과거 투르멘시아 제국 시절에 지어진 유서 깊은 저택이라 고전적인 아름다움을 가지고 있어요. 제가 살았던 곳이라서 그런지는 모르지만 전 이 저택이 전 너무나 좋아요. 화려하지는 않지만 언제까 지나 변하지 않을 것 같은 중후한 점이 너무나 마음에 들어요."

음성에 은은한 자부심이 실려 있는 것이, 그녀가 이 저택을 얼마나 사랑하는지 충분히 느낄 수 있었다.

"그리고 이곳은 내가 가문을 떠나기 전까지 검술을 수련하던 장소예 요."

바르미아가 가리킨 곳은 저택을 좌측면에 마련되어 있는 적지 않은 크기를 가진 훈련장이었다.

크기와 무게가 제각각인 수십 자루의 목검이 가지런하게 마련되어 있었고 한쪽에는 갖가지 형태를 가진 무기들이 비치된 벽장이 있었다. 모두들 까맣게 손때가 묻은 것이 오랜 세월 동안 꾸준히 사용된 것이 라는 것을 쉽게 짐작할 수 있었다.

다만 한 가지 특이한 점이라면 길이가 짧은 무기나 방어 도구는 거 의 찾아볼 수 없다는 것이다. 쇼트 소드나 대거 종류, 그리고 카이트 실드 같은 것은 눈을 씻고 찾아보려고 해도 찾아볼 수가 없었다.

일반적인 검술 수련에 검만 수련하는 경우는 거의 없다고 봐도 틀린 말이 아니다. 아니, 검술보다 먼저 가르쳐 주는 것이 방어법이다.

만약 그렇지 않다면 수련 중에 생기는 심각한 부상을 피할 수 없기 에 검술을 가르치는 교관들은 항상 방어의 중요성에 대해 철저하게 교 육을 시킨 다음 검술을 가르치는 것이 일반적인 교육 방법이었다.

그럼에도 불구하고 그 흔한 방패 하나 보이지 않는다는 것은 바르미 아나 그녀의 오빠들이 어려서부터 철저히 공격법만, 그것도 무겁고 긴 무기만 가지고 훈련했다는 것을 금세 깨달을 수 있었다. 그리고 보니 그녀가 상대와 대결할 때 유난히 방어에 약했던 모습이 기억났다.

모네스가 그런 생각을 하고 있을 때 바르미아는 자신이 집을 떠나기 전 사용했던 자신의 훈련 도구를 살피고 있었다. 특히 거대한 투 핸드 소드를 바라보는 그녀의 눈에는 갖가지 감정이 실려 있었다.

손잡이를 잡은 바르미아는 가볍게 허공에 몇 번 휘둘러보았다. 묵직한 느낌이 들긴 했지만 현재 자신이 사용하는 투 핸드 소드와는 비교할 수도 없을 만큼 가볍게 느껴졌다.

"실례가 되지 않는다면 잠시 대련을 해주시겠어요?"

바르미아의 말에 모네스는 잠시 고심하지 않을 수 없었다. 여태껏 다른 사람과 싸움을 한 적은 있었지만 대련을 한 적은 거의 없었다. 게다가 바르미아를 상대로 자신이 태연하게 대련을 할 수 있을지도 의문이었다. 그런 모네스의 뇌리에 아침에 로자린이 해주었던 이야기가 생각났다.

'레이디 바르미아에게 필요한 것이 무엇인지 알면 그녀와 가까워질 수 있는 계기가 될 것이다? 레이디 바르미아에게 필요한 것? 필요한 것? 필요… 혹시 그게 아닐까?'

곧 고개를 끄덕인 모네스는 자신의 롱 소드를 뽑아 들었다.

"전 괜찮으니 준비가 되셨다면 공격을 하십시오."

모네스의 말에 바르미아는 고개를 끄덕이고는 신중한 자세를 취했다. 하지만 모네스의 자세에서 빈틈을 찾지 못했는지 바르미아는 좀처럼 공격을 하지 못했다.

약 5분 정도의 시간이 지났지만 바르미아는 모네스의 주위만 돌 뿐 여전히 공격할 기회를 잡지 못하고 있었다. 그 모습에 모네스가 롱 소드를 조금 내렸고, 그 순간 바르미아의 공격이 시작되었다.

몇 차례 바르미아의 공격과 맞부딪친 모네스는 그녀의 공격이 자신이 알고 있던 것보다 훨씬 훌륭하다는 것을 깨달을 수 있었다. 무거운 무기인 투 핸드 소드에 그녀의 힘까지 실려 있어 어지간한 상대는 그대로 검과 함께 두 동강이 날 것 같았다.

설사 그녀보다 실력이 뛰어난 상대라고 하더라도 손목이 꺾일 정도니 투 핸드 소드의 무게와 그녀의 완력만큼은 인정을 해야 했다. 게다가 공격하는 움직임도 자신의 생각보다는 상당히 빨랐다. 하지만 수비만큼은 역시 모네스의 예상을 벗어나지 못했다.

간간이 모네스가 역습을 할 때마다 당황하는 모습이 역력했다. 그가 봤을 때 수비에 대한 기초적인 훈련만 했어도 충분히 막아낼 수 있는 것을 그녀는 상대에게 공격을 받을 때마다 손발이 서로 꼬여 엉성한 자세를 보이곤 했다.

약 30분 정도의 시간이 흐르자 땀 한 방울 흘리지 않는 모네스에 비해 바르미아가 걸친 훈련복은 땀에 흠뻑 젖어 그녀의 몸매가 드러났다. 그 모습에 모네스는 당황한 표정을 짓고는 그대로 뒤로 물러섰다.

"대련은 이 정도로 끝내는 것이 좋을 것 같습니다."

"헉헉헉…… 모네스 씨는… 정말… 강하시군요……. 그렇게 공격을… 퍼부었는데도 상처는 고사하고… 숨결조차 흐트러지지 않다니… 놀랐어요……."

바라미아는 가쁜 숨을 좀처럼 추스르지 못하고 있었다.

"그건 제가 레이디 바르미아보다 체력 소모가 적었기 때문입니다."

"체력 소모? 적어도 체력만큼은 누구에게든 지지 않는다고 생각해 왔는데… 제게 부족한 것이 뭘까요? 그동안 쭉 생각해 왔지만 이유가 뭔지 도무지 모르겠어요."

그런 바르미아의 모습에 모네스는 잠시 망설이다가 말을 꺼냈다.

"저어… 제가 드리고 싶은 말이 있는데… 레이디 바르미아께서 오 해를 하지 않으신다면 조언을 드리고 싶습니다."

"조언? 말씀하세요. 제 검술의 단점을 고칠 수 있는 것이라면 그것 이 무엇이든……."

"먼저 무기를 바꾸실 생각은 없습니까?"

"무기만큼은 절대 바꿀 수 없어요."

바르미아의 대답에 그럴 줄 알았다는 듯 모네스는 고개를 끄덕였다.

"제가 봤을 때 레이디 바르미아의 문제점이라면 두 가지를 들 수 있 습니다. 한 가지는 공격의 효율성, 그리고 다른 한 가지는 방어 기술의 완성입니다."

"공격의 효율성과 방어 기술의 완성? 좀 더 자세히 설명을 해주시겠 어요?"

"투 핸드 소드는 알다시피 다른 무기에 비해 길이도 길고 무게 역시 상당히 나갑니다. 이런 무기를 사용하려면 일반적인 무기를 사용하는 사람들보다 몇 배나 강한 완력을 소유하고 있어야 합니다. 레이디 바 르미아께서는 어린 시절부터 투 핸드 소드로 훈련을 해서인지는 몰라 도 무기에 대해서는 상당히 잘 이해하고 또 숙련되어 있습니다. 다만 문제는 워낙 길고 무거운 무기를 사용하려니 공격하는 동작이 커지고 힘이 들어갈 수밖에 없다는 겁니다. 그렇게 되면 상대의 역습에 쉽게 당하게 될 것이고 또한 공격하는 속도 역시 늦어질 수밖에 없습니다."

모네스의 말에 바르미아는 자신의 손에 들려 있던 투 핸드 소드를 쳐다봤다.

"아흔아홉 번의 공격이 실패를 하더라도 단 한 번의 공격만 성공한다면 상대에게 이길 수 있습니다. 하지만 아흔아홉 번의 방어에 성공을 한다고 하더라도 단 한 번만 실수를 한다면 그것으로 인해 상대에게 목숨을 잃을 수 있습니다. 제게 검술을 가르쳐 주셨던 스승님께서 저에게 가장 먼저 가르쳐 주신 말이 바로 이것입니다. 일 대 일 상황이든 집단 전투가 벌어지는 상황이든 최후에 살아남는 자는 철저히 방어법을 익힌 사람뿐이다. 제 말을 이해하시겠습니까?"

고개를 끄덕인 바르미아는 잠시 쑥스러워하더니 모네스를 바라봤다. 바르미아가 갑자기 자신을 쳐다보자 이번에 모네스가 어색해했다.

"부탁이 있어요."

"제가 들어드릴 수 있는 것이라면……."

"저에게 검술을 가르쳐 주세요."

"예에?"

깜짝 놀란 모네스의 음성은 상당히 컸다.

"제가 어떻게……?"

"지금 저에게 검술을 가르쳐 줄 수 있는 분은 모네스 씨밖에 없어요."

"아닙니다. 렉스님이나 안드레이님은 저보다 훨씬 뛰어난 실력을 가지신 분들입니다. 차라리 그분들에게……."

"전 그러고 싶지 않아요. 렉스님은 도네님과 그리고 안드레이님은 로자린 언니와 보내는 시간이 대부분이에요. 괜히 그분들 사이에 끼고 싶은 생각은 없어요. 게다가 제가 그분들을 꺼리는 이유는 그분들의 실력이 너무 뛰어나 그분들의 말을 제가 제대로 이해할 수 있을지도 의문이기 때문이에요. 아무리 생각을 해봐도 제게 모네스 씨보다 더 훌륭한 스승님은 없을 것 같아요."

간절한 바르미아의 말이 모네스의 귀에는 천사들의 합창으로 들렸다. 한편 따지고 보면 바르미아의 생각도 틀린 것은 아니란 생각이 들었다. 실력 차이가 심하면 심할수록 가르치는 사람이나 배우는 사람이나 양쪽 모두 힘이 들 수 있다는 생각이 들었다.

"누굴 가르쳐 본 적이 한 번도 없습니다. 그런 제가 누굴 가르친다는 것은 너무나 어려운 일이 아닐 수 없습니다."

"그럼 거절하는……."

"거절이 아니라 함께 훈련을 하자는 겁니다."

"함께?"

모네스의 대답이 조금은 의외였는지 바르미아는 그의 얼굴을 쳐다봤다.

"저 역시 검을 훈련하는 사람으로 소드 그렌저를 꿈꾸는 사람입니다. 그리고 렉스님이나 안드레이님과 같은 경지의 검술을 익히고 싶습니다. 하루도 쉬지 않고 훈련을 해도 그분들과 같은 실력은 어림도 없을 것 같지만 말입니다."

"아니에요, 모네스 씨는 반드시 그분들과 같은 실력을 가질 수 있을 거예요."

"말씀은 고맙습니다만… 그럼 앞으로 저와 함께 훈련을 하시겠습니까?"

"예, 잘 부탁드릴게요."

모네스가 바르미아의 인사를 받는 순간 정원 쪽이 갑자기 시끄러워졌다. 의아하게 여긴 두 사람은 정원으로 향했고 당황해 어쩔 줄 모르는 벤자민을 발견했다.

"오빠, 무슨 일이야?"

"에릭이 누군가에게 당해 심한 부상을 입었다는구나."

"작은오빠가?"

바르미아가 대꾸를 하는 사이 하인들에게 간이 침대에 실려오는 에릭의 모습이 보였다. 팔과 다리에는 부목이 대어져 있었고 머리에도 붕대가 감겨져 있었다. 얼굴 곳곳에 검은 보라색의 멍이 보이는 것이 당해도 단단히 당한 것 같았다.

"오빠, 누구야? 대체 누가 오빨 이렇게 만든 거야?"

동생의 간절한 음성에 힘겹게 눈을 뜬 에릭은 바르미아 뒤편에 서 있는 모네스를 발견하고는 부들부들 떨리는 손으로 그를 가리켰다.

"저, 저 몬스터가……."

너무나 감정이 격했던 것일까?

에릭은 그 말만을 남기고 다시 정신을 잃었고 주위에 있던 사람들은 에릭이 가리켰던 방향으로 시선을 돌렸다. 에릭이 왜 그를 보고 몬스터라고 불렀는지는 모르지만 에릭이 이렇게 된 것과 모네스가 연관이 있다는 것은 확실히 알 수 있었다.

모네스는 얼마 전 자신에게 시비를 걸었던 여섯 명의 성기사 가운데 제일 처음 자신을 모욕했던 자가 바르미아의 작은오빠라는 사실을 알고 너무나 당황한 나머지 어찌해야 할 바를 몰랐다.

그가 아무런 말도 하지 못하고 있을 때 화가 머리끝까지 난 벤자민이 모네스 앞에 섰다.

"그대가 내 동생을 이렇게 만들었나?"

"……."

"대체 왜, 무엇 때문에 내 동생을 폭행한 것인가? 어디 그 이유를 설명해 보란 말이야! 대체 내 동생이 무엇을 그리 잘못했기에 이렇게 만들었냔 말이다!"

벤자민이 금방이라도 자신에게 주먹을 날릴 것처럼 보였지만 모네스는 아무런 말도 할 수 없었다.

"오빠, 그만 해."

사건의 전말을 대략적으로 짐작한 바르미아가 벤자민을 말렸지만 소용이 없었다.

그때 정원 일부가 괴상하게 뒤틀리는 것을 발견한 하인 하나가 비명을 질렀다. 공간이 정상적으로 변함과 동시에 그 자리에 엷은 녹색의 머리를 가진 사내 하나가 모습을 드러냈다.

갑작스런 사태에 사람들이 어안이 벙벙해할 때 주위를 둘러보던 사내는 한껏 후드를 눌러쓰고 있는 모네스를 발견하고는 그에게 다가갔다.

"네가 모네스라는 녀석이냐?"

"그렇습니다만……."

이미 상대가 누구인지 잘 알고 있기에 모네스는 조심스럽게 대답했다.

"내 손을 잡아라."

"예?"

모네스가 눈만 크게 뜰 뿐 전혀 움직일 생각을 하지 않자 사내는 그의 어깨를 신경질적으로 움켜쥐고는 짧게 시동어를 외쳤다.

"워프!"

순간 두 사람의 모습은 사람들의 시야에서 감쪽같이 사라졌다. 그때까지 정신을 차리지 못하고 있던 스네턴은 아무것도 없는 빈 공간을 바라보며 중얼거렸다.

"저자는 또 누구지?"

"그린 드래곤 지메로스님이세요."

바르미아의 대답에 스네턴은 더욱 기가 막혔다.

"이번엔 그린 드래곤이라고? 도대체 무슨 놈의 드래곤들이 이렇게 많은 거야?"

하인들은 드래곤이란 말을 듣자마자 공포에 질려 그 자리에 엎드렸다. 하지만 바르미아는 지메로스가 왜 모네스를 데려간 것인지 그 이유가 더 궁금했다.

제 9 장

노른스브르크를 향하여

노른스브르크를 향하여

"어서 오게."

렉스와 도네가 모습을 드러내자 마치 기다리고 있던 사람처럼 하이렌이 두 사람을 반겼다.

담담한 미소를 지은 채 자신들을 맞이하는 하이렌의 모습에 렉스의 얼굴에 조금은 의외라는 표정이 떠올랐다. 게다가 테이블에는 간단한 안주거리와 함께 몇 병의 술이 놓여 있었다.

두 사람에게 자리를 권한 하이렌은 그들에게 술을 권했다.

파란색을 띤 술이 절반 정도 찬 잔을 든 하이렌은 슬쩍 한 모금을 마시고는 잔을 내려놨다.

"그날 자네가 한 말을 그동안 곰곰이 생각해 보았네. 그리고 결론을 내렸지. 일단 자네를 믿어보기로 말이야. 하지만 이 결정은 내 주위에 믿을 사람이 없어서도 아니고, 또 자네가 내 목숨을 구해주었기 때문도 아닐세. 왠지 자네를 보고 있으면 기분이 좋아지고, 또 어떤 경우에도 자네를 믿을 수 있을 것 같다는 생각이 들었기 때문이네."

술로 입술을 축이고 있는 렉스의 얼굴은 처음과 달라진 것이 없었다. 자신의 말에 뛸 듯이 기뻐하지는 않아도 자신의 의도대로 된 것에 흡족한 표정 정도는 지을 것이라 예상했던 하이렌은 변함없는 렉스의 태도에 자신도 모르게 쓴웃음을 짓고 말았다.

"자네가 날 어떻게 생각하는지는 모르겠지만 내가 해줄 수 있는 말이라고는 절대 날 믿지 말라는 말뿐이네. 자네의 목숨을 노리는 사람들 가운데 누구보다 간절히 원하는 사람이 나라는 사실을 절대 잊지 말게. 그건 그렇고… 검은 달 교단과 연관이 있다고 예상하는 귀족들은 누구누구인가?"

렉스의 말에 잠시 침묵하고 있던 하이렌은 곧 입을 열었다.

"자네는 내 어머니를 아는가?"

"본 적은 없지만 이름은 알고 있지. 세이버 베노아 공작의 장녀 실비아 디아 자르츠 레트로니아였던가? 그대를 출산하다가 세상을 떠난 것으로 알고 있네만."

"잘 알고 있군. 어머니가 날 낳다가 돌아가셔서 그런지는 모르겠지만 외할아버지이신 베노아 공작께서는 끔찍이도 날 귀여워하신다네. 나 역시 얼굴도 모르는 어머니 때문인지는 모르지만 그분이 싫지는 않네. 그런데 문제는 베노아 공작가에 출입하는 귀족들 가운데 상당수가 검은 달 교단과 연관이 있는 것으로 예상되는 자들이라는 것이네. 만약 그분께서 검은 달 교단과 조금이라도 연관이 있다면… 내가 과연 그분에게 황실을 어지럽힌 죄를 물을 수 있겠는가 하는 것도 나에겐 커다란 문제라네."

그 말을 하는 하이렌의 얼굴은 심하게 일그러져 있었다. 하지만 그를 바라보는 렉스의 얼굴은 털끝만큼의 변화도 없었다. 마치 보지도, 듣지도 못하는 사람처럼 무감각하기 이를 데 없었다.

격해진 감정을 추스른 하이렌은 품에서 몇 장의 종이를 꺼내 렉스에게 내밀었다.

"이 안에 검은 달 교단과 연관이 있을 것으로 예상되는 귀족들의 명단이 들어 있네. 비록 많은 수는 아니지만 그들을 조사하다 보면 숨겨진 세력을 밝혀내는 것은 어렵지 않을 것이네. 이 일은 우리 왕국의 존망과 관련이 된 일이네. 자네가 그들의 정체를 밝혀만 준다면 내 자네가 원하는 것은 무엇이든 들어주겠네."

"후후후, 뭐든지 들어주겠다고?"

"내가 할 수 있는 일이라면 무엇이든 들어주겠네. 이는 레트로니아 왕국의 황태자인 나 하이렌의 이름을 걸고 하는 약속일세."

"내가 자네의 목숨을 원한다고 하더라도 말인가?"

렉스의 스산한 말에 하이렌의 얼굴이 조금 찌푸려졌다.

"전부터 이해가 가지 않아서 묻는 이야긴데 자네는 왜 내 목숨을 원하는 것인가? 내가 살아오면서 누구에게 전혀 해를 끼치지 않았다고 말할 수는 없지만 누구의 생명은 빼앗은 적은 단 한 번도 없네. 그 이유를 말해 주겠나?"

"흐흐흐, 잊어버릴 수도 있겠지. 벌써 10여 년이 지난 이야기니까. 그 일을 저지른 사람은 잊을 수 있을지 모르지만 당한 사람은 절대 잊을 수 없는 일이지. 그대의 아버지인 아리오에게 물어보면 혹시 나라는 존재를 기억하고 있을지도 모르지. 흐흐흐."

"워프!"

렉스가 도네의 손을 잡자마자 두 사람의 모습은 감쪽같이 실내에서 사라졌다. 하지만 렉스의 웃음소리만큼은 실내에서 좀처럼 사라지지 않았다.

"10여 년 전의 일이라고? 대체 무슨 일이기……. 설마 그때의 일을 말하는 것이란 말인가? 대체 그는 누구지?"

하이렌의 얼굴에는 당황함과 의아함이 뒤섞여 있었다.

*　　　*　　　*

"모네스 씨가 어디 계신지 아는 분은 안 계신가요?"

바르미아의 태도는 조금은 다급해 보였다.

"글쎄요? 오늘은 본 적이 없습니다만……?"

"모네스는 볼일이 있어 잠시 어딜 갔소. 급한 일이오?"

"그런 건 아니지만……."

렉스의 대답에 바르미아는 말꼬리를 흐렸다.

"저희 집안 사람이 그분께 무례한 행동을 했다는 것을 알게 돼서 사과를 드리려고 온 것인데……."

"지메로스와 잠시 볼일 보러 어딜 갔으니 아마도 며칠 후에나 올 것이오."

"그분이 무슨 일로 지메로스님과……?"

렉스처럼 지메로스를 함부로 이름만 부를 용기가 바르미아에게는 없었다. 하지만 그녀의 반문처럼 모네스가 드래곤인 지메로스와 무슨 볼일이 있다는 것인지 좀처럼 이해할 수 없었다.

"며칠 있다가 모네스가 돌아오면 자연스레 알게 될 것이오. 그건 그렇고… 잠시 내 말에 주목해 주시오."

말과 함께 테이블에 하이렌에게서 건네받은 몇 장의 종이를 내려놓은 렉스는 일행들의 얼굴을 잠시 바라보다 말을 이었다.

"이 종이에는 검은 달 교단과 연관이 있을 것으로 예상되는 귀족들의 명단이 들어 있소. 아직 나도 명단을 확인해 보지는 않았지만 꽤 여러 명인 것 같소. 그렇기 때문에 분담을 하는 것이 괜찮을 것 같은데, 좋은 의견이 있으신 분은 의견을 제시해 주면 고맙겠소."

"일단 명단부터 확인해 보는 것이 어떤가? 상대를 알면 어떤 방법을 사용해야 할지 정할 수 있을 것 같은데… 자네 생각은 어떤가?"

"그것도 좋겠지."

먼저 명단을 확인한 렉스는 몇 장의 종이를 안드레이에게 건넸고, 찬찬히 이름을 확인한 안드레이는 다른 사람에게 종이를 건넸다. 종이에 적혀 있는 이름을 확인한 사람들은 터져 나오는 놀라움을 감추지 못했다.

나열된 이름 가운데에는 레트로니아 왕국에 널리 알려진 귀족들도 여러 명 되었다. 하지만 일행들을 더욱 놀라게 한 것은 레트로니아 왕국에 존재하는 두 명의 공작 모두가 검은 달 교단과 관련이 있을지도 모른다고 적혀 있었기 때문이다.

레트로니아 왕국의 군대의 병권(兵權) 가운데 절반 이상을 가지고 있는 두 명의 공작이 만약 검은 달 교단과 관련이 있는 것으로 밝혀진다면 레트로니아 왕국의 앞날에 검은 구름이 드리워질 것만은 틀림없었다.

다만 이런 상황에서도 이종족인 엘프와 드워프, 그리고 두 마리의 드래곤만은 시큰둥한 표정을 짓고 있을 뿐이었다.

"내가 생각하기엔 나와 안드레이가 공작을 한 명씩 담당해 감시하기로 하고 다른 사람들은 나머지 귀족들을 감시하는 것이 좋을 것 같은데… 다른 사람들 생각은 어떻소?"

"분담을 하자는 말인가?"

"그게 좋지 않겠어?"

렉스의 대답에 안드레이는 고개를 끄덕이고는 말을 이었다.

"우리가 감시해야 할 대상들은 레트로니아 왕국의 실세라고 할 수 있는 공작들이네. 만약 그들이 검은 달 교단의 신도들이라고 밝혀진다면 그 영향은 상상을 초월할 것이네. 그리고 그 두 명의 공작들은 검은 달 교단과 관련이 있을 것으로 의심되는 사람이지, 실제 검은 달 교단의 신도들로 밝혀진 것은 아니니까 사실을 확인할 때까지는 신중해야 할 필요가 있다고 생각하네."

안드레이의 말에 일행들은 일제히 고개를 끄덕였다. 그런 그들의 얼굴은 긴장으로 딱딱하게 굳어져 있었다.

"세이버 베노아 공작은 나와 도네가 맡기로 하지. 자네는 부인과 함께 레이너 아르본 공작을 조사해 주게. 그리고 레이디 바르미아는 며칠 후에 돌아올 모네스와 함께 바우젤 클리포드 후작을 조사해 주시오. 메디안과……."

"그런데 정말 그분께서 검은 달 교단과 관련이 있을까요? 오래전부터 알고 지냈지만 그분은 결코 음모를 꾸미거나 누구를 속일 분은 아니세요."

"레이디 바르미아의 말이 무슨 뜻인 줄은 알겠소. 하지만 속단은 하지 맙시다. 그동안의 경험을 보면 가족에게까지 밝히지 않은 자들도 있으니 말이오."

렉스의 말에 바르미아는 인정할 수 없다는 표정을 지으면서도 다시 이의를 제기하지는 않았다.

"메디안과 게부레인은 미르바 백작을, 샤이베리아와 크레이는 티보스 백작을 조사해 줬으면 좋겠소. 그리고 로니 프리스트는 하이렌 브로넨스 교단의 교황을 만나 이런 사실을 알리고 협조를 구해주시오. 그리고 다른 교단의 교황들에게도 검은 달 교단에 대해 알리고 그들의 도움을 받을 수 있도록 그들을 설득해 주시오."

각자 자신의 임무를 듣고는 나름대로 고심을 하고 있을 때 메디안은 못마땅하다는 표정을 짓고 있었다. 곁에 있던 게부레인 역시 별로 내키지 않는 듯한 표정을 짓고 있었다.

"왜, 불만있어?"

"인간도 아닌 내가 왜 이런 일을 해야 하는 거지?"

"달리 할 일도 없잖아. 그리고 미르바 백작은 검술 솜씨가 훌륭하다고 소문이 자자한 사람이야. 그를 조사하다 보면 아무래도 그와 마주칠 일이 생기지 않겠어? 또 그와 대결할 일이 생길지도 모르고 말이야."

렉스의 말에 메디안의 튀어나왔던 입술이 슬그머니 들어갔다. 그 모습에 게부레인은 고개를 저었다.

"하지만 나와 메디안은 인간들과는 다르게 생겼기 때문에 오히려 사람들의 시선을 끌어 조사나 감시하는 것은 무리일 것 같은데… 그렇게 생각하지 않나?"

"그럴 수도 있겠군. 그렇지만 오히려 인간이 아니기 때문에 더 신경 쓰지 않을 수도 있지 않겠소?"

렉스의 말에 수긍을 했는지 게부레인은 고개를 끄덕였다.

"그럼 만약 연락할 일이 있거나 모두 모여야 할 상황이 발생한다면 그땐 어떻게 서로에게 연락을 하면 되죠?"

"그래서 연락 도구로 이걸 준비했소."

로자린의 질문에 말과 함께 렉스가 테이블 위에 놓은 것은 손바닥만 한 크기의 거울이었다. 둥근 모양을 한 거울은 여러 개였는데 가장 위쪽에 붉은 보석이 박혀 있었다.

"이건 도네가 마법으로 만든 것인데, 위쪽에 있는 붉은 보석에 마나를 집어넣으면 모든 거울이 동시에 진동을 일으키게 되어 있어. 보석에 마나가 주입되는 동안은 서로 연락을 주고받을 수 있으니까 많은 도움이 될 거야."

일행들은 렉스가 나누어 준 거울을 하나씩 받아 들고는 꼼꼼하게 거울을 살펴보았다.

"각자 맡은 지역이 다르니까 일단 헤어졌다 다시 만나야 할 것 같아. 그러자면 연락할 시간을 정해야 하는데, 짝수 날로 정하는 것이 어때? 특별히 문제가 있는 사람 있어?"

"난 사람이 아니라니까."

메디안이 툴툴거리기는 했지만 렉스는 들은 척도 하지 않았다. 일행들이 별다른 의견을 제기하지는 않았다.

"별다른 의견이 없다면 가서 쉬도록 해. 그리고 안드레이, 할 이야기가 있으니까 잠시만 기다려 주겠나?"

렉스의 말에 자리에서 일어나려던 안드레이는 로자린을 먼저 방으로 돌려보내고 그를 바라봤다.

"할 이야기라는 것이 뭔가?"

"다름이 아니라, 혹시 자네에게 자네를 도와줄 다른 동료들은 없는가?"

"다른 동료?"

"그렇네. 여기 레이노스 시에서 암약하는 검은 달 교단의 신도들만 해도 상당하지 않은가? 물론 우리의 실력이 그들보다 뛰어난 것은 사실이지만 숫자가 가지는 힘 역시 무시할 수 없다고 생각하네. 나 역시 힘이 되어줄 만한 사람들을 찾아보겠지만 오랜 시간 동안 세상과 떨어져 지냈기 때문에 쉽지 않을 것 같네. 다른 사람들도 나와 거의 비슷한 처지인 것 같아 부탁을 할 수도 없더군."

"으음… 나도 그 생각을 해보지 않은 것은 아니지만 자네도 알다시피 내 고향은 투르멘시아 제국이 아닌가? 거리도 멀지만 이미 고향을 떠나온 지 10여 년이 지나는데 아직까지 날 기억하는 친구가 있을지 모르겠군."

"그럼 도와줄 동료가 있을지도 모른다는 이야기로군."

"장담할 수는 없네."

안드레이의 말에 렉스는 곰곰이 생각을 하더니 다시 입을 열었다.

"이번 조사가 끝나면 도네와 한번 상의를 해봐야겠군. 어떻게든 우리 일을 도와줄 사람을 찾아야만 하네. 저들의 정체를 세상에 드러내야 조금이라도 피해를 줄일 수 있지 않겠나? 그리고 레트로니아 왕국에서 검은 달 교단의 정체가 밝혀진다면 다른 왕국에게도 경종을 울릴 수 있지 않겠나? 여태까지의 모은 정보에 의하면 바르빈스 연방 4개국 모두에 검은 달 교단이 암약하고 있지 않은가? 모르긴 몰라도 투르멘시아 제국에도 검은 달 교단의 신도들이 어둠 속에 숨어 있을 것이네."

그렇지 않아도 그런 생각을 하고 있던 안드레이였기에 렉스의 말에 곧 고개를 끄덕였다.

"알았네. 일단 이번 조사가 끝나면 알아보도록 하지."

"그럼 수고해 주게."

"자네도 수고하게."

인사를 나눈 두 사람은 각자의 방으로 들어갔다.

다음날 아침 다시 모인 일행들은 간단한 식사를 한 다음 자신들이 감시하기로 한 귀족의 영지로 출발했다. 렉스는 그런 그들이 안심이 되지 않았는지 다시 한 번 주의를 주는 것을 잊지 않았다.

"이번 일은 단지 그들이 검은 달 교단과 연관이 있는지 아닌지 단순히 조사하는 것에 불과하다는 것을 절대 잊지 마."

그런 렉스의 말에 메디안이 툴툴거리며 볼멘소리를 했음은 뻔한 일이었다. 일행들이 뿔뿔이 흩어지고 난 다음 렉스와 도네도 여관을 떠날 준비를 했다.

"우리가 맡은 베노아란 녀석은 어디에 살아?"

"노른스브르크."

"그게 어딘데?"

"수도인 포얀의 북동쪽에 위치한 곳인데 베노아 공작은 레트로니아 왕국에서 가장 큰 영지를 다스리는 사람이지. 게다가 현 국왕의 장인이라는 신분 때문에 그를 건드릴 수 있는 사람은 전무한 상황이지. 만약 그가 검은 달 교단과 연관이 있다면 사태는 더욱 심각해질 거야."

렉스의 말에도 도네는 별다른 표정을 짓지 않았다.

레이노스 시를 떠나는 사람들을 따라 북쪽 성문을 통과한 두 사람은 일단 포얀 시를 향해 방향을 잡았다. 노른스브르크로 가는 가장 빠른 길은 포얀 시를 관통해 가는 것이기 때문이다.

포얀 시로 가는 길은 잘 닦여져 있었고 주위의 경관도 아름답기 그지없었다. 쏟아지는 햇살은 따가웠지만 길 옆에 늘어선 나무들 사이에서 시원한 바람이 끝없이 불어와 온몸을 시원하게 해주었다.

천천히 말을 몰아가는 두 사람은 급할 것이 전혀 없었다. 어차피 노른스브르크까지 하루 만에 가기엔 너무 먼 길이기에 일단 포얀에서 하룻밤을 보낼 생각이었다.

두 사람들의 모습을 본 사람들은 너무나 아름답게 생긴 여인과 늠름하고 유쾌하게 생긴 청년의 모습에 자신도 모르게 고개를 끄덕였다. 어울리는 듯, 또 어울리지 않는 듯 보이는 모습 때문이었다.

간간이 보이는 바라크엔 서너 명씩의 병사들이 경계를 서고 있었는데 포얀 시로 향하는 사람들을 날카로운 시선으로 살펴보고 있었다. 하지만 그들의 얼굴에는 똑같이 반복되는 생활로 인해 권태로운 기색이 간간이 엿보였다.

그런 바라크가 설치된 탓인지 산적들도 없었고 몬스터는 구경도 할 수 없었다. 또 띄엄띄엄 보이는 간이 주점은 더위에 지친 손님들을 부르고 있었다. 대낮부터 벌겋게 취한 손님들 사이에서 말다툼하는 모습도 보였지만 그들의 싸움은 근처에 있는 병사들 때문에 절대 길어질 수 없었다.

포얀 시까지 한가로운 시간이 계속되었다.

두 사람은 간간이 대화를 나누며 말을 몰았다. 렉스는 대체 어디서 그런 이야기들을 들었는지 재미있는 이야기도 상당히 많이 알고 있었다. 포얀 시까지 가는 동안 도네는 이야기에 빠져 웃고 있느라 언제 도착했는지조차 모를 정도였다.

　겉으로 보기에 포얀 시의 외곽을 경비하는 병사들의 근무 태도는 엉망이었다. 그저 지나는 사람들의 모습을 바라보기만 할 뿐 검문이나 검색을 할 생각조차 하지 않았다. 하지만 렉스는 성문 주위에 몸을 숨긴 채 성문을 통과하는 사람들을 빠짐없이 감시하는 자들이 있다는 것을 확인할 수 있었다.

　북적거리는 사람들이나 휘황찬란한 건물들의 불빛도 두 사람의 발길을 막을 수는 없었다. 두 사람은 곧장 북쪽 성문 쪽으로 향했다. 그리고 깨끗해 보이는 여관을 찾아 들어간 시간은 이미 자정이 다 되었을 때였다.

　일반적으로 여관과 식당을 함께 운영하는 것과는 달리 두 사람이 선택한 여관은 순수하게 여관만을 하는 곳이라 두 사람이 들어서자 곧바로 방으로 안내했다. 하지만 방을 하나 더 달라는 도네의 말에 잠시 이상한 표정을 짓긴 했지만 곧 옆방을 내주었다.

　"같이 자면 안 돼?"

　"그렇게 나랑 자고 싶어?"

　"당연하지. 도네는 혼자 자기 외롭지 않아?"

　"글쎄? 우리 드래곤들은 외로움이란 감정을 잘 몰라. 워낙 혼자 있는 시간이 길잖아."

　"그렇겠구나."

　"다음에 같이 자."

　도네가 순순히 자신의 말에 호응을 하자 그것이 의외였는지 잠시 그녀의 모습을 바라보던 렉스는 곧 그녀의 볼에 키스를 했다.

　"잘 자. 그리고 좋은 꿈꿔."

렉스가 자신의 방으로 들어가고도 도네는 잠시 동안 그대로 서 있었다. 렉스가 키스한 볼을 쓰다듬으면서 이해할 수 없다는 표정을 지었다.

"좋은 꿈? 어떤 꿈이 좋은 꿈이지? 그리고 인간들은 왜 꿈같이 쓸데없는 것에 관심을 두는 것인지 모르겠군. 인간들의 삶은 너무 복잡해."

잠시 고개를 흔들던 도네는 곧 자신의 방으로 들어갔다.

포얀 시를 떠난 지도 벌써 이틀이 지났다.

도네는 렉스를 따라 말을 몰면서 왠지 자신들이 가고자 하는 노른스브르크와는 방향이 다른 것 같다는 생각이 들었다.

"렉스, 지금 노른스브르크로 가는 거야?"

"왜? 다른 볼일이라도 있어?"

"아니, 그냥 방향이 다른 것 같아서."

도네의 말에 렉스는 미소를 지었다.

"정말 눈치가 빠른데. 노른스브르크로 가기 전에 만나볼 사람이 있어."

"누구야?"

"센더슨 블럼스 백작."

렉스의 대답에 도네는 자신이 들었던 귀족의 이름들을 떠올려 보았지만 적어도 자신의 기억에는 들어 있지 않았다.

"모르겠는데?"

"할아버지야. 내 어머니의 아버지."

"외할아버지에 대한 이야기는 한 번도 한 적이 없었잖아?"

"할 필요가 없었으니까. 갑자기 보고 싶은 생각이 들어서."

렉스의 말에 도네는 이해가 가지 않는다는 표정을 지었다.

"드래곤은 강하기에 혼자서도 존재할 수 있는 생명체지만 인간은 달라. 더불어 존재할 수밖에 없는 생명체야. 가족이라는 이름으로 묶고, 단체라는 이름으로 묶고, 국가라는 이름으로 묶어야만 존재할 수 있는 아주 나약한 생명체야. 그래서 기를 써서 사랑하고 결혼을 해서 자식을 낳고 가정을 만들려고 하는 거야."

"난 렉스가 약한 존재라고 생각한 적이 한 번도 없어."

"아니야, 도네. 근육에 힘이 있고, 빨리 움직이고, 뛰어난 검술 실력을 가지고 있다고 강한 존재가 되는 것은 아니야. 어차피 인간은 100년도 못 사는 존재야. 근육의 힘도 겨우 2, 30년 정도밖에 유지되지 않아. 다시 말해 강한 인간이라는 것은 육체적인 힘이 아니라 정신력이 강한 사람을 말하는 거지. 인간들이 드래곤을 존경하고 경외하는 것은 그 육체의 막강한 힘을 들 수 있겠지만 내 생각은 달라. 10여 개의 마법을 동시에 펼치고도 유지할 수 있는 정신적 안정, 그리고 어떠한 상황에서도 냉정할 수 있는 정신력이야말로 정말 드래곤을 강한 존재로 만드는 것 같아."

렉스의 말이 의외였는지 도네는 그의 얼굴을 한참 동안 쳐다보았다.

"좀 의왼데? 사람들은 대부분 9클래스의 마법과 브레스를 두려워하는데 렉스는 강한 정신력이 부럽다니……."

대화를 나누던 두 사람은 멀리서 들려오는 소리에 서로의 얼굴을 쳐다보았다. 검끼리 부딪치는 소리와 사람들의 비명 소리가 들려왔기 때문이다.

비록 두 사람이 포얀 시를 떠난 지 이틀이 지났다고 하지만 레트로니아 왕국의 근위 사단이 주둔하고 있는 지역이다. 그런데 싸움하는 소리가 들리다니… 호기심이 들지 않을 수 없었다.

두 사람은 자연스럽게 말머리를 돌려 풀숲을 지나 싸움 소리가 들리는 곳으로 다가갔다. 막상 다가가고 보니 100여 명의 사람들이 혼전을 벌이고 있었다.

그들을 구별하기는 쉬웠다.

한쪽의 복장이 자유분방한 것에 반해 다른 쪽은 정규 병사들이 걸치고 있는 하프 플레이트 메일과 라운드 실드를 가지고 있었다. 하지만 복장이 자유스러운 쪽의 인원이 30여 명인데 반해 병사들의 수는 7, 80명은 족히 되어 보였다.

하지만 비록 숫자는 두 배 가까이 차이가 났지만 접전은 팽팽하게 이어지고 있었다.

특이하게도 인원이 적은 쪽의 리더는 붉은색 하드 레더를 걸친 금발 머리 여성이었다. 긴 금발을 곱게 땋아 등 뒤로 늘어뜨린 여성은 쉴 새 없이 동료들에게 지시를 내리며 독려하고 있었다. 하지만 렉스의 눈길을 끈 인물은 금발 머리 여성보다는 그녀 곁에서 풀 플레이트 메일을 걸친 채 사정없이 워 해머와 모닝스타를 휘두르고 있는 인물이었다.

비록 투구를 쓰고 있어 얼굴을 볼 수는 없었지만 정말 대단한 인물인 것만은 틀림없어 보였다. 아무리 경량화 마법이 걸린 갑옷이라고 하더라도 저렇게 중무장을 한 채 여인을 철저하게 보호하면서 적을 상대한다는 것은 보통 실력으로는 어림도 없는 일이기 때문이었다. 게다가 타고난 힘도 엄청난 모양이었다.

마치 풍차처럼 휘두르는 워 해머와 모닝스타에 병사들의 몸은 갈가리 찢겨 허공으로 날아갔고, 그의 플레이트 메일은 그의 손에 목숨을 잃은 병사들의 선혈로 벌겋게 물들어 섬뜩해 보였다.

그의 손에 목숨을 잃은 동료의 복수를 하기 위해 달려들던 병사들도 허무하게 목숨을 잃을 뿐이었다. 그런 상황이 몇 번인가 반복되자 병사들은 자신도 모르게 뒷걸음질을 쳤다.

그 모습을 발견한 여인이 손을 번쩍 드는 순간 그녀의 동료들은 일제히 고함을 지르며 병사들에게 달려들었다. 기가 꺾인 병사들은 지휘관의 명령에도 불응한 채 사방으로 도망치고 있었다. 자신을 향해 달려드는 사내들의 모습에 지휘관 역시 기겁을 하고 말머리를 돌려 도망치고 말았다.

자신들을 피해 도망치는 병사들의 모습에 사내들은 자신들의 승리를 자축하며 일제히 환호성을 터뜨렸다. 하지만 쓰러져 신음하는 동료들과 병사들의 모습에 환호성은 곧 잦아들었고, 곧 부상을 당한 동료들과 동료들의 시신을 한곳으로 모았다. 미리 준비를 한 것인지 숲에서 서너 대의 짐마차를 끌고 와 그들을 옮겨 실었다. 그리고는 신속하게 자신들의 흔적을 지우고는 곧 그 자리를 떠났다.

여인과 중무장 사내만 남고 나머지 사내들은 모두 사라졌다. 두 사람은 목숨을 잃은 병사들은 내버려 둔 채 심각한 부상을 입은 사내들만 한곳으로 모으기 시작했다.

병사들은 두 사람이 자신들을 죽이러 온다고 생각했기에 두 사람이 자신 곁에 섰을 때 이를 악물고 눈을 질끈 감았다. 하지만 두 사람은 그들을 한곳으로 모으고 그들의 상처에 포션을 뿌린 다음 그들의 상처를 비교적 깨끗한 헝겊으로 정성껏 묶었다.

자신들의 예상과는 다른 행동에 부상을 입은 병사들은 영문을 몰라 두 사람의 모습만 쳐다보고 있었다.

"상처에 포션을 뿌려두었으니 상처가 심하지 않은 사람들은 살 수 있을 거예요."

"왜? 왜… 우리를… 살려… 주는… 것이오?"

"비록 생각하는 바가 달라 당신들과의 싸움을 피할 수는 없지만 생명은 소중한 것이에요. 오래지 않아 당신들 동료가 올 테니 잠시만 이곳에서 기다리고 있으면 곧 그들을 만날 수 있을 거예요."

여인이 말을 마치자 풀 플레이트 메일을 걸치고 있던 사내가 그녀를 들어 자신의 어깨에 앉혔다. 그리고는 그 자리를 떠나는 것이었다.

천천히 그들의 뒤를 따르던 렉스와 도네는 주위에 인적이 없는 것을 확인하고는 그들을 불렀다.

"잠깐 나 좀 볼까?"

갑자기 뒤에서 들린 음성에 여인은 깜짝 놀라 고개를 돌렸지만 그녀를 메고 있던 사내는 꼼짝도 하지 않았다.

"오토, 나를 내려줘."

사내가 천천히 한쪽 무릎을 굽히자 여인은 홀쩍 뛰어내렸다. 그 모습을 지켜보던 도네는 뚫어져라 사내의 모습을 노려보았다.

"재미있는 장난감이군."

"무슨 일로 저희들을 부른 거죠?"

입을 여는 여인의 나이는 25, 6세 정도로 보이는 수수한 용모를 가지고 있었다. 그녀가 걸치고 있는 붉은색 하드 레더가 왠지 어울려 보이지 않는 순박하고 자연적인 미를 가지고 있는 여인이었다. 그런 그녀의 얼굴을 보는 순간 렉스는 자신이 오래전에 잊고 있던 과거의 누군가가 생각날 듯했지만 가물가물할 뿐 기억해 낼 수는 없었다.

"무슨 일로 저희를 부른 것이냐고 물었어요."

"병사들과 싸우는 그대들의 정체가 궁금해서. 실례가 안 된다면 가르쳐 줄 수 있나?"

"저는 우리에게 그 사실을 묻는 당신의 정체가 더 궁금하군요. 당신은 누군가요?"

"후후후, 내가 누구냐고? 나도 잘 모르겠군."

렉스의 얼굴에는 자조적인 미소가 떠올랐지만 여인은 미처 그런 표정까지는 발견하지 못했다.

"오토, 저 사람이 더 이상 우리 뒤를 따라오지 못하도록 혼을 내주도록 해."

여인의 말에 고개를 끄덕인 사내가 한 걸음 앞으로 나섰다. 그리고는 허리에 매고 있던 모닝스타와 어깨에 둘러메고 있던 워 해머를 양손에 뽑아 들었다.

2파렌은 훨씬 넘어 보이는 키에 중무장을 한 상대를 쳐다보던 렉스는 연신 고개를 갸웃거렸다.

이상하게도 상대에서는 인간이라면 느낄 수 있는 온기나 생명의 기운을 전혀 느낄 수 없었다. 그렇다고 스켈레톤이나 골렘도 아닌 것 같았다.

막대한 마나의 기운을 느낄 수는 있지만 살아 있는 생명체에게서만 느낄 수 있는 온기가 전혀 느껴지지 않은 존재, 렉스는 이런 존재를 한 번도 만나본 적이 없었다.

천천히 클레이모어를 뽑아 든 렉스는 상대를 노려보았다.

어퍼 비버(투구의 전방 주시 창)를 통해 쏟아지는 상대의 두 눈은 특이하게도 보라색을 띠고 있었다. 그 순간 그의 손에 들려 있던 모닝스타가 눈에 보이지도 않을 정도로 빠르게 회전하기 시작했다.

윙~

회전하는 소리가 주위에 울리기 시작했을 때 렉스의 가슴을 향해 스파이크가 빽빽하게 꽂힌 쇠 공이 날아들었다.

신중하게 클레이모어를 휘두르던 렉스는 상대가 덩치에 어울리게 정말 힘이 좋다는 것을 느끼고는 상대의 공세를 슬쩍 흘려 버렸다. 하지만 상대는 그런 렉스의 공격을 짐작이라도 한 듯 다른 손에 들고 있던 워 해머를 사정없이 휘둘렀다.

만약 렉스의 행동이 조금만 더 민첩하지 못했다면 워 해머의 뾰족한 끝에 머리가 꿰뚫렸을 것이다.

재빨리 뒤로 몸을 피한 렉스는 모닝스타의 손잡이와 스파이크가 박힌 쇠 공과의 연결 부분인 쇠사슬을 향해 클레이모어를 휘둘렀다. 그리고 클레이모어에 실린 검기는 쇠사슬을 간단히 끊어버렸다.

자신이 사용하던 무기 가운데 하나가 못 쓰게 되었음에도 불구하고 상대는 전혀 당황하는 기색이 없었다. 못 쓰게 된 모닝스타를 버린 상대는 워 해머를 이용해 마치 도끼질이라도 하듯 렉스의 머리를 향해 사정없이 내려쳤다.

그렇게 몇 번의 공방이 계속되는 가운데 렉스는 상대의 공격이 처음과는 달리 너무나 단순하다는 것을 곧 깨달을 수 있었다. 적당한 스피드와 방어 기술만 있다면 충분히 상대할 수 있다는 것을 터득한 것이다.

그런 반면 싸움을 지켜보던 여인은 렉스가 오토의 공격을 쉽게 막아내는 모습을 보고 놀라움을 금치 못했다. 여태껏 오토의 공격을 이렇게 쉽게 막아내는 사람은 한 번도 본 적이 없기 때문이었다.

대부분 오토의 첫 번째 공격이나 두 번째 공격에 목숨을 잃었기에 세상에서 오토의 공격을 막아낼 수 있는 사람은 없다고까지 믿고 있었는데 난데없이 저런 상대가 나타나다니 여인은 도저히 믿을 수 없었다. 여인은 문득 복수를 포기해야 하는 것은 아닐까 하는 불길한 생각마저 들었다.

그런 생각을 여인이 하는 동안 상황은 점점 렉스에게 유리하게 돌아가고 있었다. 그리고 렉스의 클레이모어와 워 해머가 부딪치는 순간 워 해머의 중간 부분이 잘려 나갔다.

렉스는 상대가 양손에 들고 있던 무기가 모두 파괴되었기에 당연히 뒤로 물러나 항복할 거라고 생각했었다. 그러나 그것은 렉스의 성급한 판단이었다.

맨손으로 렉스를 상대하려는 것인지 달려드는 그의 행동은 잠시의 머뭇거림도 없었다. 그런 상대의 행동에 렉스는 기가 막혔지만 방심하지는 않았다.

렉스와의 거리가 3파렌 정도 남았을 때 오토는 렉스를 향해 힘껏 주먹을 휘둘렀다. 다시 그의 주먹이 렉스와 2파렌 정도 떨어졌을 때 그의 손등에서 빛이 번쩍였다.

1파렌 정도 되는 쇼트 소드의 칼날이었다.

이때만큼은 렉스도 혼이 달아날 정도로 깜짝 놀랐다. 황급히 고개를 피했지만 칼날은 렉스의 뺨을 스치고 지나가 그의 머리카락 몇 가닥을 잘랐다.

재빨리 옆으로 몸을 피한 렉스는 칼등으로 상대의 손목을 내려치려고 했다. 하지만 상대의 팔꿈치가 훨씬 빠르게 움직였다. 그리고 그런 그의 팔꿈치에는 역시 1파렌은 족히 되어 보이는 칼날이 빠져나와 있었다.

만약 렉스가 피하는 것이 조금만 늦었다면 칼날은 렉스의 목을 사정없이 잘라 버렸을 것이다.

황급히 뒤로 물러선 렉스가 그와의 거리를 10파렌 정도로 넓혔을 때 놀라운 광경이 펼쳐졌다.

챙! 챙! 챙!

요란한 금속음과 함께 풀 플레이트 메일을 걸치고 있던 사내의 온몸에서 마치 성난 고슴도치의 가시처럼 수십 개의 날카로운 검들이 솟구친 것이다.

믿을 수 없는 광경에 렉스는 자신도 모르게 입을 쩍 벌렸고, 도네는 흥미롭다는 표정으로 오토라 불린 사내를 쳐다보았다. 하지만 여인은 그런 오토의 모습에 불안한 표정을 감추지 못했다.

'저건 오토가 상대를 위험한 존재라고 감지했을 때만 나타내는 행동인데… 저 사내가 그렇게 뛰어난 자란 말인가?'

또 하나 여인의 눈길을 끈 것은 태연한 표정으로 두 사람의 대결을 지켜보고 있는 도네의 존재였다. 복장으로만 봐서는 그녀에게 어떤 능력이 있는지는 몰라도 너무나 태연해 보여 여인으로 하여금 잔뜩 신경 쓰이게 만들었다.

"뭐 이런 놈이 다 있지?"

렉스의 얼굴에는 약간의 당황스러워하는 기색을 보이고 있었다. 하지만 곧 정신을 차리고는 흡족한 미소를 지으며 상대를 노려봤다.

"좋아, 그랬단 말이지. 그럼 오늘 원없이 상대해 주지."

말과 함께 렉스는 오토에게 달려들었고, 오토 역시 그런 렉스를 향해 달려들었다.

챙! 챙! 챙!

요란한 소음과 함께 두 사람의 싸움은 다시 시작되었다.

싸움을 하면서 렉스가 느끼기엔 오히려 워 해머나 모닝스타를 사용할 때보다 지금의 공격이 훨씬 더 위력적이었다. 1파렌도 안 되는 거리에서 날아드는 칼날들은 렉스를 금방이라도 난도질할 듯 온갖 궤적을 그리며 사정없이 날아들었다.

정신없이 방어를 하던 렉스는 이번 공격 역시 좀 전의 공격처럼 일정한 격식에 따라 이루어진다는 것을 깨달았다. 다만 엄청난 힘과 스피드 때문에 좀 전과는 달리 피하기가 만만치 않았다. 게다가 그의 몸에 솟은 검들은 마나가 실린 렉스의 클레이모어로도 쉽게 자를 수 없었다.

조금씩 공격을 퍼붓던 렉스가 수비를 포기하고 공격 일변도로 바뀐 것은 상대의 공격을 완벽하게 꿰뚫어 본 후부터였다. 오토라 불린 사내는 어떻게든 렉스에게 공격을 퍼부으려고 했지만 도저히 그럴 만한 시간이 없었다.

렉스가 들고 있던 크레이모어는 분명 한 자루가 확실한데 근처에서 두 사람의 싸움을 지켜보는 여인의 눈에는 수십 자루로 나뉘어진 것 같은 착각을 일으키게 만들었다.

우람한 덩치를 가진 오토가 덩치에 비하면 회초리(?)에 불과한 크레이모어에 가로막혀 조금씩 뒷걸음질치는 모습은 정말 믿을 수 없는 광경이었다. 게다가 그의 플레이트 메일 곳곳에 솟아올라 있던 검들 가운데 일부는 잘려 나가고, 또 일부는 우그러진 모습은 여인에게 있어서 악몽이 아닐 수 없었다.

또 하나 여인의 눈을 의심케 한 것은 믿을 수 없는 렉스의 체력이었다. 그가 인간인 이상 격렬한 싸움을 했으니 지치는 것이 당연한데 오히려 시간이 지나면 지날수록 체력이 더욱 강해지는 것 같았다.

캉!

요란한 금속음에 깜짝 놀라 두 사람 쪽을 바라본 여인의 눈은 찢어질 듯이 부릅떠졌다. 오토의 가슴과 어깨에 돋아 있던 강철 스파이크들이 마치 삶아놓은 스파게티처럼 엉망으로 우그러져 있었고 한쪽 팔이 축 늘어져 있었다.

여인이 보기에 심각한 타격을 입은 것 같았다. 만약 이대로 둔다면 렉스에게 당해 오토는 회생이 불가능한 상처를 입을 것이 분명했다. 렉스가 크레이모어를 높이 쳐드는 모습을 발견한 여인은 더 이상 보고 있을 수는 없었다.

"멈춰요!"

오토의 앞을 가로막은 여인은 크레이모어를 쳐들고 있는 렉스의 모습을 발견하고는 눈을 질끈 감았다. 하지만 더 이상의 공격은 없었다.

조심스럽게 눈을 떠보니 렉스는 어느새 크레이모어를 집어넣고 뒤로 물러나 도네와 대화를 나누고 있었다.

"상대해 보니 어때?"

"처음엔 상당히 당황했어. 뭔 놈의 힘이 그렇게 좋은지… 정말 인간이 아닌 것 같았어. 공격이나 방어 기술이 너무 단순한 것이 흠이었지만 말이야. 그렇지만 결코 쉬운 상대는 아니었어."

"인간 같지 않았다고? 그 말이 맞아, 저 자식은 인간이 아니야. 내가 보기엔 오토마타 같은데?"

"오토마타? 오토마타가 뭐야?"

"그냥 시계처럼 여러 가지 부품으로 이루어진 정밀한 기계라고 생각하면 돼."

"기계? 저 작자가?"

도네의 말에 렉스는 도저히 믿을 수 없다는 표정을 지었다.

"저렇게 빠르고 강한 인물이 인간이 아닌 기계라고? 난 도저히 믿을 수 없어. 게다가 무슨 기계의 움직임이 저렇게 부드러워? 난 저런 기계가 있다는 말은 한 번도 들어본 적이 없어."

"나 역시 저렇게 정밀한 오토마타는 처음 봤어. 게다가 저렇게 강하고 빠른 인간형 오토마타를 본 것은 더 더욱 처음이야."

두 사람의 놀라움은 여인에 비할 것이 아니었다.

오토의 축 늘어진 팔을 바라보는 여인의 눈에는 슬픔이 가득했다. 그녀가 오토와 지낸 지도 10년이 훨씬 지났다.

어려서부터 함께 지내왔기 때문인지 지금은 오토가 피를 나눈 혈육처럼 느껴졌다. 오토가 비록 고통을 느끼지는 못하지만 여인의 눈에는 그의 상처에서 붉은 피가 흘러내리고 고통에 신음하는 모습으로 보이는 듯했다.

여인은 흐르는 눈물을 감추지 못하고 축 늘어진 오토의 팔을 하염없이 쓰다듬었다.

그 모습을 본 렉스는 왠지 가슴 한구석이 답답해져 왔다. 그녀에게 뭔가 큰 죄를 지은 것 같은 생각을 지울 수 없었기 때문이다.

렉스가 자신에게 다가오는 것을 발견했지만 여인은 미동도 하지 않았다.

"많이 부서졌나? 미안하게 됐군. 하지만 나도 워낙 위험해서 어쩔 수 없었어."

고개를 돌려 렉스를 노려보는 여인의 코발트 색 눈동자의 눈빛은 너무도 서늘했다. 심장이 약한 사람은 그대로 심장이 얼어버릴 것 같았다. 하지만 드래곤과 함께 살아온 렉스가 여인의 눈빛 정도에 마음이 흔들리기엔 그의 심장이 너무 튼튼했다.

"레이디의 이름이 혹시… 산드라 디 카르파가 아닌가?"

렉스의 말에도 여인은 계속해서 오토의 늘어진 팔을 쓰다듬을 뿐 별다른 변화를 보이지 않았다.

"후우~ 정말 많이 변했군. 어렸을 땐 너무 부끄러움을 타 이야기도 할 수 없더니 지금은 너무 싸늘해 말을 꺼내기도 힘들게 만드는군."

"대체 누군데 내 어린 시절을 안다고 그러는 거죠?"

여인의 음성에는 렉스에 대한 적개심이 가득 배어 있었다.

"그댄 레이시어스란 이름을 아직 기억하는가?"

장난스럽게 보였던 렉스의 얼굴은 어느새 근엄하게 변해 있었다. 그런 렉스의 표정보다는 그의 말에 충격을 받은 듯 여인의 얼굴이 긴장감으로 잔뜩 굳어 있었다.

"왜 나에게 전하의 이름을 기억하느냐고 묻는 거죠?"

"내가 그 레이시어스란 녀석을 잘 알고 있거든. 그래서 묻는 것인데……."

"잠깐, 잠깐만 기다려요."

렉스의 말에 여인은 충격을 받았는지 안색이 창백하게 변했고 금방이라도 쓰러질 듯 휘청거렸다. 곁에 있던 오토가 재빨리 성한 팔로 그녀를 부축했다.

잠시 고개를 젓던 여인 산드라는 천천히 고개를 들었다. 그런 그녀의 두 눈에서는 끝없는 눈물이 흘러내리고 있었다.

"정말… 정말… 그분의 소식을 아시나요? 그분은 지금 어디에 계신가요? 몸은 건강하신가요?"

그녀는 금방이라도 울음을 터뜨릴 듯 울먹이고 있었다. 렉스는 설마 산드라가 눈물까지 터뜨릴 줄은 예상하지 못했기에 상당히 당혹스러웠다.

"이, 이봐, 산드라. 울지 마. 눈물 많은 것만은 어렸을 때와 하나도 변하지 않았구나. 울지 말라니까."

어쩔 줄 모르는 렉스의 행동을 바라보던 산드라의 뇌리에 어린 시절의 기억이 떠올랐고, 렉스와 어린 시절의 황태자가 겹치는 순간 산드라는 정신을 잃었다.

렉스는 그녀를 부축하려고 했지만 산드라 곁에 있던 오토의 제지로 그럴 수 없었다. 다급해진 렉스가 움직이려는 순간 그의 앞을 가로막는 오토의 몸에서 다시 수십 자루의 칼날이 솟아났기 때문이다.

"내가 도와줄까?"

"무슨 방법이 있어?"

"잠깐만 기다려. 리프트 업!"

도네가 시동어를 외치는 순간 오토는 보이지 않는 거대한 손에 붙잡혀 허공으로 솟구쳤다. 10파렌 정도 되는 허공에 뜬 오토는 갑작스런 사태에 당황한 듯 사방을 향해 발과 다리를 마구 휘둘렀지만 그의 몸은 여전히 허공에 매달려 있을 뿐이었다.

그러는 사이 재빨리 산드라에게 다가간 렉스는 조심스럽게 그녀의 상태를 살폈다. 기절한 것만 제외하면 별다른 문제는 없는 것 같아 조심스럽게 안아 들고는 근처에 늘어서 있는 나무 그늘 밑으로 데려가 눕혔다.

얼마 지나지 않아 산드라는 정신을 차렸다. 하지만 완전히 정신이 들지 않았는지 주위를 두리번거렸다. 그리고는 렉스를 발견하자마자 일어나려고 했지만 충격이 심했는지 그녀의 몸은 말을 듣지 않았다.

그런 그녀의 눈에서는 다시 눈물이 흘러내렸다.

"정말 귀하께서… 레이시어스 전하가 아니신가요? 이게… 정말… 꿈은 아니겠지요?"

"꿈이라니… 아니야, 산드라. 난 틀림없이 레이시어스가 맞고, 지금 산드라 앞에 앉아 있잖아."

"일어나 인사를 드려야……."

"아니야, 그냥 누워 있도록 해."

"그래도……."

"내가 불편하니까 그냥 누워 있도록 해."

렉스의 말에 일어나기를 포기한 산드라는 렉스의 얼굴을 찬찬히 살폈다.

자그마치 14년이라는 세월이 지났다. 10년만 지나면 강산도 변한다는 말을 들어보기는 했지만 이렇게 절실하게 느끼게 될 줄은 상상도 못했다.

어린 시절 귀엽게 생겼던 금발 머리 소년의 모습은 어디에서도 찾아볼 수 없었다.

시원하게 생긴 얼굴이나 건장한 몸, 그리고 오토를 이길 정도의 검술 실력. 산드라는 설마 자신이 알고 있던 렉스가 이런 모습으로 변해 있으리라고는 상상도 못했었다.

그날 왕궁이 붉은 화염에 휩싸였을 때 겨우 몇몇 기사들과 함께 왕궁을 탈출했다는 말을 할아버지에게 들었을 때 얼마나 놀라고 걱정을 했는지 모른다. 그렇게 헤어진 이후 어디에서도 렉스의 소식을 들은 적이 없었다.

　귀여운 금발 머리 소년의 얼굴이 한시도 뇌리에서 떠나지 않았다. 세월이 지나면 지날수록 희미해지기는커녕 더욱 또렷해져 나이를 먹은 렉스의 모습은 상상이 안 갈 정도였다.

　"산드라가 보기에도 내가 많이 변한 것 같지?"

　씨익 웃으며 하는 렉스의 말에 산드라는 황급히 고개를 저었다.

　"그렇기는 하지만 너무나 멋있게 변하셨어요. 게다가 설마 이렇게 뛰어난 검술까지 익히고 계셨을 줄은 몰랐기에 더욱 전하를 알아보지 못했사옵니다. 정말 죄송하옵니다, 레이시어스 전하."

　"못 알아보는 것이 당연해. 나도 내가 이렇게 변할 줄은 꿈에도 생각하지 못했거든. 그건 그렇고 난 설마 산드라가 이렇게 변했을 줄은 상상도 못했어. 게다가 오토마타까지 데리고 있을 줄은……."

　"설마 오토를 파괴하신… 것이옵니까?"

　"아니."

　말과 함께 렉스가 가리키는 곳으로 고개를 돌린 산드라는 눈은 크게 부릅뜨지 않을 수 없었다. 허공에 뜬 채 열심히 버둥거리고 있는 오토의 모습을 발견했기 때문이다.

　"세, 세상에 어떻게 오토를……."

　"도네, 이제 내려줘도 될 것 같은데."

　"알았어."

　도네가 마법을 풀자 오토는 다시 지면에 내려섰다. 내려서자마자 산드라 쪽으로 달려오던 오토는 산드라의 제지로 그 자리에서 멈춰야만 했다.

　"오토, 멈춰. 이분들은 내가 아는 분들이야. 이분들에게 무례를 저

지르지 마."

오토가 멈추는 모습을 본 산드라는 힘겹게 자리에서 일어났다. 그때까지 아무 말 없이 지켜보기만 하던 도네가 산드라에게 말을 건넸다.

"네가 만든 거냐?"

"예?"

"저 오토마타를 네가 만들었냐고 물었다."

조금은 강압적인 도네의 말에 산드라는 고개를 저었다.

"아니에요. 오토를 만든 사람은 저희 할아버지예요."

"파스에 할아범이 만들었다고?"

"예, 전대 국왕께서 워낙 신기한 물건을 좋아하셔서 그분께 바치기 위해 할아버지께서 만든 거에요. 왕국 창고에 있던 미스릴과 다른 몇 가지 금속을 합쳐 오토의 본체와 주요 부품을 만들었다고 들었어요."

"심장은 대체 뭘로 만든 거지? 육중한 무게를 견디면서 저렇게 빠르고 강하려면 일반적인 기계로 만든 심장으로는 어림도 없을 텐데⋯⋯."

"드래곤 본이에요. 그렇지 않고는 오토를 움직일 만한 힘을 도저히 얻을 수 없었어요. 미스릴로 만든 심장의 중추가 되는 부분에 드래곤 본을 집어넣어 오토를 움직일 만한 힘을 얻은 것이에요. 다만 드래곤 본과 미스릴의 양이 부족해 아직 완전한 상태가 아니라는 것이 좀 아쉬울 뿐이에요."

"산드라, 고칠 수는 있는 거야?"

"예, 쉽지는 않지만 고칠 수 있으니까 레이시어스 전하께서는 걱정하지 않으셔도 돼요."

"그렇다면 다행이군. 그건 그렇고 아까 그 사람들은 누구지? 아는 얼굴이 있나 살펴봤지만 모두 처음 보는 사람들뿐이던데……."

"그들은 모두 전하께 충성을 맹세한 사람들이옵니다."

"내게? 나를 본 적도 없는 사람들이 나에게 충성을 맹세했다고? 후후후, 왠지 기분이 묘하군."

왠지 자조적으로 들리는 렉스의 말에 산드라가 황급히 그의 말을 부정했다.

"아니옵니다. 그들은 선대 국왕 폐하께 입은 은혜에 보답하고자 모인 사람들이옵니다. 전하께 충성을 맹세하는 것은 당연한 일이옵니다."

"후후후, 보지도 못한 사람에게 충성을 맹세하는 것이 당연한 일이다? 후후후."

나직한 렉스의 웃음에 산드라는 당황한 듯 어쩔 줄 몰라 했다.

"참! 파스에 할아범은 어떻게 되었지?"

"돌아가셨사옵니다. 그리고 보니 벌써 8년이 지났군요."

"역시 그랬군. 사인은 뭐지?"

"노환이셨어요. 하지만 전 연세도 많으셨지만 마음 고생이 심하셨기 때문에 돌아가셨다는 생각을 지울 수 없어요."

"후후후, 가까이 해서는 안 될 사람들을 가까이 했기 때문에 죽는 날까지 마음 고생이 심했겠군."

렉스의 음성에는 스스로를 비하하는 기색이 역력했다.

"그것보다… 그날 왕궁에서 빠져나가 뮤기냐 산맥으로 향하신 것으로 알고 있었는데… 그런데 레드 드래곤 도르미네스를 만나셨나요?"

"산드라가 그걸 어떻게 알지?"

"할아버지께 들었어요. 전하께서 맹약의 반지를 가지고 레드 드래곤 도르미네스를 만나러 가셨다는 말을 들었어요. 만약 전하께서 도르미네스를 만나셨다면 수도인 포얀에 어떤 변화가 있었을 텐데 막상 그런 일은 벌어지지 않았다고 해서 그동안 궁금해하던 중이었어요."

산드라의 말에 렉스는 미소를 지으며 도네를 쳐다보았다. 하지만 도네는 두 사람의 대화와는 상관없이 오토의 몸 상태를 살피느라 여념이 없었다.

"후후후. 산드라, 인사해. 이쪽은 도네라고 해. 그리고 도네도 인사해. 이쪽은 어렸을 때부터 친하게 지냈던 산드라 듸 카르파라고 해."

"도네님, 이렇게 만나뵙게 돼서 영광으로 생각합니다."

"그래? 나도 반가워."

반갑게 이야기한 산드라와는 달리 도네는 고개조차 돌리지 않은 채 대답했다. 그런 도네의 태도에 산드라의 얼굴에는 엷은 불쾌감이 어려 있었다. 그런 두 사람의 모습에 렉스는 쓴웃음을 짓고는 입을 열었다.

"이봐 도네, 산드라에게 도네가 누군지 말해 줘. 괜히 오해하겠어."

"뭘 말하라고?"

"도네가 레드 드래곤 도르미네스라는 것 말이야."

태연하게 말하는 렉스의 말에 산드라의 눈은 금방이라도 튀어나올 듯 보였다. 방금 렉스가 한 말을 도저히 믿을 수 없었다. 게다가 오토의 몸 이곳저곳을 살피는 도네의 태도는 호기심 가득한 어린 소녀와 다를 것이 없었다.

"이봐, 산드라라고 했나?"

"예? 예."

"나 드래곤이야."

"예?"

"드래곤이라고. 드래곤 몰라? 난 레드 드래곤이란 말이야. 그리고 네가 말한 것처럼 내 이름은 도르미네스고 말이야. 또 궁금한 것 있어? 특별하게 궁금한 것이 없으면 조금 있다가 말해. 우선은 이것부터 먼저 조사하고 싶거든."

도네의 말에 산드라는 그녀가 지금 자신에게 농담을 하는 것이 아닌가 하는 생각이 들었다. 그녀에게서 지상 최상의 존재라는 느낌을 전혀 느낄 수 없었기 때문이다.

잠시 머리 속이 혼란스러움을 느낀 산드라는 고개를 잠시 젓다가 렉스에게 조심스럽게 질문했다.

"지금 어디로 가는 길이셨는지……?"

"외할아버지를 찾아가는 길이었어."

"전하의 외할아버지라면 센더슨 블럼스 백작님을 말씀하시는 것이 옵니까?"

"그래, 벌써 10여 년이 지났지. 정말 오랫동안 보지 못했어. 아직까지 건강은 하신지……."

"백작님께서도 10여 년 전 사건이 있은 후에는 저택에서 칩거하고 계신다는 소문만 들었사옵니다."

"칩거? 그분이 칩거하고 계신다고? 그럼 지금 국왕에게 다른 박해는 받지 않았어?"

"그런 이야기는 들어보지 못했사옵니다."

"그래? 그럼 다행이지만 욕심쟁이 숙부가 외할아버지를 그냥 두다니 조금은 의왼데?"

"예?"

"아니, 혼잣말이야. 참! 같이 가겠어?"

"예?"

"외할아버지 댁에 말이야."

제 10 장

연인

연인

"아저씨, 아직 멀었나요?"

"아닙니다, 레이디. 조금만 더 가면 되니 잠시만 기다려 주십시오."

마부석에 앉아 있던 샤리프가 부드러운 음성으로 대답했다.

움직이기 편한 라이트 레더를 입은 샤리프는 조용히 말들을 몰며 10엠파렌쯤 떨어진 마을로 향했다.

랑츠에서 만난 레이디를 수도인 포안 시까지 호위하는 청부를 받아 가는 길이었다.

샤리프는 말을 몰면서 자신을 처음 보았을 때 금방이라도 눈물을 흘릴 듯 보였던 레이디의 모습을 떠올리고 있었다. 그때 보았던 그녀의 눈망울은 어딘가에 살아 있을 딸아이의 촉촉이 젖은 눈망울과 너무나 똑같아 샤리프는 자신도 모르게 그녀를 와락 껴안을 뻔했다.

억지로 참은 샤리프에게 그녀의 보호를 청부한 사람은 에크네의 하이 프리스트였다. 일반적으로 하이 프리스트가 청부를 하는 경우 여행의 경호를 부탁하는 경우가 대부분이었다.

샤리프도 그런 경우라 생각하고 신전을 찾았던 것인데 뜻밖에 대상은 프리스트가 아니라 너무나 연약해 보이는 소녀였다. 실제 나이가 얼마인지는 모르지만 자신이 보기에는 10대 중반이나 잘해봐야 후반 정도로밖에 보이지 않았다. 게다가 대화를 해보니 세상일에 대해 아무것도 모르는, 그야말로 순진하기 이를 데 없는 소녀였다.

왠지 그녀를 보고 있으면 보호해 주어야겠다는 생각을 떨쳐 버릴 수가 없었다.

결국 샤리프는 당연히 자신이 청부를 맞겠다고 나섰고 하이 프리스트는 그에게 간단한 몇 가지 질문만 하고는 손녀딸의 안전한 경호를 부탁했다.

랑츠 시를 떠난 후 지금까지 별다른 일은 없었다. 산적들의 공격이 한 차례 있기는 했지만 그들은 샤리프의 해장거리도 되지 않을 정도로 약했기에 문제될 것이 없었다.

레이디의 고모 할머니가 산다는 작센까지는 불과 3일 거리도 되지 않았다.

레트로니아 왕국의 수도와 멀지 않은 탓인지는 모르지만 보이는 마을들은 상당한 규모를 자랑했고 모두들 깨끗하게 정비되어 있었다.

마을을 지키는 경비대나 자경단(自警團)들도 지방 도시와는 달리 깨끗한 복장에 들고 있는 무기들도 번쩍거리는 것이 상당히 비싸 보였다.

샤리프는 문제를 일으키지 않기 위해 최대한 부드럽게 경비대에게 자신의 여행 목적을 설명했다. 그런 우려와는 달리 마차 안에 탄 레이디의 이름을 밝히는 순간 그들은 더 이상의 심문 없이 샤리프의 마차를 그냥 통과시켰다.

샤리프는 마차에 탄 레이디의 아버지가 가진 영향력이 보통이 아님을 알게 되자 그 위세에 자신도 모르게 고개를 저었다. 아무리 귀족이라고는 하지만 이름 하나만으로 검문조차 하지 않을 정도라면 그의 위세가 어떤지 능히 짐작이 갔다.

샤리프는 일단 마을에서 가장 크고 깨끗한 여관을 찾았다.

그가 마차를 멈추자 마차에서 레이디의 시녀인 잉그릿이 먼저 내렸고 곧 이어 그녀의 부축을 받으며 라그나 베네스트가 마차에서 내렸다.

지난 며칠간의 여행이 쉽지 않았는지 라그나의 얼굴에는 피곤함이 잔뜩 어려 있었다. 가까운 거리조차 시녀의 부축을 받지 않으면 이동하기 힘들 만큼 체력도 바닥난 상태였다.

창백한 그녀의 안색을 발견한 샤리프는 안타까운 마음을 감출 수 없었지만 내색할 수는 없었다.

여행을 시작할 때 남들의 눈에 띄지 않게 새벽에 출발한 점이나 여행을 하는 동안에도 내내 누군가의 추적을 염려하는 듯한 모습이 나름대로 사정이 있다는 것을 쉽게 짐작할 수 있었다. 하지만 상대에게 함부로 그런 사실을 물을 수도 없는 일이기에 나름대로 짐작할 뿐이었다.

라그나의 뒤를 따라 여관 안으로 들어선 샤리프는 먼저 1층의 식당 안을 훑어보았다. 막연한 기분 탓이 아니라 확실히 며칠 전부터 누군가가 자신들의 뒤를 따르는 것 같은 느낌이 들었기에 스스로 경계를 게을리 하지 않았다.

라그나가 자리에 앉은 것을 본 후에야 옆 테이블에 앉아 주인을 불러 식사를 주문했다.

앞으로 자신의 행로를 찬찬히 점검하고 있을 때 미약한 음성이 들려왔다.

"아저씨, 지금 바쁘세요?"

"아닙니다, 레이디. 시키실 일이라도?"

"그게 아니라 묻고 싶은 것이 있어서……."

"무엇인지?"

"이쪽으로, 테이블로 오세요."

샤리프가 천천히 앉는 모습을 본 라그나가 잠시 머뭇거리더니 곧 입을 열었다.

"저어……."

"편하게 말씀하십시오."

"물어보려고 하는 것은 다른 것이 아니라…… 일전에 어떤 용병님께 물었던 것인데 일이 있어 자세히 묻지를 못했어요. 그래서 하는 말인데… 드래곤 슬레이어가 되는 것이 그렇게 불가능한 일인가요?"

"예?"

너무나 황당한 질문에 샤리프는 거대한 해머로 머리를 맞은 듯 정신을 차릴 수 없었다. 동시에 코르츠 시에서 만났던 세 마리 드래곤의 모습이 떠올랐다. 그들 중에 하나를 어떻게 한다? 샤리프는 자신도 모르게 설레설레 흔들었다.

"죄송하지만 드래곤 슬레이어에 대해서 왜 물으시는지 그 이유를 알 수 있겠습니까, 레이디?"

샤리프의 질문에 라그나는 다시 한 번 머뭇거리더니 입을 열었다.

"제가 아는 분이 꼭 드래곤 슬레이어가 되어야만 하는 상황에 계세요. 제가 그분을 어떻게 도우려고 해도 아는 것이 하나도 없어서 도울 수 없는 입장이에요. 그래서 아저씨께 여쭤보는 거예요. 알고 계시다면 제발 가르쳐 주세요."

너무도 간절한 라그나의 눈빛에 샤리프는 그녀가 안다는 사람이 그녀와 아주 가까운 존재라는 생각이 들었다. 하지만 드래곤 슬레이어라니?

"아는 대로 말씀드리자면 드래곤은 지상 최강의 존재입니다. 적어도 제가 아는 범위 내에서 인간으로 힘으로 드래곤을 어떻게 할 수 있는 존재는 아무도 없습니다."

"어떤 방법으로도 불가능하다는 말씀인가요?"

"그렇습니다."

샤리프의 조금은 냉정한 대답에 라그나의 눈에는 당장 눈물이 고였다.

"그렇지만 방법이 전혀 없는 것은 아닙니다."

"예에? 그것 무슨 말씀인가요? 그럼 드래곤 슬레이어가 될 수 있는 방법이 있단 말인가요?"

"그렇습니다. 분명히 방법이 있습니다."

"어떤 방법인가요? 말씀해 주세요."

"지상에 존재하는 모든 생명체들은 반드시 잠을 잡니다. 드래곤 역시 예외일 수는 없는 일이지요. 그때 드래곤의 레어에 잠입해 잠들어 있는 드래곤을 습격하면 됩니다."

샤리프의 말에 희망을 걸고 있던 라그나는 그의 대답에 다시 슬픈 표정을 지었다.

"그건 전설이나 소설책에서나 나오는 이야기 아닌가요? 절 놀리시다니… 너무해요. 흑흑흑."

"아, 아닙니다. 실제로 일어났던 일입니다. 절대 제가 만들어낸 이야기가 아닙니다."

라그나가 눈물을 보이자 샤리프는 황급히 그녀를 위로했다.

"레이디 라그나께서는 잘 모르시겠지만 전 제라스탄 왕국 사람입니다. 내륙에 있는 레트로니아 왕국과는 달리 저희 제라스탄 왕국은 국토의 삼 분의 일이 바다와 접하고 있어 이곳에서는 들을 수 없는 여러 가지 신기한 이야기들이 많습니다. 그 가운데 하나가 바로 얼음 섬에 관한 것입니다."

"얼음 섬?"

"예, 저희 제라스탄 왕국에서 수백 엠파렌쯤 떨어진 곳에 수백 개의 섬으로 이루어진 왕국이 있었습니다. 누아기니 제도란 이름을 가진 지역이 있는데, 지금으로부터 50여 년쯤 누아기니 제도에서는 아주 뛰어난 검술 실력을 가진 왕이 즉위를 했답니다. 수십 개의 작은 왕국으로 나뉘어 있던 누아기니 제도를 단숨에 일통한 그는 나라 이름을 얼음과 눈의 신인 다누아나 여신의 이름에서 따 다누아 왕국이라고 이름을 지었다고 전해집니다."

샤리프가 이야기를 하는 동안 식사가 나왔지만 식사에 손을 대는 사람은 아무도 없었다.

"물론 이야기가 거기에서 끝난다면 얼음 섬의 이야기가 전설처럼 전해질 리 없겠지요. 하지만 이야기는 지금부터가 시작입니다. 모든 섬을 통합한 다누아 1세는 막대한 군대를 이끌고 저희 제라스탄 왕국을 침입해 왔습니다. 그리하여 몇 년간에 걸친 긴 전쟁이 시작되었고 결국은 저희 제라스탄 왕국의 승리로 전쟁은 막을 내렸습니다. 패전하게 된 다누아 1세는 자신의 힘이 부족하다는 결론을 내렸고, 신관들에게 자신의 힘을 키울 수 있는 방법을 물었습니다. 그런데 문제는 신관들의 대답이었습니다."

라그나는 샤리프의 말을 한마디도 놓치지 않으려고 온 신경을 집중했다.

"신관들은 다누아 1세에게 드래곤의 피를 마실 수만 있으면 불사신이 될 것이라는 말을 했습니다. 그 이야기를 들은 다누아 1세는 즉시 사람들을 풀어 드래곤을 찾게 했고 얼마 후 약 500살쯤 된 화이트 드래곤이 자신이 다스리는 누아기니 제도에 살고 있다는 사실을 알게 되었답니다. 다누아 1세는 즉시 병사들을 이끌고 드래곤이 사는 섬으로 향했고, 이번에는 드래곤과 일전을 벌이게 되었답니다. 문제는 다누아 1세가 드래곤을 너무나 가볍게 생각했다는 겁니다. 헤츨링을 막 벗어난 그 화이트 드래곤의 손이 움직일 때마다 갖가지 마법이 병사들과 선박을 박살 냈고 본체에서 뿜어지는 아이스 브레스는 수백 명의 병사들을 일순간에 얼음으로 만들어 버렸답니다. 하지만 눈물을 머금고 후퇴를 한 다누아 1세는 즉시 마법사들을 불러 모아 자신을 그 화이트 드래곤의 레어로 직접 이동시킬 것을 명령했답니다. 그렇게 해서 레어에 잠입하는 데 성공한 그는 잠들어 있는 화이트 드래곤의 목에 검을 틀어박는 데 성공했답니다."

"그럼 다누아 1세란 분은 불사신이 되셨나요?"

라그나의 질문에 샤리프는 쓴웃음을 지었다.

"그건 알 도리가 없지만 이런 이야기는 확실히 전해져 옵니다. 목숨을 잃은 화이트 드래곤의 어미가 나타나 자신의 새끼를 죽인 다누아 1세가 사는 누아기니 제도를 향해 몇 번의 브레스를 뿜고는 슬피 울면서 어디론가 날아갔다고 말입니다. 다누아 왕국은 물론이고 누아기니 제도 전체가 엄청나게 두꺼운 얼음에 뒤덮여 50년이 지난 지금까지 녹지 않고 있답니다. 사람들은 그곳을 얼음 섬이라고 불렀고, 한 인간의 탐욕 때문에 다누아 왕국이 사라졌다고들 말합니다. 제가 왜 이 말씀을 드리는지 아시겠습니까? 조금 전 말씀드린 대로, 설사 아시는 분이 드래곤 레어에 잠입해 잠들어 있는 드래곤을 발견해 드래곤을 죽이는 데 성공한다고 하더라도 문제가 끝나는 것이 아닙니다. 드래곤이 다른 드래곤의 죽음에 무감정하고 신경도 쓰지 않는다고들 하지만 드래곤들이 모두 그렇다고는 장담할 수 없는 일입니다. 한 사람이 드래곤 슬레이어가 되기 위해 왕국 전체가 희생되어야 한다는 것은 말도 안 되는 일입니다. 레이디는 어떻게 생각하십니까?"

지금 라그나는 샤리프가 한 이야기의 진위를 생각하기에 여념이 없었다.

드래곤이 지상 최강의 존재다, 드래곤의 브레스를 당해낼 물건은 아무것도 없다, 마법은 드래곤이 원조다 등등 라그나가 지금까지 들어왔던 드래곤에 관한 모든 이야기가 정말 사실일까 하는 생각마저 들었다.

"정말 드래곤이 그렇게 강한 존재인가요?"

"이걸 보시겠습니까?"

허리춤에서 두 자루의 대거를 든 샤리프는 하나를 아래로 하나를 조금 높이 들었다.

"보시다시피 이 두 자루의 대거는 모두 쇠로 만들어졌습니다. 이쪽 대거로 이 대거를 자를 수 있겠습니까?"

"쇠로 쇠를 자를 수 있어요?"

"보시겠습니까?"

스윽!

위에 있던 대거가 파란 검기에 휩싸이는 순간 다른 대거는 마치 빵을 자르는 것처럼 너무나 간단히 잘려 나갔다. 그 모습에 라그나의 눈이 휘둥그레졌다.

"어, 어떻게 쇠가 쇠를……?"

"검을 쓰는 사람들은 마나를 활용할 줄 아는 사람들입니다. 자신이 들고 있는 무기에 이렇게 마나를 집어넣으면 세상에 그 어떤 것도 자를 수 있는 검기가 됩니다. 하지만 이런 검기로도 상처를 입힐 수 없는 것이 있으니 그것이 바로 드래곤 스케일, 즉 드래곤의 비늘입니다. 검술 솜씨가 극에 달한 사람에 전설의 금속인 미스릴로 만든 검이 아니면 상처는 고사하고 흠집조차 내기 힘듭니다. 그리고 드래곤이 자신을 공격하도록 인간을 그냥 두겠습니까?"

샤리프의 말을 들으면 들을수록 라그나는 깊은 실망을 느끼지 않을 도리가 없었다. 그런 라그나를 보는 샤리프는 자신이 너무 심하게 말을 한 것은 아닐까 하는 생각도 했지만 헛된 희망을 심어주는 것보다는 낫다는 생각에 묵묵히 앉아 있었다.

그의 눈썹이 갑자기 꿈틀거렸다.

"아무 데도 가지 말고 이곳에서 절 기다리십시오."

"예?"

라그나가 반문을 했을 때 이미 샤리프는 어디론가 사라지고 없었다. 잠시 불안한 표정을 짓던 라그나는 곧 조금 전 샤리프가 자신에게 해준 이야기를 다시 떠올렸다.

재빨리 여관을 빠져나온 샤리프는 조금 전 자신이 예기를 느낀 곳으로 은밀하게 움직였다. 지난 며칠 동안 자신들의 뒤를 따라왔던 자의 예기를 다시 느꼈기 때문이다.

자신들에게 별다른 적의를 보이지 않기에 그냥 두었지만 은근히 신경이 거슬려 더 이상은 참을 수 없었다.

여관에서 빠져나오는 즉시 맞은편 건물의 그늘에 몸을 숨긴 샤리프는 주위를 세밀하게 살폈다. 그런 그의 눈에 골목 어귀의 가로등에 기대어 서 있는 청년을 발견했다.

170파레스가 조금 넘는 키에 둥글게 웨이브가 진 금빛 머릿결을 가진 청년은 등에 상당히 긴 바스타드 소드와 류트를 메고 있었다.

금발청년은 라그나들이 투숙한 여관 쪽을 연신 힐끔거리며 쳐다보고 있었다. 샤리프가 조심스럽게 금발청년에게 다가갔지만 상대는 여관을 바라보는 데 모든 신경이 쏠렸는지 샤리프의 존재를 전혀 깨닫지 못하고 있었다.

"자네는 누군데 우리의 뒤를 쫓는 것인가?"

샤리프의 말에 화들짝 놀란 금발청년은 황급히 돌아서서는 뒤로 한 발짝 물러섰다.

바스타드 소드의 손잡이를 움켜잡은 금발청년은 상대가 라그나의 마차를 몰던 마부라는 것을 깨달았다. 물론 그가 단순한 마부가 아닌 용병이라는 것은 이미 짐작하고 있었지만 자신의 이목을 감쪽같이 속일 정도의 상대라고는 생각도 하지 않았다.

"자네가 누구냐고 물었네. 그리고 무슨 이유로 우리 뒤를 따라온 것이냐고 물었네."

상대의 음성이 차분한 것이 자신의 검술에 상당히 자신을 가진 것 같았다.

상대의 무기는 등에 메고 있는 한 쌍의 배틀 엑스였는데 조금 특이한 점은 도끼의 날 부분은 일반적인 배틀 엑스보다 조금 더 컸고 손잡이는 더 짧아 보였다. 그렇지 않아도 배틀 엑스의 공격 범위가 일반적인 무기보다 더 좁은데 상대의 배틀 엑스는 그보다도 더 좁을 듯 보였다. 게다가 왼손에 건틀릿까지 끼고 있는 것이 왠지 신경에 거슬렸다.

"레이디 라그나를 만나기 위해 왔소."

"아직 내 질문에 대답하지 않았네."

"난 듀오네 라오스라 하오. 레이디 라그나와 만나서 하고 싶은 이야기가 있어서 그렇소. 그녀와 만나게 해주시오."

"라오스 군, 참! 나보다 나이가 어린 것 같으니 말을 놓겠네. 현재 난 레이디 라그나의 안전을 책임져야만 하는 처지이기에 정체도 확실하지 않은 자네를 함부로 레이디 라그나와 만나게 할 수는 없는 일이네."

"레이디 라그나도 날 알고 있단 말이오. 당신이 걱정하는 그런 일은 없을 것이오. 그러니……."

"나에게 이번 청부를 의뢰하신 하이 프리스트께서는 레이디 라그나를 목적지까지 호위하는 동안 아무도 만나게 하지 말라 부탁하셨네. 당연히 자네의 경우도 예외가 될 수는 없는 일이네. 이해를 해주었으면 좋겠군."

"그래도 그녀를 만나겠다면 어떻게 하겠소?"

듀오네는 왜 그녀를 만나려고 할 때마다 누군가가 나서 그녀와의 만남이 방해받아야 하는지 하늘이 원망스러웠다. 그렇기에 분노의 불길은 더욱 거세게 타올랐다.

상대에게서 풍겨지는 기운이 갑자기 예리해진 것을 느꼈지만 샤리프는 여전히 그 자리에 서 있었다.

"날 이길 자신은 있나?"

"흥! 싸워보지 않고는 모르는 일."

듀오네는 아무런 두려움도 보이지 않은 채 전의를 불태우고 있었다.

샤리프는 그런 듀오네의 모습이 싫지 않았다. 아니, 오히려 그의 행동이 패기만만하게만 느껴졌다. 하지만 라그나와 만나게 해줄 수는 없는 일이었다.

"그녀의 목적지까지는 3일밖에 남지 않았네. 만약 그녀를 만나고 싶다면 조용히 마차의 뒤를 따라오다가 레이디를 만나도록 하게. 난 레이디를 목적지까지 호위하는 동안 절대 다른 사람과 만나게 하지 않게하겠다고 맹세를 했네. 다시 말하지만 자네만 예외로 할 수는 없네."

"미안하오. 하지만 난 그녀를 꼭 만나야만 하겠소."

말을 마친 듀오네는 들고 있던 바스타드 소드를 휘둘렀다. 그렇지만 정말 샤리프를 등 위에서 공격할 의사는 없었는지 바스타드 소드는 그의 몸 근처에도 가지 않았다.

듀오네의 뜻이 강경하다는 것을 깨달은 샤리프는 오른손을 뒤로 돌려 등에 메고 있던 배틀 엑스를 뽑아 들었다.

"자네의 뜻이 굳이 그렇다면 할 수 없군. 어디 덤벼보게."

"그럼 한 수 배우겠소."

말이 끝나기 무섭게 듀오네는 바스타드 소드를 휘두르며 달려들었다.

보통 바스타드 소드나 투 핸드 소드와 같이 길이가 긴 무기는 검 자체가 가진 무게에다 자신의 체중까지 실어 공격하는 베기 전용의 무기라고 할 수 있다. 그렇게 휘두르다 보면 비록 엄청난 파괴력은 얻을 수 있지만 동작이 커질 수밖에 없어 상대의 반격에 속수무책으로 당할 수밖에 없는 단점도 가지고 있었다.

그러나 샤리프가 보기에 듀오네의 바스타드 소드 사용법은 이미 어느 정도 경지에 도달해 있는 것 같았다. 최대한의 파괴력을 얻으면서도 동작은 간결했고, 언제든 상대의 공격에 반격을 할 대비도 훌륭하게 되어 있었다.

그 점이 듀오네의 장점이자 단점이라고 샤리프는 생각했다. 상대의 반격까지 염두에 두고 공격을 하다 보니 막상 상대의 공격이 있을 때 빠르게 대비할 수 있다는 장점은 있지만 공격에 모든 체중이 실리지 못해 공격력이 분산되었던 것이다.

물론 이런 단점은 그의 나이를 고려해 볼 때 앞으로 많은 상대와 대결을 치르다 보면 자연스럽게 고쳐질 것이란 생각도 들었다. 하지만 적어도 아직까지는 자신의 적수가 되기에는 손색이 있었다.

두 사람이 대결을 벌이는 동안 주위에는 많은 구경꾼들이 몰려들었다.

샤리프는 이미 그런 사실을 깨닫고 대결을 멈추려고 했지만 듀오네는 아무것도 모르는 사람처럼 샤리프를 향해 바스타드 소드를 휘두를 뿐이었다.

두 사람의 대결이 30분을 넘었을 때 샤리프가 돌아오기만 기다리던 라그나가 불안감을 이기지 못하고 시녀인 잉그릿과 함께 여관을 빠져나왔다. 그녀들도 누군가가 싸우는 소리와 구경꾼들이 질러대는 환호성 소리를 듣긴 했지만 설마 밖으로 나간 샤리프가 누구와 싸우고 있으리라고는 상상도 못했기에 구경꾼들이 있는 곳과는 다른 쪽인 더욱 깊은 골목 안으로 향했다.

하지만 두 여자는 채 10파렌도 가기 전 험상궂게 생긴 네 명의 사내들에게 둘러싸이고 말았다.

"헤헤헤, 아가씨. 어딜 그렇게 급히 가시나?"

"우아~ 이 정도면 특등품인데? 적어도 200골드는 받을 수 있겠어. 그렇지 않나?"

"200이 뭐야, 300도 받을 수 있겠다. 게다가 입고 있는 옷 좀 봐. 여간 고급이 아닌데 그래."

"흐흐흐, 봉 잡았군."

라그나는 지금 사내들이 자신에게 무슨 소리를 하는 것인지 전혀 이해할 수 없었다. 하지만 지저분한 복장에 듣기 싫은 음성, 그리고 그들의 위협적인 태도에서 본능적인 두려움을 느끼고 있었다. 시녀인 잉그릿 역시 잔뜩 긴장한 얼굴로 라그나의 팔만 움켜잡은 채 부들부들 떨고 있었다.

"무, 무슨… 일이세요? 왜, 왜들… 이러시는… 거죠?"

"뭐 음성이 이렇게 작아? 한마디도 안 들리잖아?"

"캬하~ 음성 좋고. 야, 임마. 여자는 목소리가 작으면 작을수록 좋은 거야."

"거럼거럼, 나도 목소리 큰 여자는 딱 질색이더라."

"자식, 여자 볼 줄 아네. 크크크."

"근처에 저희를 돌봐주시는 분이 계세요. 그분이 돌아오시면 여러분은 성치 못할 거예요."

사내들의 희롱을 견디지 못한 잉그릿이 겁을 주려고 한 말이 불 난 집에 기름을 붓는 격이 돼버렸다.

부잣집 딸이 잠시 시녀와 부모 몰래 구경 나온 것으로만 생각했던 사내들이기에 두 여자를 손쉽게 납치할 수 있을 것이라 생각을 했었다.

그런데 그녀들을 호위하는 작자가 있다면 재빨리 이 자리를 떠나는 것이 상책이었다.

사내들 가운데 비교적 몸집이 좋은 사내 하나가 두 여자의 양쪽 손목을 하나씩 움켜잡고는 그대로 골목 안으로 끌어당겼다. 두 여자는 필사적으로 반항을 했지만 어림도 없는 일이었다.

그렇지 않아도 몸이 불편했던 라그나의 얼굴은 당장 시뻘겋게 물이 들었고 금방이라도 쓰러질 듯 비틀거렸다. 라그나로서는 최대한 힘을 모아 샤리프를 불렀다.

"샤리프 아저씨!"

비교적 수월하게 듀오네의 공격을 막아내던 샤리프는 그의 공격보다는 몸놀림에 감탄을 금치 못하고 있었다. 듀오네의 움직임은 그야말로 동물적이었다.

샤리프로서도 단번에 잡는다고 장담할 수 없을 정도로 빠르고, 예상을 할 수 없었다. 하지만 경험 부족이 부족한 것은 몸놀림에서도 드러났다.

먼저 쓸데없는 움직임이 많다 보니 피로가 누적이 되어 시간이 지나면 지날수록 몸놀림이 둔해졌고 덩달아 검의 예리함도 훨씬 떨어졌다. 체력을 안배했다고 하더라도 자신을 이길 수는 없었겠지만 최소한 지금보다는 오래 싸울 수 있었을 것이란 생각을 하며 대결을 이쯤에서 그쳐야겠다고 생각했다.

여관에 홀로 남겨둔 라그나가 걱정이 되었기 때문이다.

때마침 날아드는 바스타드 소드를 오른손에 들고 있던 배틀 엑스로 막고는 그대로 왼손을 휘둘러 듀오네의 관자놀이를 노렸다. 지금까지 한 번도 휘두르지 않았던 건틀릿이 갑작스레 날아오자 듀오네는 자신도 모르게 눈을 감고 말았다. 하지만 샤리프의 건틀릿은 종이 한 장 차이로 멈춰 있었다.

그 모습에 주위에서 구경을 하던 구경꾼들의 입에서는 일제히 탄성이 터져 나왔다.

육중한 체구를 가졌다고는 믿을 수 없을 만큼 샤리프의 동작은 부드러웠고 또한 빨랐다. 대체 언제 그의 주먹이 듀오네의 관자놀이로 날아갔는지 알아본 사람은 거의 없었다.

"자네가 잠시 방심을 한 듯하군. 절대 방심하지 말게. 목숨을 건 대결에서 방심은……."

말을 하던 샤리프의 귀에 라그나의 음성이 잠시 들린 것 같았다. 놀란 마음에 황급히 소리가 들린 쪽으로 고개를 돌리니 막 골목 안으로 들어가는 사람들의 모습이 보였고, 그들 가운데 라그나와 같은 색의 드레스를 입은 여자의 모습이 잠시 보였다가는 곧 사라졌다.

"멈춰!"

짐승의 포효 같은 외침과 함께 샤리프는 그대로 구경꾼들의 틈을 뚫고 골목을 향해 달려갔다.

그의 고함 소리가 얼마나 처절하고 컸는지 구경을 하던 구경꾼들 대부분이 그 자리에서 엉덩방아를 찧었고, 여인이나 심장이 약한 사람들 가운데 몇몇은 그대로 기절해 버렸다. 하지만 그들보다 더욱 불행한 사람은 미처 피할 사이도 없이 샤리프와 부딪쳤던 사람들이었다.

샤리프의 고함 소리에 움찔하던 그들은 미처 피할 사이도 없이 시커먼 바윗덩어리가 자신을 덮치는 듯한 환상과 함께 온몸에 격렬한 통증을 느끼며 기절해야만 했다.

후일 들리는 소문에 의하면 사건이 발생한 지역 주변에 있는 병원들에 갑자기 몰려든 환자들로, 특이한 것은 환자가 두 종류였는데 한쪽은 고막에 이상이 생긴 환자들이었고, 또 한쪽은 전신 타박상을 입은 사람들이었다. 하여간 갑작스럽게 환자들이 몰려 일대 의사들은 환호성을 질렀고, 이번 사건의 원흉인 샤리프가 다시 한 번 사건을 일으켜 주기를 바라며 샤리프를 찾았다나 어쨌다나 하는 소문이 한동안 돌았다.

샤리프가 양손에 배틀 엑스를 뽑아 들고 골목의 입구에 도착했을 때 네 명의 사내들은 두 명의 여자를 마구 골목 안으로 끌어당기고 있었다.

자신이 늦지 않았음에 안도의 한숨을 내쉬면서도 샤리프는 라그나가 고통과 괴로움을 겪게 된 것이 모두 자신의 방심 때문이라는 것을 스스로 인정해야만 했다. 자신에 대한 책망과 원인이 된 사내들에 대한 살기, 과거 자신의 가정에서 있었던 사건들이 하나로 섞여 치밀어 오르는 살기를 도저히 주체할 수 없었다.

"멈춰!"

맹수가 으르렁거리듯 낮게 깔린 샤리프의 음성에 네 명의 사내는 흠칫 놀라며 돌아섰고, 이내 자신들을 따라온 사내가 샤리프 혼자뿐이라는 것을 깨닫고는 안도의 한숨을 내쉬었다.

샤리프의 모습을 발견한 라그나는 그제야 마음이 놓이는지 말도 못하고 눈물만 흘렸는데 그 모습이 가슴 저리도록 슬퍼 보였다.

"레이디, 제가 왔으니까 마음 놓으십시오."

"아저씨……."

"아무것도 걱정할 것 없습니다. 설사 상대가 드래곤보다 강한 존재라 하더라도 제가 보호해 드릴 테니 안심하십시오."

낮은 샤리프의 음성에는 그의 진정이 담겨 있어 라그나는 공포스러웠던 마음이 차분히 가라앉는 것을 느꼈다. 그녀가 고개를 끄덕이는 모습을 보고서야 샤리프는 사내들을 노려봤다.

역시나 쓰레기 같은 놈들이었다. 자신의 방심만 아니라면 이런 놈들 때문에 라그나가 놀랄 일 따위는 절대로 없었을 것이다. 강철로 만들어진 배틀 엑스의 손잡이에 손자국을 남기려는 듯 샤리프는 배틀 엑스를 잡은 손에 더욱 힘을 주었다.

샤리프의 태도에서 느껴지는 뭔가가 있었기 때문일까?

사내들 가운데 한 명이 골목 안을 향해 휘파람을 불었고 얼마 지나지 않아 한 무리의 사내들이 각종 무기를 휴대한 채 몰려 나왔다. 하지만 샤리프의 태도에는 전혀 변화가 없었다.

"무슨 일이야?"

"저분께서 우리에게 볼일이 있으신 모양이야."

"빌어먹을 놈. 겨우 한 놈을 처치하지 못해 우릴 모두 불렀단 말이야? 그건 그렇고… 이 계집애들은 뭐야?"

"헤헤헤, 정말 특등품들 아니야? 이것들을 교육시켜 팔면 제법 돈이 되겠더라고. 그래서 데려가는 중이었거든."

"앞으로 이런 일은 네가 좀 처리해라. 그리고 검술 좀 익히면 저런 자식 정도는 네가 손을 봐줄 수도 있잖아. 이 형님께서 하는 걸 잘 보란 말이야."

수염이 잔뜩 난 배불뚝이사내 하나가 동료에게 구박을 주고는 롱 소드를 든 채 앞으로 나섰다.

"어디 덤벼봐라. 이 어르신께서 친절하고 정성스럽게 모가지를 잘라

주마."

"크크크. 이봐, 너무 심하게 다루지는 말라고. 그러다 바지에 오줌이라도 지릴라."

"그러게 말이야. 은 스테이트는 다 나쁜데 가장 나쁜 것은 상대를 죽이기 전에 꼭 겁을 준단 말씀이야. 하하하."

사내들의 웃음소리에 라그나와 잉그릿은 자신도 모르게 눈을 질끈 감았다. 자신들이 생각하기에도 적들의 숫자가 너무 많았다. 움켜잡힌 손목을 통해 붙잡은 사내가 웃음을 터뜨릴 때마다 온몸으로 진동을 느끼고 있었다.

"넌 세 가지 잘못을 저질렀다. 첫째, 감히 레이디 라그나를 모욕했다는 것. 둘째, 감히 그녀를 납치하려 했다는 것. 셋째, 감히 쓰레기 주제에 날 모욕했다는 것. 고로 너희들은 모두 이 자리에서 죽는다."

퍽!

샤리프의 말에 사내들은 미친 듯이 웃음을 터뜨렸고, 그때마다 손목을 통해 자신의 몸이 흔들리는 것을 느낀 라그나는 더욱 질끈 눈을 감을 뿐이었다. 그러다 갑자기 몸의 진동이 사라진 것을 깨달았다.

사내의 웃음이 그쳐진 것이다. 그러다 갑자기 다시 몸이 떨리기 시작했다. 하지만 웃음 때문은 아닌 것 같았다. 사내의 웃음소리가 들리지 않았기 때문이다.

조심스럽게 눈을 뜬 라그나의 눈에 맨 처음 보인 것은 조금 전 보았던 배불뚝이사내의 뒷모습이었다. 자신이 보기에는 조금 전과 달라진 점이 없는 것 같은데 사내들의 웃음이 왜 그친 것인지 전혀 이해가 가지 않았다.

그때 곁에 있던 잉그릿이 공포에 질린 표정을 지으며 배불뚝이사내를 가리켰다.

"아, 아가씨, 저, 저 사람 머, 머리가……."

잉그릿이 가리키는 곳을 바라보니 조금 전까지 있었던 배불뚝이사내의 머리가 감쪽같이 사라지고 없었다. 그리고 그의 왼쪽에 있는 건물 벽이 시뻘겋게 물들어 있었다.

잠시 의아해하던 라그나는 그 시뻘겋게 물들어 있는 것이 배불뚝이사내의 머리가 지상에 남긴 유일한 흔적이라는 것을 깨닫고는 그대로 기절해 버렸다.

그렇지 않아도 앞으로 라그나가 보게 될 끔찍한 광경이 신경 쓰였던 샤리프는 그녀가 기절해 버리자 차라리 안심이 되었다. 지금부터 벌어질 일은 이보다 훨씬 끔찍하기 때문이다.

심약한 성격의 소유자인 라그나가 만약 그 모습을 본다면 자신을 어떻게 생각할지 두려웠다는 것이 더 정확한 말일 것이다.

잠시 고개를 흔들던 샤리프의 양손이 움직이는 순간 수박이 깨지는 소리보다 조금 큰 소리가 거의 동시에 났다.

퍼퍼퍼— 퍽!

요란한 소리와 함께 잉그릿은 자신의 몸으로 뭔가 뜨거운 것이 쏟아진다는 느낌에 깜짝 놀랐다. 두근거리는 마음을 억지로 진정시키며 고개를 숙이는 순간 잉그릿 역시 기절하지 않을 도리가 없었다.

이미 목숨을 잃은 네 사내의 박살난 머리에서 쏟아진 잔해였기 때문이다.

"앞으로 서른세 명."

나직하게 중얼거리던 샤리프의 음성이 희미해지는 순간 그의 육중한 신체 역시 순식간에 사라졌다. 그 후로 들리는 소름 끼치는 소리를 들은 사람은 샤리프와 죽어가야 할 사내들, 그리고 뒤늦게 도착한 듀오네뿐이었다.

골목의 입구에 도착한 듀오네는 잔인하게 상대들을 유린하고 있는 샤리프의 모습을 발견하고는 할 말을 잃었다.

샤리프는 잔인하게도 상대들을 모조리 때려죽이고 있었다. 공포에 질려 도주하는 상대는 배틀 엑스를 던져 다리에 부상을 입혀 움직이지 못하게 하고는 건틀릿을 끼고 있는 왼손 주먹을 휘둘러 죽지 않을 정도로 가슴을 박살 내고, 머리를 박살 내고, 최후로 복부를 잔인하게 헤집었다.

듀오네는 자신도 웬만큼 대담한 성격의 소유자라고 생각을 하고 있었는데 지금 자신 앞에 펼쳐진 모습은 솔직히 욕지기가 치밀어 도저히 참기 힘들 정도였다. 그리고 샤리프의 공포스러운 모습에서 조금 전 그가 자신을 얼마나 많이 봐주며 대결을 했는지 짐작이 갔다.

덩치에는 어울리지 않게 쾌속한 배틀 엑스의 날카로움과 육중한 체중이 실린 건틀릿의 파괴력이 환상적으로 어울려 상대는 도저히 피하고 말고 할 시간을 찾을 수도 없었을 것이다.

하지만 이건 심해도 너무 심했다.

시신들은 하나같이 머리가 날아가 버려 누가 누군지 알 도리도 없을 뿐더러 갈기갈기 찢긴 시신들이 서로 섞여 한꺼번에 장사를 치르는 도리밖에 다른 방법이 없었다.

그때까지도 치미는 분노를 찾지 못해 시신을 짓이기고 있던 샤리프의 행동에 듀오네가 말을 건넸다.

"그만 하시오. 이건 너무하지 않소?"

샤리프는 대답도 없이 그저 고개만 돌려 듀오네를 노려보았다. 그와 눈이 마주치는 순간 듀오네는 난생처음 자신이 이 자리에서 죽을지도 모른다는 생각을 했다. 하지만 곧 고개를 돌린 샤리프는 바닥에 쓰러져 있던 라그나의 몸을 잠든 아기를 옮기듯 아주 조심스럽게 안아 들었다. 그리고는 오히려 몸을 돌려 골목 안쪽으로 들어가는 것이었다.

예상 밖의 행동에 깜짝 놀란 듀오네는 잉그릿을 역시 조심스럽게 안아 들고는 샤리프의 뒤를 따랐다.

"대체 지금 그녀를 어디로 데려가는 것이오?"

하지만 샤리프에게서는 한마디의 대답도 들려오지 않았고 그의 행동은 더욱 기민해지기 시작했다. 골목 사이사이를 빠져 나가더니 몇 번인가 남의 집 담을 넘기도 했다.

정신없이 샤리프의 뒤를 따르던 듀오네는 숨이 턱까지 찰 때가 돼서야 샤리프가 멈추는 것을 깨닫고는 가쁜 숨을 몰아쉬었다.

"대체 여기가……."

질문을 하던 듀오네는 그제야 그곳에 이들이 투숙했던 여관의 뒷마당이라는 것을 깨닫고는 벌린 입을 다물 수 없었다.

자신이 이들의 뒤를 쫓아왔기 때문에 이들 역시 이 여관에 처음 묵는다는 것을 잘 알고 있었다. 게다가 도착하는 즉시 자신과의 대결이 있었기 때문에 샤리프에게는 이 근처의 지리를 살필 시간적인 여유가 전혀 없었다. 그런데 어떻게 여관의 뒷마당으로 정확히 올 수 있었단 말인가?

혹시 그가 과거에 이곳에 와본 것은 아닐까 하는 생각도 해보았지만 아무리 생각을 해봐도 그런 것 같지는 않았다.

그러는 동안 샤리프는 라그나를 안고 들어가 조심스럽게 침대에 누이고는 곧 자신의 방으로 들어가 피에 젖은 옷을 벗고 목욕을 해 핏자국을 모두 지웠다. 깨끗한 옷으로 갈아입은 샤리프는 그때까지 정신을 차리지 못하고 있던 잉그릿을 먼저 깨워 라그나의 옷을 갈아입히고 핏자국을 모두 지우도록 지시했다.

비록 샤리프가 자신의 목숨을 지켜주기는 했지만 자신이 보았던 끔찍스런 모습이 떠올라 그에게 공포심이 느껴지는 것만은 어쩔 수 없었다. 잉그릿이 겨우 정신을 차려 힘겹게 모든 일을 끝냈을 때까지 라그나는 정신을 차리지 못하고 있었다.

그 모습에 조바심을 난 샤리프는 듀오네에게 두 여자의 경호를 잠시 맡기고는 즉시 가까운 신전으로 달려갔다. 하지만 왕진을 올 수 있는 여성 프리스트가 없다는 말에 다른 신전으로 달려갔고, 그런 과정을 몇 번이나 거쳐서야 한 여성 프리스트를 데리고 여관으로 돌아올 수 있었다.

여성 프리스트의 진단 결과 라그나는 잠시 충격을 받아 기절해 있을 뿐이라는 대답을 들을 수 있었다. 그리고 상당한 헌금을 하고서야 축복의 말 한마디와 신성력을 이용한 약간의 치료를 받을 수 있었다.

여성 프리스트가 돌아간 후 샤리프는 라그나의 상태가 너무나 걱정이 되어 자신의 방으로 돌아가지 않은 채 라그나의 방문 앞에 쭈그리고 앉아 하룻밤을 보내기로 했다.

듀오네로서는 그런 샤리프의 행동을 도저히 이해할 수 없었다. 그의 행동은 일반적인 용병들의 행동과 너무나 달랐다. 물론 용병이란 직업이 물건이나 사람을 경호하기 위해 생겨난 직업이지만 이것은 용병과 고용주 사이에 돈이란 매개체가 있기 때문에 형성되는 관계다.

만약 돈이 빠진다면 그들은 단순한 남남에 불과할 뿐이다. 그럼에도 불구하고 샤리프가 보여주는 모습은 그의 행동을 지켜보는 사람의 마음에 지극한 정성이라는 느낌을 전해주기 충분했다.

이 정도의 지극한 마음은 혈육 간이나 사랑하는 연인 사이에서나 가능할 것이다. 두 사람이 혈육 간이 아니라는 것은 누구보다 듀오네가 잘 알고 있으니 전자는 아니고, 그렇다면 설마 샤리프가 라그나를 사랑하고 있단 말인가?

듀오네는 순간 머리 속이 복잡해지는 것을 느꼈다.

일단은 그의 행동을 지켜봐야겠다고 생각했다.

라그나가 자리에서 일어난 것은 다음날 오후 늦게였다. 하지만 여전히 기운을 차리지 못하고 있어 목적지를 향한 출발은 다음날로 미뤄야만 했다.

그러는 동안 샤리프가 알게 된 것은 라그나와 듀오네가 서로 사랑하는 사이고, 라그나의 아버지인 베네스트 후작의 반대로 어쩔 수 없이 헤어져 있었다는 것이다. 그리고 라그나가 드래곤 슬레이어가 되어야만 한다고 했던 사람이 바로 듀오네라는 것 역시 알게 되었다.

세상에 자신의 딸과 결혼하고 싶으면 드래곤 슬레이어가 되어야만 허락을 하겠다니… 샤리프는 베네스트 후작이라는 사람이 혹시 미친 인간은 아닌가 하는 의심이 들었다.

미친 인간이 아니고서야 어떻게 드래곤 슬레이어가 되어야 한다는 말도 안 되는 조건을 걸 수 있는지 그의 정신 상태가 의심스러웠다. 차라리 상대가 마음에 들지 않으면 포기하도록 거절을 해야지, 왜 말도 안 되는 조건을 걸어 젊은이들의 사랑을 막는 것인지 그 점 역시 이해가 되지 않았다.

처음 듀오네를 라그나와 목적지인 작센에 도착하기 전에는 절대 만날 수 없게 하겠다는 처음의 결심과 달리 사정을 알게 된 후엔 애써 모른 척하고 있었다.

듀오네도 그런 샤리프의 배려에 화답이라도 하듯 낮 시간은 주로 마부석에 앉거나 자신의 말을 주로 이용했고, 라그나와는 주로 저녁에 만나 서로의 애정을 확인하곤 했다.

그러는 사이 드디어 작센에 도착했다.

목적지는 작센에서도 라그나의 고모 할머니인 콘스탄샤 되아 뉴리얼 백작 부인이 사는 성이었다.

비교적 완만한 지형을 가진 작센 지방은 바람이 불 때마다 출렁거리는 농작물과 따가운 햇살을 뿜으며 익어가는 옥수수들로 온통 푸른색을 띠고 있었다.

감격스럽다는 표정으로 농작물을 바라보는 샤리프를 곁에 있던 듀오네는 도저히 이해가 가지 않았다.

"뭘 그렇게 보십니까?"

"난 제라스탄 왕국 사람이네."

샤리프의 대답은 그것이 전부였다.

듀오네는 아무리 생각해 봐도 그의 대답 속에 내포되어 있는 진정한 뜻이 무엇인지 짐작할 수 없었다. 샤리프가 입을 연 것은 광활한 밭이 끝난 후였다.

"내가 처음 이곳 레트로니아 왕국에 왔을 때 무엇을 보고 가장 놀랐는지 아는가?"

"글쎄요?"

"광활한 평야에서 자라고 있는 엄청난 양의 농작물을 발견했을 때였네. 자네는 이해가 안 되겠지만 내 고향은 물론이고 제라스탄 왕국은 지형적으로 돌산과 사막이 전체 국토의 삼 분의 이가 넘는다네. 그러니 레트로니아 왕국의 기름진 평야를 보고 어찌 놀라지 않을 수 있겠는가? 만약 내게 할 일만 없다면 이런 곳에 정착해 농사를 지었을 것이네."

듀오네는 샤리프의 말을 쉽게 받아들일 수 없다는 듯 고개를 갸웃거렸다. 저 정도의 검술 솜씨라면 제라스탄 왕국에서도 상당히 대우를 받았을 텐데 겨우 농부들을 부러워하다니… 솔직히 의외가 아닐 수 없었다. 하지만 그의 말처럼 나라가 돌산과 사막뿐이라면 샤리프와 같은 생각을 할 수 있을 거란 생각 역시 들었다.

그러는 동안 마차는 커다란 성을 향해 점점 다가서고 있었다. 마차가 성문 앞에 도착했을 때 20파렌은 족히 되어 보이는 성벽이 시야를 차단하고 있었고 해자 위에 걸쳐진 성문 앞에는 날카로운 눈빛을 가진 경비병들이 마차를 제지하고 있었다.

"실례합니다만 어디서 온 분들이십니까?"

"저희는 이곳의 영주이신 오르거 뉴리얼 백작님의 조카 손녀이신 라그나 듸 베네스트님을 모시고 왔습니다. 안으로 통보해 주시겠습니까?"

"예? 잠시만 기다려 주십시오."

깜짝 놀란 젊은 병사는 말을 타고 곧 성안으로 달려갔고, 잠시 후 중년 사내 한 명과 다시 돌아왔다. 재빨리 말을 멈춘 중년 사내는 날렵한 동작으로 말에서 내리고는 지체없이 마차로 다가왔다.

"저는 뉴리얼 백작님의 경비대장인 페렌치 스카스키라고 합니다. 레이디 베네스트님께서는 수고스러우시겠지만 마차의 휘장을 잠시만 걷어주시겠습니까?"

페렌치의 말에 마차의 휘장은 곧 걷어졌고, 창백한 안색을 한 라그나가 조금은 피곤한 표정으로 기대어 있는 모습이 보였다. 그가 라그나의 얼굴을 아는 것은 아니지만 평소 들었던 것처럼 꽤나 병약한 모습이었다. 게다가 검술마저 익힌 것 같지 않기에 곧 고개를 끄덕였다.

"지금부터는 제가 여러분들을 안내하겠습니다. 제 뒤를 따라오십시오."

달려오는 탄력을 이용해 간단히 안장에 앉은 페렌치는 말과 함께 성 안으로 향했고, 라그나를 태운 마차는 그 뒤를 따라 천천히 이동했다.

제 11 장

레이첼 블럼스

레이첼 블럼스

"잠깐, 지금 뭐라고 했소?"

"블럼스 백작님께서 내 외할아버지가 된다고 했소."

렉스의 대답에 맞은편에 있던 중년 사내는 어이없다는 표정을 짓지 않을 수 없었다.

렉스란 청년의 말에 따르자면 자신은 블럼스 백작의 자식인 1남 1녀 가운데 딸 쪽의 아들이라는 것이다. 블럼스 백작의 딸은 일찍이 황제의 눈에 들어 황후로 간택이 되었던 레이첼 디아 블럼스를 말하는 것 같았다.

그녀와 황태자가 실종된 지도 벌써 10여 년이 지났다는 것을 아는 사람은 다 알고 있는 내용이었는데 자신이 실종된 황태자라니… 너무나 기가 막혀 할 말을 잃었다.

그런 반면 렉스는 자신이 왜 경비대장에 불과한 중년 사내에게 이런 말을 하고 있어야 하는지 그 이유를 알 수가 없었다. 하지만 중년 사내의 입장에서는 그럴 만도 한 것이 렉스와 도네, 산드라와 오토의 모습은 아무리 좋게 보아도 뭔가 균형이 맞지 않아 보였다. 그리고 황태자와 그 일행이라고 보기엔 풍기는 분위기가 너무 경박스러워 보였기에 중년 사내가 의심스러워하는 것도 어찌 보면 당연했다.

그들이 성문 앞에서 옥신각신하고 있을 때 내성으로 들어갔던 젊은 병사가 돌아오고 있었다. 그에게서 귓속말을 들은 중년 사내는 못마땅해하는 표정을 지으면서 한쪽으로 물러섰다.

"백작님께서 귀하를 만나시겠다고 전갈을 보내셨소. 내 뒤를 따라오시오. 그리고 너희들은 더욱 철저히 경계를 서도록 해라. 알겠나?"

"명심하겠습니다, 대장님."

병사들의 대답을 들으며 중년 사내는 성안으로 향했고 렉스와 일행들은 그의 뒤를 따랐다.

잘 가꾸어진 숲을 지나니 사람들이 사는 마을이 나왔고, 그 안쪽에 백작 내외가 거처하는 내성이 나왔다. 물론 내성의 규모도 상당했지만 특히 일행들의 눈길을 끈 것은 조각상들이 드문드문 세워져 있는 커다란 화원이었다.

아마도 각 달을 대표하는 신들과 그의 형제들을 조각해 놓은 것 같았는데 얼마나 섬세하게 조각한 것인지 금방이라도 살아서 움직일 것 같은 착각을 일으키기에 충분했다.

중년 사내의 발걸음이 화원을 지나 저택으로 향하자 일행들도 주위를 두리번거리면서 걸음을 옮겼다.

네 사람이 응접실에서 기다린 지 얼마 되지 않아 콧수염이 하얗게 센 노인 한 사람이 응접실로 들어왔다.

170파렌이 넘는 키에 꼿꼿한 상체에 조금은 말라 보이는 얼굴에서 그의 성격이 보통이 아님을 충분히 짐작할 수 있었다. 뒷짐을 진 채 노인은 렉스 일행을 노려보듯 샅샅이 훑어보고 있었다.

특히 렉스를 바라보는 노인의 눈길은 억지로 진정하려고 한다는 것을 알 정도로 흔들리고 있었다.

"그대들 가운데 누가 레이첼의 자식이라 주장한다고 들었다. 누구인 가?"

"접니다."

"그대가 레이첼의 아들임을 증명할 방법이 있는가?"

렉스가 지난 세월 동안 한 번도 몸에서 떼어놓은 적이 없는 목걸이를 풀어 센더슨에게 내밀었다. 그런 렉스의 손도 떨리기는 마찬가지였다.

목걸이를 받아 든 센더슨의 손은 누가 보아도 확연히 알 정도로 떨리고 있었다. 자신이 이 물건을 알아보지 못할 리 없었다.

자신의 딸인 레이첼이 첫 무도회에 참석했을 때 당시의 국왕이 레이첼의 미모에 반해 그녀를 황후로 맞이하겠다는 폭탄선언을 하고 난 후 돌아온 그녀의 생일날 선물한 것이 바로 이 목걸이였던 것이다.

떨리는 손으로 펜던트를 받아 든 센더슨은 조심스런 손길로 펜던트를 열었다. 그러자 한쪽에는 세밀하게 그려진 한 여성의 얼굴이, 다른 한쪽에는 한줄기의 문구가 작은 글씨로 적혀져 있었다.

〈사랑스런 레이첼의 열여덟 번째 생일을 축하하며 프라그마의 가호가 언제까지나 함께하시길……〉

펜던트를 잡은 손에 잔뜩 힘이 들어갔다.

길게 심호흡을 몇 번 한 센더슨은 렉스의 얼굴을 다시 보는 순간 솟구친 눈물 때문에 그의 얼굴이 뿌옇게 보였다.

렉스 역시 별반 다를 것이 없었다. 센더슨의 감격스러워하는 행동을 발견하는 순간 갑자기 콧날이 찡해지더니 주책없이 눈물이 솟기 시작한 것이다.

이미 한줄기 눈물이 뺨을 타고 흘러내리고 있었지만 렉스는 전혀 느끼지 못하는지 센더슨의 얼굴만 하염없이 바라보고 있었다.

"제가 그분의 아들이라는 것을… 믿으시겠습니까?"

"물론입니다, 레이시어스 전하."

털썩.

대답과 함께 센더슨은 쓰러지듯 그 자리에 주저앉고 말았다. 하지만 시선만큼은 렉스의 얼굴에서 떨어질 줄 몰랐다.

하염없이 눈물을 흘리는 센더슨에게 렉스는 조용히 다가가 그의 앞에 무릎을 꿇고 앉았다. 그리고는 그의 얼굴을 찬찬히 살폈다.

꼬장꼬장해 보이는 그의 행동과는 달리 그의 얼굴 곳곳에는 세월이 할퀴고 간 깊은 흔적들이 남아 있었다.

"많이 늙으셨군요. 제가 기억하는 할아버지의 수염은 까맸었는데……."

"그동안 짧지 않은 세월이 지나지 않았습니까? 저도 세월 앞에서는 어쩔 수 없더군요. 그래, 그동안 어떻게 지내셨습니까, 전하?"

"글쎄요. 편히 지냈다고는 할 수 없지만 그래도 큰 어려움 없이 지낼 수 있었습니다. 참! 할머니는……?"

"먼저 세상을 떠난 레이첼에 대한 상념을 이기지 못해 쓰러졌다가 이제는 정신까지 혼미해져서 지금은 얼마나 버틸지 알 수 없는 상태입니다."

애써 태연한 척 말을 하는 센더슨이었지만 아내에 대한 걱정스러움이 진하게 배어 있었다.

"잠깐 할머니를 볼 수 있을까요?"

"절 따라오십시오, 전하."

센더슨의 안내를 받아 간 곳은 따가운 햇살을 막기 위해 커튼이 잔뜩 쳐진 방이었다.

백작가의 안주인이 머무는 곳이라고 보기엔 상당히 소박해 보이는 방이었다. 환자가 있는 집 특유의 기운이 잔뜩 배어 있는 방에 들어선 렉스는 무엇보다 먼저 창문가에 놓인 침대 쪽으로 발걸음을 옮겼다.

눈을 감은 채 미약한 숨만 내쉬는 나이 든 여인의 모습에 렉스는 다시 한 번 콧날이 찡해오는 것을 느꼈다. 여인은 무슨 악몽이라도 꾸는 듯 잔뜩 얼굴을 찌푸리고 있었는데 그녀의 얼굴은 온통 땀투성이였다. 그런 그 여인에게서 지금은 기억조차 희미한 어머니의 모습을 찾는 렉스였다.

"도네, 할머니는 대체 어디가 편찮으신 거야?"

"글쎄? 뭐라고 표현해야 되는지 모르겠는데 적어도 육체적인 질병에 의한 것은 아니야. 쉽게 말해 가슴속에 쌓인 어떤 감정 때문에 육체적인 기능까지 떨어진 상태라고나 할까? 하지만 이 상태가 계속된다면 이 여인은 눈도 뜨지 못한 상태에서 세상을 떠나게 되겠지."

센더슨에게 도네의 말은 죄인에게 가차없이 사형을 언도하는 재판관처럼 무감정하게 들렸지만 렉스의 귀에는 할머니를 치료할 수 있다는 말로 들렸다.

"방법이 있어?"

"간단하다면 간단하다고 할 수 있지. 이 여인의 가슴을 짓누르고 있는 그 감정을 해소한다면 아마 빠르게 자리에서 일어나게 될걸?"

도네가 말한 감정이라는 것이 자신보다 먼저 세상을 떠난 자식에 관한 것임을 모를 렉스는 아니었지만 이미 세상을 떠난 자신의 어머니를 어떻게 되살린단 말인가?

렉스가 난감해할 때 무슨 생각에서인지 센더슨이 부드러운 음성으로 자신의 아내를 깨웠다.

"셀리나, 셀리나, 잠깐만 눈을 떠보구려. 당신이 그렇게도 보고 싶어 했던 분이 찾아오셨소. 힘들겠지만 잠시만이라도 눈을 떠보시오."

센더슨이 애타게 안내의 이름을 부르는 순간 도네는 셀리나에게 슬쩍 리커버리를 펼쳤다. 붉은색 마나가 셀리나의 몸으로 스며드는 순간 셀리나의 눈이 힘겹게 떠지기 시작했다.

초점이 맞지 않아 온통 뿌옇게 보이는 상태에서 남편이 자신을 부르는 소리를 들었다.

'내가 보고 싶어했던 분이라니? 여보, 난 무슨 말인지…….'

그런 생각을 하면서도 셀리나는 뭔가 평소와는 다른 것이 자신의 눈에 보이는 것을 깨달았다.

억지로 초점을 맞춰 상대를 확인하니 20대 초반으로 보이는 금발청년과 20대 중반으로 보이는 붉은 머리 여인의 모습이 보였다. 적어도 자신이 기억하기에 두 사람은 본 적이 없는 젊은이들이었다.

자신을 걱정스러운 듯 바라보는 금발청년과 눈이 마주치는 순간 셀리나는 지금은 세상을 떠난 딸아이의 얼굴이 잠시 뇌리를 스치고 지나갔다.

왜 금발청년을 보면서 딸아이의 얼굴이 스치고 지나간 것인지 영문을 알 수 없었다. 청년의 머리는 어디서나 흔히 볼 수 있는 금발이었고 눈동자 역시 흔하디흔한 파란색이었다. 하지만 청년의 눈빛을 보는 순간 지금은 세상에 없는 레이첼의 얼굴이 떠오르는 것도 사실이었다.

왠지 심장의 박동이 조금씩 빨라지는 것을 느낀 셀라나는 자신도 모르게 입을 열고 상대의 이름을 부르고 있었다.

"서, 설마… 레이시어스… 전하?"

"할머니, 절 알아보시겠어요?"

셀라나가 자신을 단번에 알아보자 렉스는 반색을 하며 그녀의 손을 잡았다.

지난 10여 년 동안 누워 있었던 환자라고는 믿을 수 없을 정도로 강한 힘으로 렉스의 손을 움켜쥔 셀라나는 조금 전과는 달리 비교적 또렷한 음성으로 다시 입을 열었다.

"정말 레이시어스 전하십니까?"

"예, 저 레이시어스예요. 정신이 드세요, 할머니?"

렉스의 입에서 할머니라는 말이 나오는 순간 셀라나의 눈에서 한줄기 눈물이 그녀의 볼을 타고 흘러내렸다.

"여보, 어서 나 좀 부축해 줘요. 세상에… 레이시어스 전하께서 찾아오시다니…… 어서 빨리……."

셀라나의 재촉에 그녀를 조심스럽게 일으킨 센더슨은 그녀의 등 뒤에 푹신한 쿠션을 받쳐 주었다.

이제는 청년이 다된 렉스의 얼굴에서 셀라나는 예전 귀여웠던 어린 시절의 얼굴을 찾을 수 있었다.

"대체 어디에 계셨던 것입니까? 저희가 레트로니아 왕국 전체를 살살이 뒤졌지만 전하의 소식을 알 수 없어 얼마나 가슴이 졸이며 살았는데……."

"죄송합니다, 할머니."

"아닙니다. 이렇게 건장한 청년이 되신 줄도 모르고 그저 어렸을 때의 모습으로만 찾으려 했으니……. 이제 전하의 무사하신 모습을 뵙게 되니 이 늙은 것의 걱정이 모두 사라진 것 같습니다."

"할머니."

셀라나의 얼굴을 타고 흘러내리는 눈물을 보는 순간 렉스는 그동안 자신이 겪었던 모든 고통과 회한이 치미는 것을 느끼고는 셀라나의 품에 얼굴을 묻었다.

"전하, 정말 무사하셔서 다행입니다. 아마도 자르츠의 가호가 전하를 보호한 탓일 겁니다. 정말 감사합니다, 자르츠시여~ 정말 감사합니다. 정말……."

몇 번이나 감사하다는 말을 하던 셀라나의 음성이 조금씩 작아진다고 느껴지는 순간 셀라나는 다시 깊은 잠 속으로 빠져들었다. 황급히 몸을 일으킨 렉스는 조심스럽게 셀라나를 자리에 눕혔다.

그 모습을 보고 있던 센더슨은 흐뭇하다는 표정을 짓고 있었다. 자신이 살아 있는 동안 설마 이런 날이 올 것이란 생각은 꿈에서도 하지 못했다. 그동안 쌓였던 모든 근심과 걱정이 렉스가 모습을 드러냄으로써 단번에 해결이 된 것이다.

"후후후, 지난 10여 년 동안 저렇게 편안한 얼굴로 잠이 든 셀라나의 모습은 처음 보는군요. 가슴을 짓눌러왔던 걱정이 사라졌기 때문일 것입니다."

센더슨의 말에도 렉스는 걱정스러운 표정을 지우지 못하고 있었다.

"이봐, 렉스. 지금 이 여인은 아주 편안한 상태로 잠이 들었어. 아마이대로 며칠만 지난다면 충분히 자리에서 일어날 수 있을 테니까 지금은 편히 쉴 수 있도록 방에서 나가주는 것이 이 여인을 도와주는 거야."

"그래? 그럼 나가야지."

"제가 모시겠습니다."

센더슨이 말과 함께 방을 빠져나가자 일행들도 그의 뒤를 따라 발걸음을 옮겼다.

다시 응접실로 돌아온 다섯 명은 한동안 아무런 말도 하지 않은 채각자의 생각에 빠져 있는 듯 보였다.

먼저 입을 연 사람은 센더슨이었다.

"전하, 그동안 어떻게 지내셨습니까?"

"이야기를 하자면 끝도 없습니다만 간단하게 말씀을 드리겠습니다. 그날 황궁에서 일이 일어난 후 저는 마법사의 조언에 따라 뮤기냐 산맥에 도르미네스라는 전설의 드래곤이 잠들어 있는 곳을 몇 명의 기사들과 함께 찾아가게 되었습니다. 불행 중 다행으로 드래곤의 레어를지키는 몬스터의 수는 얼마 되지 않았지만 저와 동행했던 기사들은 모두 몬스터와의 싸움에서 목숨을 잃었습니다. 한참 동안 헤매다가 결국도르미네스가 잠들어 있는 레어를 발견하게 되었고, 도르미네스에게맹약의 반지 루 페리온으로 강하게 해달라고 요구를 했습니다."

"누구보다 존귀하신 분께서 그런 고통을 당하시다니… 으드득! 아리오, 형제의 가슴에 비수를 꽂다니, 비열하기 짝이 없는 놈."

이를 부드득 갈던 센더슨은 뒤이어 말한 렉스의 이야기에 벌린 입을다물 수 없었다.

렉스가 말한 강해지기 위한 훈련이란 것이 너무나도 무식하기 이를 데 없는 것이었기 때문이다.

뛰어난 주력을 익히기 위해 오크들이 사는 마을에 가서 야밤에 고성 방가하기는 그래도 가장 무난한 훈련이었다. 그렇지만 팔 힘을 키우기 위해 오거와 씨름하기나 약 오른 트롤의 털 뽑아오기 같은 것이 어떻게 훈련이 될 수 있는 것인지 도저히 이해를 할 수 없었다.

더더구나 와이번을 잡아 새장에 집어넣어 길들이기, 라이칸슬롭의 목에 방울 달기, 미노타우로스 뿔에 리본 매기 등등 들으면 들을수록 하나같이 기가 막혀 말도 안 나오는 것들뿐이었다. 그러나 렉스의 말은 아직 끝난 것이 아니었다.

뒤이어 그가 말하는 내용은 센더슨으로서도 난생처음 듣는 이야기들이었다. 센더슨과 산드라는 렉스의 말에 너무나 놀라 할 말을 잃었다.

자신들이 사는 레트로니아 왕국이 어쩌면 사라질지도 모른다는 말을 어떻게 금세 믿을 수 있겠는가?

"그러니까 전하의 말씀은 그 검은 달 교단이란 자들이 과거에 있었던 쿠데타와도 관련이 있다는 겁니까?"

"이건 제 생각이지만 거의 틀림없습니다. 게다가 숙부도 그들의 신도였기에 검은 달 교단의 후원을 받은 것이 아닌가 의심이 됩니다."

"만약 전하의 말씀이 모두 사실이라면 이건 보통 심각한 일이 아니지 않습니까? 게다가 자신들의 일에 방해가 된다고 하이렌을 공공연하게 노릴 정도라면 그들이 가진 힘을 절대 무시할 수 없을 겁니다. 하지만 베노아 공작께서 비록 현 국왕의 장인이기는 하지만 그분의 성품으로 보건대 검은 달 교단 같은 곳에 가입하지는 않았을 겁니다."

"할아버지께는 죄송하지만 지금 상황에서는 어느 것 하나 장담할 수 있는 것이 없습니다. 이미 저의 동료들은 검은 달 교단의 추종 세력으로 의심되는 귀족들을 감시하고 있을 것입니다."

　상황이 자신이 생각하던 것보다 훨씬 복잡하게 꼬여 있다는 것을 깨달은 센더슨은 조금은 무거운 음성으로 입을 열었다.

　"그럼 이 일을 두 달 후에 있을 백작평의회에서 상의를 해봐야겠군요."

　"위험하지 않으시겠습니까?"

　"약간의 위험을 감수하는 일이 있다고 하더라도 그들 모두를 색출해야만 합니다. 왕국의 미래를 위해서도 말입니다."

　"그들의 스파이를 색출할 수 있는 무슨 방법이 반드시 있을 겁니다. 반드시……."

〈4권에서 계속〉

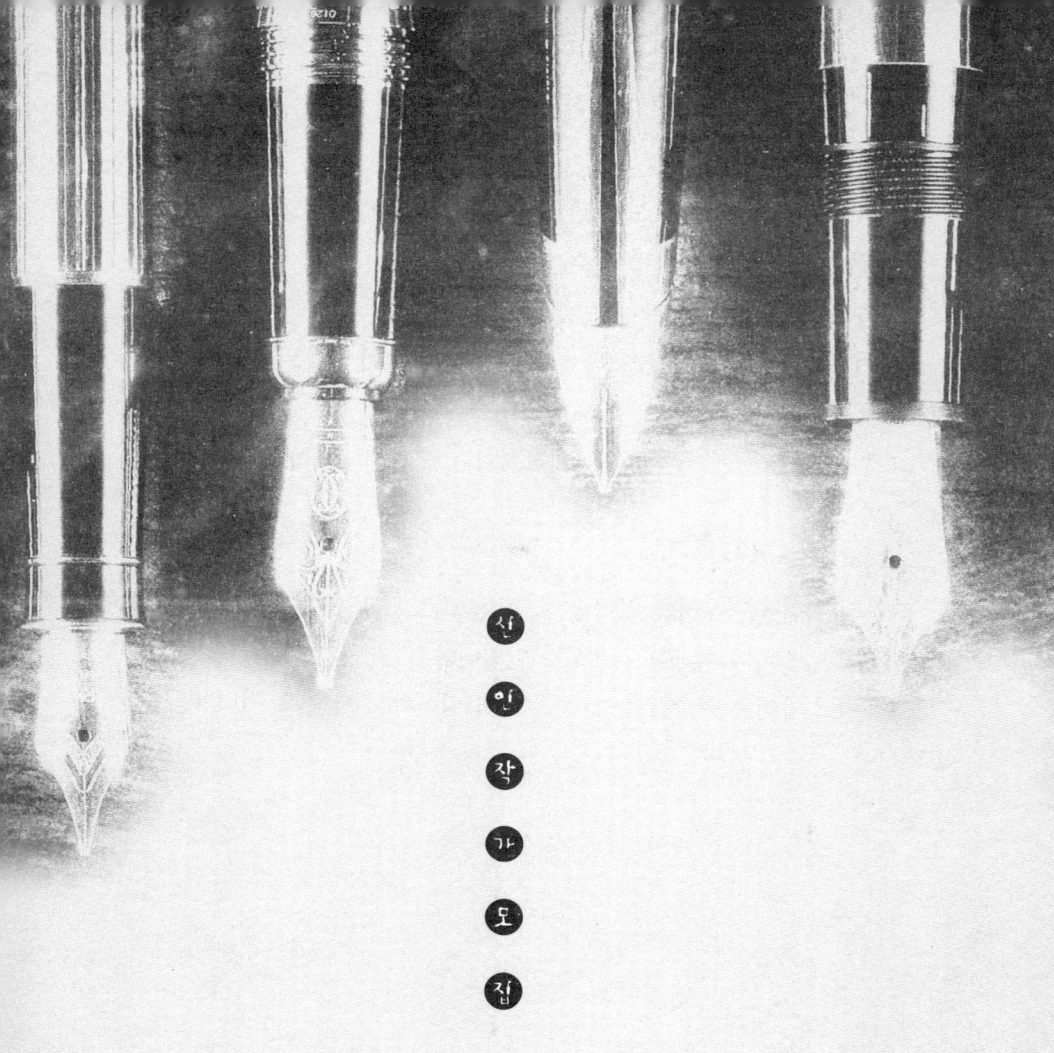

신인작가모집

시작이 반이라고 했습니다.
작가의 길에 대한 보이지 않는 벽을 과감히 깨뜨리십시오!
청어람은 작가 지망생 여러분들의
멋진 방향타가 되어드리겠습니다.

저희 도서출판 청어람에서는
소설 신인 작가분들을 모집합니다.
판타지와 무협을 사랑하시는 분들의 많은 참여를 바랍니다.
소정의 원고(A4용지 150매)를 메일이나 우편으로 보내주시면
검토 후 출판 여부를 알려드리겠습니다.

주소:경기도 부천시 원미구 심곡1동 350-1 남성B/D 3F 우편번호420-011
TEL:032-656-4452 · **FAX**:032-656-4453
http://www.chungeoram.com
e-mail:chungeoram@chungeoram.com